U0117356

满族口头遗产传统说部丛书

金兀术传奇

傅英仁 富育光 讲述

荆文礼 整理

吉林人民出版社

图书在版编目（CIP）数据

金兀术传奇 / 傅英仁 , 富育光讲述；荆文礼整理
. -- 长春 : 吉林人民出版社 , 2019.5
（满族口头遗产传统说部丛书）
ISBN 978-7-206-16873-4

Ⅰ .①金… Ⅱ .①傅… ②富… ③荆… Ⅲ .①满族—
民间故事—中国 Ⅳ .① I277.3

中国版本图书馆 CIP 数据核字（2019）第 293249 号

出 品 人 : 常　宏
产品总监 : 赵　岩
统　　筹 : 陆　雨　李相梅
责任编辑 : 韩立明　刘子莹
助理编辑 : 王　静
装帧设计 : 赵　谦

金兀术传奇
JINWUZHU CHUANQI

讲　　述 : 傅英仁　富育光　　整　　理 : 荆文礼
出版发行 : 吉林人民出版社（长春市人民大街 7548 号　邮政编码 : 130022）
咨询电话 : 0431-85378007
印　　刷 : 吉林省优视印务有限公司
开　　本 : 720mm×1000mm　　1/16
印　　张 : 11　　　　　　　　字　　数 : 170 千字
标准书号 : ISBN 978-7-206-16873-4
版　　次 : 2019 年 5 月第 1 版　　印　　次 : 2019 年 5 月第 1 次印刷
定　　价 : 45.00 元

出 版 说 明

　　满族口头遗产传统说部是具有较高社会价值和文化价值的满族文化的百科全书。整理发掘满族说部的项目工作被文化部列为中国民族民间文化保护工作试点项目，并被国务院批准列入第一批国家级非物质文化遗产名录。

　　"满族口头遗产传统说部丛书"是千百年来满族各氏族对祖先英雄事迹和生存经验的传述，一代一代口耳相传，保留下来的珍贵的满族遗存资料。经过近三十年抢救整理，从二〇〇七年到二〇一七年的十年间，根据整理文本的先后，我社分四次陆续出版了五十部说部和三本研究专著。此套丛书无论从社会价值和文化价值来看，都是一套极具资料性、科研性和阅读性融为一体的满族文化的百科全书。

　　此次出版对以下两个方面做了调整：

　　一、在听取各方专家建议的基础上，对原丛书进行了筛选，选取最有价值、最有代表性的四十三部说部，删去原版本中与文本关系不紧密的彩插，对文本做了大幅的编辑校订，统一采用章回体表述方式，并按照内容分为讲述萨满史诗的"窝车库乌勒本"、讲述家族内英雄人物的"包衣乌勒本"、讲述英雄和历史人物的"巴图鲁乌勒本"、讲述说唱故事的"给孙乌春乌勒本"等，突出了说部的版本特色。

　　二、保留研究专著《满族说部乌勒本概论》，作为本丛书的引领，新增考古发掘的图片和口述整理的手稿彩色影印件。

　　特此说明。

吉林人民出版社

编　委　会

冯骥才

　　任何民族的文学都包括两大部分。一是个人用文字创作的、以书面传播的文学，一是民间集体口头创作的、口口相传的文学。后一部分文学是前一部分文学的源头，是根性的文学。中国作为东方文明的古国，口头文学的历史去之遥远。就像西方文学始于古希腊罗马的神话故事，我国文学史上第一部作品是《诗经》，即民间口头文学集，这表明口头文学是一个民族文学的源头。在漫长的历史中，这两部分文学一直同根并存，相互滋育，各自发展，共同构成一个民族文化与精神的极为重要的支撑。

　　中华民族有着巨大文学想象力和原创力。数千年间，各族人民以口头文学作为自己精神理想和生活情感最喜爱和最擅长的表达方式，创作出海量和样式纷繁的民间文学。口头文学包括史诗、神话、故事、传说、歌谣、谚语、谜语、笑话、俗语等。数千年来，像缤纷灿烂的花覆盖山河大地；如同一种神奇的文化的空气在我们的生活中无所不在；且代代相传，口口相传，直到今天。

　　我们的一代代先人就用这种文学方式来传承精神，表达爱憎，教育后代，传播知识，娱悦生活，抚慰心灵；农谚指导我们生产，故事教给我们做人，神话传说是节日的精神核心，史诗记录文字诞生前民族史的源头。它最鲜明和最直接地表现中华民族的精神向往、人间追求、道德准则和价值取向。中国人的气质、智慧、审美、灵气、想象力和创造力，充分彰显在这种口头的文学创造中。

　　这种无形地流动在民众口头间的口头文学，本来就是生生灭灭的。在社会转型期间，很容易被忽略，从而流失。

特别是在这个现代化、城市化飞速推进的信息时代，前一个历史阶段的文明必定要瓦解。口头文学是最脆弱、最易消亡。一个传说不管多么美丽，只要没人再说，转瞬即逝，而且消失得不知不觉和无影无踪，所以联合国教科文组织把口头传统和表现形式，包括作为非物质文化遗产媒介的语言列为非物质文化遗产之一。

在中国，有史诗留存的民族并不很多，此前发现的有藏族史诗《格萨尔王传》、蒙古族史诗《江格尔》、柯尔克孜族史诗《玛纳斯》、苗族史诗《亚鲁王》。作为满族民族历史和文化传统的重要载体——"说部"，是满族及其先民世代相传的极其宝贵的精神财富。它最初用"乌勒本"（满语 ulabun，为传或传记之意）指称，后受汉文化影响，改称为"说部"或"满族书""英雄传"。说部最初用满语讲述，至清末满语渐废，改用汉语并夹杂一些满语讲述。在漫长的历史进程中，满族各氏族都凝结和积累了精彩的"乌勒本"传本，如数家珍，口耳相传，代代承袭，保有民族的、地域的、传统的、原生的形态，从未形成完整的文本，是民间的口碑文学。"满族说部迥异于其他文类，不仅涵盖了口头传统，也吸纳了民俗学中多种民间文艺样式，包容性极强。"

我以为，对于无形地保留在人们记忆与口口相传中的口头文学，抢救比研究更重要。它是当下"非遗"工作的重中之重，要清醒地认识到文化和文明于人类的意义。当社会过于功利的时候，文化良知就要成为强音，专家学者要在抢救非物质文化遗产中勇于承担责任，走进民间帮助艺人传承与弘扬民间艺术，这也是知识分子的时代担当。

让人感到欣喜的是，经过吉林省的专家学者近三十年的抢救、发掘和整理，在保持满族传统说部的原创性、科学性、真实性，保持讲述人的讲述风格、特点，保持口述史的原汁原味的基础上，将巨量的无形的动态的口头存在，转化为确定的文本。作为"人类表达文化之根"的满族说部，受东北地域与多族群文化的影响，内容庞杂，传承至今已逾千万字。此次出版的《满族口头遗产传统说部丛书》为四十三部说部和一本概论。"说部"分为讲述萨满史诗的"窝车库乌勒本"、讲述家族内英雄人物的"包衣乌勒本"、讲述英雄和历史人物的"巴图鲁乌勒本"、讲述说唱故事的"给孙乌春乌勒本"四大部分。概论作为全套丛书的引领，从学术研究的角度对乌勒本产生的历史渊源、民族文化融合对其的影响、发展和抢救历程等多方面深入思考。

多年来"非遗"的抢救、保护、研究和弘扬，已取得卓越的成就。但未来的路途依然艰辛漫长，要做的事情无穷无尽。像口头文学这样的文化遗产的整理和出版，无法立即带来什么经济利益，反而需要巨大的投资和默默无闻的付出，能在这个物质时代坚守下来，格外困难。

文化传统和传统文化不是一个概念，我们的终极目的不是保护传统文化，而是传承文化传统。传统文化是固定的、已有既定形态的东西。我们所以要保护它，是因为这些文化里的精神在新时代应以传承，让我们的文化身份不会在国际资本背景下慢慢失落。

现在常把文化自觉与文化自信并提，这两个概念密切相关同时又有各自的内涵。文化自觉是真正认识到文化的重要性和自觉地承担；文化自信的关键是确实懂得中华文化所具有的高度和在人类文明中的价值。否则自信由何而来？

对传统文化的抢救与整理，不仅是为了传承，更为了弘扬。我们的民族渴望复兴，复兴的重要精神支撑在我们的传统和文化里，让我们担负起历史使命，让传统与文化为民族的伟大复兴发挥它无穷的力量。

冯骥才
二〇一九年五月

目录

《金兀术传奇》传承情况

荆文礼

　　人民口头文学并不是对历史的直叙，但始终保持着浓重的历史投影。从满族传统说部的内容来看，凡属过去在本地区发生过的重大事件和有影响的人物等，几乎毫无例外地都有详略不同的传述，从而证明这一地区历史的悠久，以及在历史上做出重大功绩的英雄人物在人们心中的影响和地位。这一影响是深远的，几乎千百年来一直被人们传诵。金代的阿骨打、金兀术的故事就是如此。

　　自古在松花江、牡丹江、黑龙江流域居住着满族的先民肃慎族，在唐朝初年，其首领大祚荣建立了著名的北方地方政权——渤海国。后来，渤海国被契丹所灭，其后人女真族受到辽国的残酷压榨，被逼无奈，女真族的一支完颜部兴起，其头领阿骨打一举打败辽国，完颜阿骨打称帝，在会宁（即今白城）建立北方又一著名的地方政权——金国。完颜晟（金太宗）即位后，改会宁州为会宁府。这一时期，反辽英雄阿骨打和四子完颜兀术，以助其父、叔、兄反辽、征战有功而成为女真人及其后人心目中罕有的英雄人物。关于这一历史人物和围绕他们出现的口碑资料，满族说部无比丰富。阿骨打、金兀术的故事，在阿什河、拉林河、松花江、牡丹江和黑龙江流域的女真人、满族人中家喻户晓、妇孺皆知。通过"讲古"活动，这些故事祖传父、父传子，一代一代流传下来。自二〇〇二年吉林省满族说部编委会成立以来，我曾和富育光先生、赵东升先生等先后到黑龙江的阿城、双城、宁安、齐齐哈尔、孙吴县、逊克县，吉林省的珲春、敦化、永吉、辉南，辽宁省的新宾、凤凰城、本溪、辽阳，河北省的易县、遵化、围场以及甘肃省的泾川县等地调查，当与这些地方的满族老人谈起阿骨打、金兀术的名字时，他们都很兴奋地向我们讲述这些英雄人物的故事，我们还发现有的满族人还把阿骨打、金兀术当做老祖宗进行供奉。我想，这和满族及其先人信奉萨满教，经常举办祭祖、敬祖、颂祖、忆祖活动（也称说根子）是分不开的。通过对祖先崇拜、对英雄崇拜，勉励子孙铭记创业的艰难，承继祖德宗功，开创未来。这一习俗在满族中已根深蒂固。所以，有关阿骨打和金兀术的故事千百年来盛传不衰，至今仍有大量传播，已形成一个庞大的说部体系。从这里我们不难看出，富育光、傅英仁讲述的《金兀术传奇》是有着鲜明的传承脉络的。

富育光先生的老家在黑龙江省瑷珲大五家子，其祖上在康熙年间，随萨布素奉旨由宁古塔北戍瑷珲，从此世代以瑷珲为家。他与宁安的傅英仁同属于满洲富察哈喇家族。富察哈喇家族自古就有一条规矩，每逢年、节除了讲唱本家族的"乌勒本"《萨大人传》《老将军八十一件事》外，还要请总穆昆达讲授族源发轫的创业史，也就是讲授金源的历史故事，这就离不开阿骨打和金兀术的反辽事迹。通过祭祀颂词和不平凡业绩的讴歌、礼赞，使子孙们在思想上深深打上勿忘前事之师的烙印，要继往开来，奋志蹈进。富育光和傅英仁从小就听族内总穆昆达讲述金兀术的故事，一直铭记在心。

说来也很有意思。在傅英仁少年时代，有一天宁古塔西园子来了一位汉族说书的，专讲《岳飞传》，傅英仁便偷偷去听。这事让他三爷知道后，骂他混蛋，"你怎么去听这样的书？来，我给你讲阿骨打、金兀术的故事，那是咱们的祖先、老祖宗，是怎么使女真人翻身、打天下的"。傅英仁听了深深记在脑海里，一点儿都不带落的。后来傅英仁在回忆三爷讲的金兀术的故事时，觉得都很生动、感人，但都是些片断，前后不连贯。他想，将来有机会再搜集一些材料补充进去。

一九七〇年傅英仁从教师岗位调到蔬菜公司工作，他担任科学种田和外贸调入的职责。傅英仁利用出差的机会，到河北石家庄郊区找到完颜氏后裔，搜集到一些金兀术的传说和守皇陵的八旗兵悲惨命运的故事。后来，傅英仁在佳木斯的招待所与赫哲族有名的民间故事传承人傅万金相遇，两人一见如故，讲起民间文学都侃侃而谈。傅万金兴致勃勃地给傅英仁讲了三个晚上有关金兀术的传闻故事。傅英仁觉得收获很大，并一一作了记录。

二十世纪八十年代末期，傅英仁在讲述、整理完《老将军八十一件事》《东海窝集传》《红罗女三打契丹》《金世宗走国》等几部长篇满族说部后，开始整理《金兀术传奇》。他以三爷讲述的片断为主线，将完颜氏后裔和傅万金讲述的金兀术的传闻补充进去，充实了内容，丰富了人物形象。为使故事情节更连贯，更有吸引力，傅英仁对《金兀术传奇》精心进行加工修改。但从中我们也能看到一些痕迹，比如：头鱼宴的故事，基本上是完颜氏后裔讲述的，很有地方特点；去三江六国搬兵，就是指现在的三江口，赫哲族住的地方，是傅万金讲述的。傅英仁将三个人传承的故事进行穿针引线，艺术加工，使其更完整。可惜的是，傅英仁没有把《金兀术传奇》故事整理完，第八回刚写个开头就落下了。他跟我说，按原计划《金兀术传奇》要写三十回，因身体的原因不得不停笔。

今天读者不能看到《金兀术传奇》的全貌，不能不说是个缺憾。这对抢救满族说部来说，也是个重大的损失。

开篇——兀术出世

一、整理金源故事的缘起

一九八五年夏，我有幸同宁安县傅英仁先生与双城市马亚川先生在哈尔滨相聚，共同应邀参加由黑龙江省著名满学家穆晔骏先生主持召开的东北满族民间文学研讨会。期间，我们谈及满族民间早年常喜好在族里举办讲唱"两金"说古活动。"两金"说古，就是讲唱金代阿骨打、金兀术等金源故事和后金的老罕王努尔哈赤故事。每逢临到年终岁尾，特别是在满洲望族大家庭里，有不少文才之士，博古通今，最擅长讲述阿骨打、金兀术一直到《两世罕王传》中的王杲和努尔哈赤等故事，成为辞旧迎新的一大盛举。从清朝至二十世纪四十年代，金源故事在满族中传播很广，满族妇孺皆知，与这些民间讲述活动的深远影响大有关系。至今忆起，颇为之动情。宁安傅英仁先生与我们瑷珲满洲富察氏家族，同属宁古塔 满洲富察氏族源，许多古老习俗与祭礼出于同宗，完全一致，而且都喜欢传讲金源故事。尤其令我俩欣慰的是，马亚川先生是双城满洲镶黄旗，祖籍辽宁岫岩，满姓富费哈喇，其家族也与我富察氏有亲源联系。我们的祖上就是为抵御外侮东侵，于清康熙二十二年，奉旨由宁古塔北戍瑷珲，从此为家焉。又据马亚川先生自述，他们家族祖籍辽宁岫岩，系金源时代马费氏后裔，清代隶属满洲镶黄旗。该族崇尚金源礼仪，尤重于我富察氏家族。每逢年关，有讲述金源故事的隆重传统。马亚川先生是双城市政协委员，是一位热衷于民族文化的有心人。七年来持之以恒，正在辛勤整理祖上传袭下来的《女真谱评》。我们商定，合作整理满族说部《金兀术传奇》。我承担金兀术出世的开篇轶闻，傅老承担金兀术伐宋到黄天荡失利部分，马亚川则承担金兀术在熙宗时代及晚年的故事。后因三人各在一地，诸事甚多，始终未有机会相聚，无暇专门详议书稿。我与傅老还有过多次晤面，曾于一八八九——一九九四年间，在宁安商谈过撰写提纲，后因傅老忙于为上海人民出版社编选《满族民间故事和神话》，而我又与王宏刚完成辽宁人民出版社"萨满教研究丛书"《鄂伦春族萨满教研究》《萨满教女神》《萨满论》等多部著作重任，整理《金兀术传奇》一事便拖延下来。后来，亚川与傅老两位先生相继离世，成书计划终成遗憾。近年，我应文礼之邀，找出《金兀术传奇》前书《兀术出世》的一些零散残稿，交由文礼与傅老遗文汇总，以资纪念耳。

二、兀术出世

居住在黑龙江畔的瑷珲大五家子拖克索（村）满洲富察哈喇家族长辈们，自清康熙年间以来，始终沿袭着早在宁古塔时代就立的一条老规矩，那就是除有平时的家族"乌勒本"讲唱外，还有更高一层次的是总祀穆昆达和分枝穆昆达讲授满洲金源故事的老传统。讲金源故事，一般多在除夕之夜，开始讲述本族早年先人从粟末到黑水时期氏族发轫的艰辛创业史，讲述满族先世女真时期的祭仪婚丧、猎狩和佃耕的习俗，让后世儿孙们在思想上深打勿忘前事之师的烙印。所以满洲最早的姓氏，就是从金代白号和黑号两大族系姓氏中衍生和传袭下来的。俗言："东夷无文。"满洲族系虽可上溯至肃慎，但金之先，满洲先民各姓氏族系均无可考稽。满族及其先民世代开创修筑宗祀，建立祠堂，敬撰谱牒，传留萨满祭礼、祭规、承袭古制等古礼，其发端皆起自金源。故满洲诸姓长者，皆不约而同地敬重金代，喜讲金源故事。凡满洲大家望族，尤敬谨严尊古制。这个讲古仪式，特别虔诚、肃穆，能够登堂授课者亦绝非普通讲"乌勒本"的族中色夫，而是延请村寨里经史饱学、满汉齐通的窝西浑（尊敬的）长者们，特用车轿接请到族众之中，像塾学授业一般，给阖族讲解"苏都离乌勒本"——祖先发祥及大金国史。饱学先生们讲史，主要侧重宣讲祖先创业维艰的历史，如今当思慎终追远、勤俭持家的道理。继之，宣讲金代开国皇帝完颜阿骨打，如何承继昭祖、景祖、世祖的遗志，率领弟弟吴乞买、斜也和女真众部将及儿孙们，前赴后继，最终擒获天祚帝耶律延禧，使称霸北方二百余年的大辽王朝寿终正寝，改天换地，创建大金国的英雄壮烈史。这个缅古颂古传统，一直大约沿袭到二十世纪四十年代以后，日寇侵占东三省，山河破碎，使北方各族人民沦为亡国奴，从此满族各氏族也失去了这些礼仪和活动。

往昔，宁安和瑷珲两地的满族富察氏家族，都习惯在农历二十九或农历三十晚上，讲述《金史》。但讲述《金史》，内容浩繁，汉学古文造诣要求甚深，在族中不易传播记忆。为了便于族人理解，都喜欢选用元代陈准所撰《北风扬沙录》。《北风扬沙录》堪称《金史》的纲要，可算是一部名篇，言简意赅，文字精炼，便于铭记，容易让听者纲举目张地认识金代概貌。它将八百九十多年前满族先世的衣食住行、风云变幻以及人们的精神面貌，呈现眼前，让人们身临其境般知晓金兀术生长时期的完颜部和大金国究竟是啥模样。讲述《北风扬沙录》后，才开讲《金兀术传奇》。所以说，听完了《北风扬沙录》，才能坐下来听《金兀术传》，了解金兀术是在怎样境域和氛围中成为大金国的名臣名将的。说句实在话，满族各姓穆昆和阖族的老人与孩子们，都喜欢听生动易懂的《北风扬沙录》，只要是多听色夫们讲几遍，就能够从头到尾记下来。族人们说，《北风扬沙录》是接触《金史》的敲门砖，是引路师。现将《北风扬沙录》原文抄录如下：

　　金国本名朱里真，番语舌音讹为女真，或曰虑真。避契丹兴宗真名，又曰女直。肃慎氏之遗种，西海之别族也。或曰三韩辰韩之后，姓拿氏，于夷狄中最微且贱。唐贞观中，靺鞨来中国，始闻女真之名。世居混同江水东长白山，鸭绿水之源，南邻高丽，北接室韦，西界渤海铁离，东濒海。《三国志》所谓"挹娄"，元魏所谓"勿吉"，唐所谓"黑水靺鞨"者，今其地也。

　　有七十二部落，不相统制。契丹阿保机乘唐衰，兴北方，吞诸番三十六，女真在其中。阿保机恐女真为患，诱豪左数千家，迁之辽阳之南而著籍焉，使不得与本国通，谓之合苏隶。自咸州东北分界入宫口，至奓沫江，中间所居之女真，隶契丹咸州兵马司，与其国往来无禁，谓之回霸。合苏隶者，熟女真也。回霸者，非熟女真，亦非生女真也。自东江之北，宁江之东，地方千余里，户十余万，无大君长，亦无国名。散居山谷间，自推豪侠为首长，小者千户，大者数千，则谓之生女真，七十二部落之一也。

　　僻处契丹东北隅地，多山林，屋无瓦，覆以板或桦皮，墙壁亦木为之。产名马、生金、大珠，颇事耕艺而不蚕桑，人多衣布。冬极寒，盛夏如中国十月时。屋绝高数丈，独开东南一扉，扉掩复以草绸缪之。环屋为上床，炽火其下，而寝食起居其上。衣厚毛为衣，非入屋不撤。衣屦稍薄，则堕指裂肤。

臣属契丹二百余年，世袭节度使封号，兄弟相传，周而复始，间岁以北珠、貂桦、名马、良犬为贡，亦服版不常。契丹谓之女真，通羁縻而已。

俗勇悍，耐饥渴辛苦，骑马上下崖如飞，济江河不用舟楫，浮马而渡。人皆辫发，与契丹异。耳垂金环，留胪后发，以色丝系之。富人用珠金为饰，男子亦衣红黄，与妇人无别。嗜酒而好杀，无常居，善为鹿鸣，呼鹿而射之，生啖其肉。醉则缚之而俟其醒，不尔杀人，虽父母不辨也。与契丹言语不通而无文字，赋敛调发刻箭为号，事急者三刻之。谓好为臧，谓不好为刺撒，谓酒为勃苏，谓误杀为蒙山不屈花不刺。官之尊者以九曜、二十八宿为号职，皆曰勃极列，犹中国总管，盖纠官也。自五户勃极列推而上之，至万户，皆自统兵，缓则射猎，急则出战。宗室皆谓之郎君，无大小必以郎君总之，虽卿相亦拜马前，而郎君不为礼，役使之如奴隶。

凡用兵，戈为前行，号曰硬军。人马皆金甲刀楛，自副弓矢在后，设而不发，非五十步不射，弓力不过也。箭镞至六七寸，形如凿，入不可出，人携不满百枝。其法十五百皆有长，五长击柝，行长执旗，百长挟鼓，千人将则旗帜、金鼓悉备。五长战死，四人皆斩。行长战死，五长皆斩。百长战死，行长皆斩。能负同伍战没之尸以归，即得其家资。凡将皆执旗，人视其所向而趋，自主将至卒，皆自驭无从者，以粟粥燔肉为食，上下无异品。国有大事，适野环坐，画灰而议，自卑者始，议毕即漫灭之，不闻人声，其密如此。军将行，大会而饮，使人献策主帅，听而择焉。其合者即为将，任其事。师还有大会，问有功者，随功高下与之金，举以示众，众以为薄，复增之。

法令严，杀死人者仍没其家人为奴婢，亲戚欲得则输牛马赎之。盗一责十，以六归主而四输官。其他罪无轻重悉笞背。守一州则一州之官许专决，守一县则一县之官许专决，取民财者无罪。凡在官者将罪，坐之廊，赐以酒，官尊者杖于堂上，已下复视事如故。

宋朝建隆二年始遣使来朝，贡方物、名马、貂皮。

色夫们讲解《北风扬沙录》完毕，紧接着就进入第二项重要程序，就更加吸引人且富有诱惑力，那就是由族中长老或最有名望的"乌勒本"色夫们，在热烈的掌声中，给族人绘声绘色地讲唱《金兀术传》，即《忠烈罕王遗事》。讲唱时，伴有小鼓、扎板和"木库连"的弹奏声，生动活泼。这是逢年过节，族中男女老少特别是孩子们最爱听的故事了。说来也是很有趣儿，若问为什么专要在每年农历腊月三十或农历腊月二十九这天讲金兀术传呢？听老人讲，这天是大金国赫赫有名的四太子完颜兀术的生日。

按民族传统习俗，年终岁尾的腊月二十九或腊月三十，是一年的最末一天，家家户户男女老少都要夜晚守岁通宵，迎来新的一年。阖家在这除夕之夜，当星星出齐，就摆好供品，张挂祖先影像，然后到郊野焚香迎神，祭拜祖先、长辈，同吃年夜饭。阖家尽情欢乐，辞旧迎新。这时，诸务再多，年事再忙，一族的穆昆达玛发都要把阖族召集到一起，由萨满妈妈或玛发率众焚香献供，祝祭祖先堂子宗祠。接着由德高望重的妈妈离、玛发离、萨满色夫离（"离"为满语，众多之意），给族人老少唱讲本族起根发蔓的历史，其中总以讲唱"爱辛苏都离笔特曷"（《金史》）为开篇的大书。故事波澜壮阔，人物鲜活感人，激励锐志，俗称正气歌。

祖父富察德连玛发，承继先祖父福凌阿、先父依郎阿的文才，满汉齐通，擅长讲唱"乌勒本"。自庚子俄难，先父依郎阿殉国，自己便兼任瑷珲大五家子拖克索富察哈喇阖族总祀穆昆达，就坚持沿袭古制，每至佛阿尼雅郭辛拖勃利（农历三十晚上），都要请族人齐聚到放谱牒的家族老房子，那可是全村里建筑得最宽敞的七间泥土大正房，内有长筒子屋中的马掌蹄子式拐弯大火炕，地当央还烧着大火炉子，全屋暖烘烘的。阖族按辈份坐好，能轻松地容下百十号男女老少。一到晚上，大木墩子上并排点着十多根糠灯，随时添补，通宵达旦。虽然火光明亮，烟雾沉沉，但屋子内皆有通烟口，并不呛人。开讲届时，德连玛发总是先要猛劲儿手敲镶有蟒皮花边的清脆鹿皮小鼓，清场静室，然后请出族里通晓汉学的萨克达色夫开讲满朱衣"乌勒本"。这一天讲唱"乌勒本"，可大有规矩了。首先要唱乌勒滚乌春（喜歌），跳乌勒滚玛克辛（喜舞），然后再讲唱本族先世朱申故事，也就是女真风俗习惯和故事，使之发扬光大，永远保持民族固有的传统和精神。接着，书归正传，全场转入讲述《金史》的第二部分，也就是倍加吸引阖族的神圣节目——《金兀术出世》

开讲了！

尊贵的妈妈、玛发，
尊敬的阿古、色夫，
听我朱伯西讲唱乌勒本。
现在是岁尾吉星高照，
鸡鸭上窝，百鸟入林，
牛马放归了南山，
猪羊各自进了圈栏。
清水装满缸，仓廪打扫净，
松柏高杆上挑起的红灯笼，
照彻满院分外明。
万籁寂静，晴空万里，
满天的星斗全出齐了。
财神、福神、喜神、寿神，
都迎接降临来到了神堂。
神龛上点起九根印有烫金大字的吉祥红烛，
满屋辉煌，通明闪烁。
香梨木雕刻的九尊香碗里的年息香，
青烟缭绕，满室飘香。
满洲人家的供果最耀眼，
喜鹊上枣山饽饽，
鲤鱼跳龙门饽饽，
莲花馓子，
杏仁馓子，
一只大鹏展翅，
是用糖油糯米掐制而成，
栩栩如生，
惟妙惟肖。
除夕之夜其乐融融，
阖族老少欢聚一堂，
同迎富贵之春，
同享天伦之乐。

斗转星移，万象更新，
祈愿人人喜增福禄寿。
炉火烧得旺旺的，
榛子、核桃、山里红，
犴肉干、狍肉干、鱼籽干堆满炕。
在吉祥如意的夜晚，
诸位一边尽情细细品享果品肉干，
喝着沙里甘居，
捧上的一杯杯香茶，
一边细听我朱伯西，
手弹动听的"给都罕"（两弦琴），
开讲大金国的——
金兀术出世！

　　说起大金国金兀术，那可真是如雷贯耳，无人不知，无人不晓。他是名副其实的大金国骁勇的战将、开国的元勋。在我国北方，从京城到东北民间，不论是在满族或是在广大的汉族中间，金兀术的影响和地位，都深扎在民众心间，很早就有许多关于金兀术的传说。如，在北京宣武区有金中都的玉虚观，相传观中曾建有金兀术祠堂。在《东北名胜古迹遗闻》等民间轶闻中，记述辽宁省法库县东北五里许有山仙村，有古战壕遗迹。相传金兀术曾在此山屯兵，用古井之水饮马，故称兀术饮马泉。在法库县东南，尚有大子山和小子山，相传金兀术曾在此山屯兵，至今留有兀术街之说。在内蒙西布特哈，有金代修的界壕边堡。在民间传说中，它们都是金兀术修筑的长城，用以防御蒙古。据《金史》记载，他本名斡啜，又作兀术，亦作斡出或作晃斡出。其实，仔细推敲，就可以发现这些称谓，均系"兀术"一音的不同汉字标音，皆来自女真语音的异音，后世史官们不通女真语，各按兀术语音记载下来不同的异音而已。金兀术，乃是大金国金太祖完颜阿骨打第四太子。兀术是儿时名字，他进入正史的官讳大名叫完颜宗弼。考察金兀术的出世传闻故事，在《金史》和其他历史文献资料中记载甚少。在宋朝宇文懋昭撰《大金国志校证》一书中，有关于金兀术出世的些微笔墨，颇生动充实，朱伯西我全文抄录如下，供众位知晓：

兀术一名宗弼，封梁国王，武元第六子，江南误呼作"四太子"也。与其弟邢王阿骨保同母。兀术生时，穹庐中郁郁有气，甚异之。为人坦荡，胆勇过人。猿臂善射，遇战酣，出入阵中，部众惮之。

描述金兀术为人的文字，就这么简略几笔，其实这就非常宝贵了。不少阿古要问朱伯西我："那么，您说的金兀术材料是从哪儿掏登来的呢？"朱伯西我告诉你，满族及其先世女真人，自古就有讲述本族起根发蔓、代代传颂祖先历史的好传统，完颜氏家族故事主要来自满洲完颜氏的众后裔。因社会动荡，人口流徙，许多女真时代的完颜氏族人后代，大多数家庭已改变族籍和姓氏，皆改用王姓，有的甚至改为汉族。其中有不少家族，在祠堂祭奠时，仍祭奠完颜氏家史家事。本说部应归功于黑龙江省孙吴县王氏家族口述史和河北省石家庄王氏家族的《祖先轶事》等，对《金史》做了可贵的贡献。对于《金兀术传》的讲述和传播，起到了推波助澜的作用。

话说大辽寿昌七年正月，也正是宋徽宗赵佶建中靖国元年，辽道宗耶律洪基死于混同江之行宫，其孙儿耶律延禧奉遗诏，继承了皇位，年号为乾统，群臣上尊号曰天祚皇帝。这天祚帝是大辽国最末一个皇帝，不理朝政，拒谏饰非，穷奢极侈，盘于游畋，纲纪废弛，人情怨畔，是大辽国最黑暗的时期，已到危机四伏、寿终正寝的完蛋时辰了。金兀术的世祖、太爷、爷爷、父兄们，在他还没有降生时，就开始乘辽朝日趋衰败的混乱时机，掀起了反抗辽王暴虐统治的卓绝斗争。

女真族是我国东北少数民族中古老的民族之一。他们长期以来生活在今黑龙江、松花江流域和长白山麓的"白山黑水"地区。隋唐时期，女真族被称为靺鞨，分为粟末靺鞨和黑水靺鞨两部。粟末靺鞨部活动在粟末水（松花江）以南地区，在七世纪建立了渤海政权。黑水靺鞨部活动在黑龙江两岸和长白山一带，渤海国强大时役属于渤海，后来契丹建国灭渤海，黑水靺鞨又受辽朝的统治。此时的黑水靺鞨，便以女真之名见诸于世。曾因避辽兴宗耶律宗真讳，一度将女真称为女直。这部分生活在"粟末水之北，宁江州以东"的白山黑水的"生女真"人，在十世纪前后，有七十二个部落。到十一世纪中叶，其中的完颜部强大起来，首领乌古乃（1021—1074）建立了部落联盟。辽朝为安抚女真族，封他为节度使。乌古乃死，其子劾里钵、颇剌淑和盈哥，以兄终弟及，相继为完颜部的第七、八、九代首领。此时完颜部已日益壮大起来。盈哥死，劾里钵的长子乌雅束继位。乌雅束死，其弟阿骨打继位。完颜阿骨打（1068—1123），就是金太祖，是金兀术之父。翻阅《金史》就可知道，就连阿骨打出世，史书中的描述文笔亦十分简略。虽然略略几笔，但《金史》中凡讲述伟人降生，多喜欢渲染和描述其异象，抒写其降生时室中内外陡显之特异气象，俗称气兆，以此视曰不凡。如，金太祖完颜阿骨打降生时，《金史》言说就非同一般，其降生在辽道宗咸雍四年戊申七月一日，天"有五彩云气屡出东方，大若二千斛，廪囷仓之状，司天孔致和窃谓人曰：'其下当生异人，建非常之事。天以象告，非人力所能为也'"。

相传金太祖完颜阿骨打元妃乌伦氏，怀孕十二个月生下一男孩子，宫中人人称奇。这个婴儿就是后来称做兀术的完颜阿骨打的第四太子。兀术降生，也像他父亲一样，有很多异兆。在宇文懋昭撰写的《大金国志校证》一书里，就明确记载兀术降生时，见到"穹庐郁郁有气，甚异之"，非同寻常。按完颜氏后裔传讲，那天恰巧赶在农历腊月三十晚上，兀术降生人世。此时此刻，正逢天下的世人都在欢度辞旧迎新的除夕之夜。女真人家家户户，欢天喜地迎腊月三十儿晚上，处处响起锣鼓、唢呐、爆竹声，欢天喜地，万民同贺，金兀术真是生在了好时辰，好像都由衷庆祝着他的降生一般。从此，每年腊月三十晚上或腊月二十九晚上，完颜氏家族后裔和满族人家都纪念兀术这个生日，成为古俗。在这天晚上，家家妇女用笼屉蒸做大红枣的安班额芬饽饽（大馒头）和大红枣的安班阿林饽饽（大枣山饽饽），蒸出的大饽饽都要用红色花汁点上大红点，象征大吉大利。

说来，这个古俗来自金代。正如前文讲述，兀术大约是生在辽朝道宗耶律洪基的寿康三年前后，其父完颜阿骨打当年已经三十多岁，承继其父劾里钵、叔叔颇剌淑和盈哥的衣钵，成为全家族的统领，任安班勃极烈，已决心反辽，做好了攻伐大辽的全部军事和人力准备。兀术降生在金戈铁马的动乱岁月，恰是生逢全家族用人之际。当年，正是完颜氏阖族上下一心，积蓄了几代力量，与辽王朝生死拼争之不平凡年代。在兀术降生之前，完颜阿骨打已经有三个儿子了，就是兀术的三个哥哥：他们是完颜宗干、完颜宗望、完颜宗辅，个个名垂金史，都是完颜阿骨打身边的虎将，盖世英雄。兀术降生完颜氏家族，这是完颜氏家族中的又一大喜讯，添人进口，增加了一员未来的猛将。阖族上下个个笑逐颜开。完颜阿骨打和自己三个儿子以及弟弟吴乞买和杲（斜也）、希尹、挞赖等众将，都看望和同声齐贺兀术的生母元妃乌伦氏，也都同声共祝太祖完颜阿骨打，不约而同地向太祖说道："安班勃吉烈，这可真是喜事临门啊！腊月三十晚上老天为我们送来贵子'兜'（兜，女真语'弟弟'），明天便是新春伊始第一天，这是吉星高照的好兆头，咱们正厉兵秣马，内外上下举兵反辽，天赐贵子珊延哈哈，此儿绝非常人。"众将个个应声同贺，农历三十儿晚上守岁熬过几个时辰后，就迎来了依彻阿尼雅（新年）子时来临。除旧迎新，迎来万象更新的一年，预示好事连连，喜兆绵绵。

完颜氏家族如此兴奋，还有一个重大原因。兀术降生之时，正赶上辽国在与强大的北部蒙古部落阻卜部首领磨古斯大罕争战中，屡屡遭败，兵马损失惨重。说来这阻卜部是大辽国的大克星，几乎与辽朝世代相争，辽朝无可奈何，成为不可抗御的心腹之患。到了兀术降生的寿昌年代，辽朝穷于应付，力不从心，完颜部频频传来捷报，辽朝金吾（官员）纷纷被俘被杀，大辽朝众多牧群骏马被阻卜部抢掠，极大地打击和削弱了辽道宗的国力。所有这些喜讯对完颜氏家族的反辽起事，都是莫大的鼓舞和襄助。所以，完颜氏全族都将金兀术出世视为吉星高照，是阿布凯恩都力的庇佑。于是，完颜部的父兄们给完颜阿骨打的四太子起名曰"兀术"。女真语"兀术"，汉译谓"头"的意思。寓意农历三十儿过后，就是万象更新的新年，新年伊始，辽朝败北，预示反辽必有"出头"之日。历史果然如此，寿昌七年正月，辽道宗耶律洪基死于混同江的行宫，其孙耶律延禧奉遗诏继承了皇位。这便是辽朝的亡国之君天祚帝。

金兀术之父兄，沿袭昭祖跃马青岭白山之豪情，锲而不舍，自强不息，拼力联络女真诸部，不断壮大自己实力。日益强盛，在辽人中频生赞语："女真兵满万则不可敌"。在完颜阿骨打率领下，女真兵马已发展有上万之众，成为辽朝天祚帝即位时的强敌，催命神兵。兀术从襁褓到牙牙学语，就是在这种战火生活中迅速成长起来的，很早地使他受到熏陶、锤炼、懂事理，成熟得很早。完颜氏家族素有尚武的英雄家风。相传金太祖完颜阿骨打幼时与群儿戏，力兼数辈，举止端重，世祖尤爱之，十岁好弓矢，甫成童即善射，一日辽使坐府中，见阿骨打手持弓矢，使射群鸟，连三发皆中，辽使矍然曰"奇男子也"。又传，金太祖完颜阿骨打曾宴纥石烈部活离罕家，散步门外，南望高阜，使众射之，皆不能至。阿骨打一发过之，度所至逾三百二十步，宗室谩都诃最善射远，其不及者犹百步也。俗语说得好："有其父必有其子。"兀术从小就身材高大，胳膊很长，武功盖世，有胆有识，勇力过人。自幼酷爱习武，更喜爱读书。兀术有这些盖世武功，都是从小习学他的众位兄长的结果。这就是完颜氏家族的传统家风。完颜阿骨打的几个儿子，个个勇武超人，都是《金史》中的英雄人物，战功赫赫，名垂青史。完颜氏家族有老传统，父传子，子传孙，子子孙孙，人人尚勇，个个争先，兄弟之间不分彼此，相互影响，共同熏陶。凡族中有事，全巢出动，上阵父子兵，打仗争头功。凡有要事聚议，全家族正襟危坐地上，合扰一圈子，由家族长者率子孙用木棍画地议事，不论长幼，不分职务高低，皆可坦述己见，凡上乘之言皆纳之。女真人自古就有这个传统固习，代代相因，足可培植儿孙成为大鹏之才。兀术从小就是在这样的家族环境下成长锻炼起来的。兀术从小跟随大哥完颜宗干、二哥完颜宗望，成天蹦蹦跳跳、摔摔打打、跌跌碰碰滚出来的。完颜氏家族对哈哈济（男儿）训教最严也最苛刻，孩子从牙牙学语、学会走路的一生日到三岁时起，大人和长辈们就开始规教子弟，尽管心慈的老奶奶、亲额姆含泪心痛都没有用，男童谁也躲避不了必进的"塔其库"（课堂），必闯的鬼门关。为此，育儿嬷嬷们就给婴儿用硬枕睡头，用鹿皮带子捆绑双臂、腰肢和双腿，为使日后能戴铜铁盔帽、全身筋骨通直，不生罗圈腿。五岁以后就进"西丹营子"（幼学堂），学练走路和短跑，认识各种兵器。六岁以后就下场子练拳踢脚。在老色夫和众兄长的示范之下，研习武术，像老鹰领教小鹰飞翔、找食、斗敌，学习练达百难临头之下的求生反胜本事。

女真人讲究立人处世，要首先学成过五关。这个基本功通不过，全家族也不会收他加入，成为武真超哈（重兵）。这过五关，那就是走"竖桩"、"佛跳墙"、背"赊勒"、甩"嘎拉"、勒"莫林"。

走"竖桩"，就是在一块大草坪上，选个绵花平地，埋上碗口粗细的高木桩，半人或一人高度，互距半步远，一共要埋上八百根，凡完颜氏家族的男女孩童，从五六岁起最先练走桩子，有大人陪伴，在上面学迈步，学走路，学跑步，学练腿，越走越稳越迅捷，以至到后来能疾跑如履平地，大人做对手，与之争雄，看谁先从高木桩上摔下，以此计算胜负。

"佛跳墙"，女真孩子们七八岁起聚集校场，面对眼前多用土坯和木栅堆成的障碍物，学轻身，学纵升，就是纵越障碍物。俗称"佛跳墙"，勇敢地快步纵跃过去，摘取一株榆树上悬挂的英雄花。障碍物逐次增高，看谁最终摘得的英雄花最多，谁就夺魁。"佛跳墙"，比试纵跃技能，要求飞步跨越，锻炼勇敢无畏的尚武精神。

背"赊勒"，就是四肢立定，双肩扛起用九层厚的老牛皮连起的前后两锭生铁铸成的大小不等的铁桩子。先扛小"赊勒"后扛大"赊勒"，逐次增大"赊勒"重量，以此习练自身的强大担力和肩力。这犹如担山，全靠浑身的蛮劲和力气，可要运用周身的热血，眼睛睁得圆圆的，牙咬得咯噔噔响，才能背起"赊勒"。成天扛"赊勒"，这是最辛苦、最冒汗的运动。最初左右两大肩膀红肿如馒头，腰如有千根尖刀在扎，行走艰难困苦，睡觉只能脸朝下趴着，疼痛难忍，夜不能眠。就这样苦熬苦练，一直要练扛"赊勒"扛到十五六岁的时候，两肩生成新皮茧，像脱胎换骨一样。而后再背扛最大的"赊勒"，就如同背小绵羊，轻巧得很，健步如飞，力大无穷，敢搏雄牛猛虎，这样才具有力拔兴安白山之功，才算修炼成真。

甩"嘎拉"，纯粹是锤炼少年和青年人的抛物能耐，目的也是为了增强体力。它的要领是两人一组，相对叉脚挺立，将手紧紧相握，不允许动脚动身，只凭运动自身的体能和臂力，将对方拉到自己一方，使之无法站立或将对方拉倒为赢，强大优胜者甚至能凭着自己的巨大体力，将对方顺势抛举起来，猛力一悠，甩出很远，优胜方被视为奇才，赢得巴图鲁英雄旗。

上述四关，还不算最高本事。女真人家族规训子弟，至关重要的真功夫和能耐，那就是锤炼马上功，比试勒"莫林"了，就是汉人所说的驭马术。勒"莫林"，听起来很简单，其实是最不易了！要知道，马生来聪慧无比，烈性十足，一向见人行事，遇能人俯首帖耳，弱者来休想沾身，嘶咬踢跳，暴怒异常。故此，自古有"龙马精神"和龙驹之美誉。所以，勒"莫林"，就是要有识马和驭马的能耐，在长期与马相处之中建立感情，人通马性，马解人心，同魂同魄，最终达到人马一体、百战不怠的最高境界。善识骏马和擅驭骏马，是每一个女真英豪尚勇无畏气概的集中显示。说起这勒"莫林"可不简单，在当年辽金争雄之中，都百倍看重勒"莫林"。《辽史》记载："其富以马，其强以兵。纵马于野，驰兵于民。"战马就是生命，战马就是胜利。完颜部的女真众将，世代重视掌控"珊延莫林"，精心培育自己子弟，从小直至一生，都要与天下的骏马结缘，做叱咤风云的马上英雄，夺马魂，善马技，骑马闯敌阵，俘敌如探囊取物，如入无人之境，堪称大将军。故言驭马术乃五关中之最高技艺。当此女真世家，生子俗倡要生"龙种"。所以女真代代极重视族外婚，最忌族内婚，从而使生出来的女真子女个个体态魁伟豪壮，虎背熊腰。因此辽代以来各部争夺五国部中越里吉铁骊人的铁骊名马，视为天下瑰宝和陆上蛟龙。若骑上铁骊名马，人高马大，耀武扬威，真如大鹏展翅，谁都不希罕骑乘那光知道能擅走塔头甸子的小个子疙瘩马，骑它不能生龙活虎，一纵不到三尺高，气势盖不住骏马顽敌，必败无疑。所以，猛将都追求大蹄碗、大骨架子的长鬃铁骊名马。兀术从小为人豪爽坦荡，有胆有识，身材高大，胳膊很长，勇力过人，就是从马背上练就的。兀术从小就追随众兄长，朝天风雨无阻地在演练场上摸爬滚打，上述五关，兀术个个都是以最优异的成绩夺冠，毫不逊色于众兄弟。

提起甩"嘎拉"，金兀术还流传一段神奇的故事。兀术从小就是个胳膊粗、力气大的淘气包子，上树掏老鸹窝，下河摸鱼虾，什么事都能干，可是一提起骑马、射箭、比武艺就不行了。阿玛阿骨打常常当众骂他是个没有出息的兔崽子。兀术一赌气跑出去找能人学武艺。这天他来到一座大山脚下，正巧遇到一位坐在松树下的白发苍苍的老妈妈，他便向老妈妈走过去。老妈妈说："你小小年纪孤身一人干什么去啊？"

兀术说："我想找能人拜师学艺，长大了也像阿玛和阿浑那样武艺高强。"

老妈妈说："这事并不难，何必到处找能人学武艺？你只要拿到三个嘎拉哈就行了。"

兀术翻了翻眼珠子，说："不就是羊腿上的嘎拉哈吗？这有什么难的？"

老妈妈说："我让你找的三个嘎拉哈可不像你说得那么容易。你看到跑得飞快地狍子了吗？你想办法抓住它，取下它腿中的嘎拉哈。你看到比老虎还凶猛的野猪了吗？你有胆量和它拼吗？你要用智慧杀死它，取下它腿中的嘎拉哈。你见过狡猾、笨拙、力大无穷的大黑熊吗？你敢不敢和它较量，用你手中的刀刺死它，取下它腿中的嘎拉哈！你只要取来它们三个的嘎拉哈，我就教你武艺。"

兀术满有信心地说："敢，我什么都敢。老妈妈，你等着吧，我一定把狍子、野猪、大熊瞎子的嘎拉哈取来，给你看看，然后你可教我武艺啊。"

老妈妈说："好，我就在这儿等着你。"

兀术乐颠颠地回家了，他顾不得歇息，背着阿玛悄悄磨刀磨箭头，准备找狍子、野猪和熊，取它们的嘎拉哈。第二天兀术带上肉干，挎上腰刀，背上弓箭，来到一片大树林子。兀术从太阳刚出来一杆子高到日头偏西，从林子东头走到西头，也没见到狍子、野猪和大黑熊的影。这时他又累又饿，泄气地就想回家了。突然他一转身，见到一个傻狍子站在他眼前。兀术高兴地大叫一声："狍子，把你的嘎拉哈给我。"兀术这一喊声，把狍子吓跑了。兀术连声喊："站住，狍子你别跑！"狍子哪听他的，三蹦两跳，跑得无影无踪。兀术在后边紧追，累得上气不接下气，腿脚不听使唤，树根一绊，仰面朝天地摔倒了。

兀术躺着歇了一会儿，消除了疲劳，精气神又上来了，站起身刚要往前走，就见一只大野猪张着大獠牙向他跑来。兀术这回学乖了，躲在大树后，不慌不忙地张弓搭箭，冲着野猪射了过去。兀术的箭很准，可惜虽然射到野猪的身上，野猪就像没这回事似的，箭从身上滚落了下来。因为野猪很懒，总往松树上蹭，结果蹭了一身松树油子，又硬又光滑，就凭小兀术那点儿力气，箭是射不进去的。不一会儿，野猪哼哼地跑没影了。

跑了狍子，又溜走了野猪，兀术这个丧气呀，心里嘀咕：我兀术的运气咋这么不好啊！差点儿哭出来。就在这时，从眼前的大树上爬下一只大黑熊，嗷嗷地怪叫。兀术心想，你来得正好，我今天就要取你身上的嘎拉哈，不然我无脸见人了。兀术抽出腰刀，铆足了劲儿，大喝一声，向大黑熊砍去。大黑熊见一个小孩向它扑来，将前身一挺站立起来，两只前腿像大巴掌似的一比画，就把兀术的腰刀抢去了，一只前爪就要拍兀术，多亏小兀术手疾眼快，迅疾躲了过去，不然小命就没了。

没得到嘎拉哈，小兀术并没有灰心，他又到林子里转悠了很久，仍然抓不住狍子，射不死野猪，砍不死黑熊。他这才明白，老妈妈让他取狍子、野猪、黑熊身上的嘎拉哈，不是容易的事情，必须先练好基本功，自己有了真本事，才能拿到嘎拉哈。于是他跟部落中的猎人学弓箭法，学打猎的经验；跟阿浑们学摔跤，锻炼自己跤斗的能力；跟着草甸上的野马跑，练自己腿上的功夫。日子一天天过去了，小兀术也渐渐长大了。有一天他又到林子里去，毫不费劲儿就抓到了狍子，射死了野猪，砍死了大黑熊，很轻松地取出三对嘎拉哈。他拿着嘎啦哈高高兴兴地来到大山脚下的松树旁找老妈妈。果真老妈妈正坐在那儿等着他呢。

金兀术手捧着嘎拉哈乐颠颠地对老妈妈说："老妈妈，我终于拿到三对嘎拉哈了，你快教我武艺吧。"

老妈妈说："别着急，孩子，你只要把这三对嘎拉哈往空中抛，然后还能顺顺当当地都收到手中，我就收你为徒。"

兀术说："好，不就是往高处抛，然后接住吗？你可说话算数呀！"

兀术按老妈妈说的做了，用了最大的力气，抛得最高，而后都顺顺当当地接住了。他回头再看老妈妈，早已不见了。

兀术立刻明白了，老妈妈就是神人啊，她用这种方法教他武艺啊。兀术跪下向老妈妈坐的地方磕了三个头，谢谢老妈妈的指点，"徒弟绝不辜负你的期望"。

后来金兀术果真成了金国赫赫有名的大元帅。

在完颜氏家族中，后世流传下来许多金兀术小时候的强悍故事。相传小兀术五岁时，有一次金太祖阿骨打和弟弟吴乞买，酒饭后商谈辽朝苛税沉重，如何仗义抗辽，抵制辽朝暴政之策。这时，嬷嬷们从内室抱出小兀术，因小兀术就喜欢出外面观赏一群群小马驹。走出厅堂，正巧见到阿玛阿骨打和吴乞买。阿骨打和叔叔吴乞买见了小兀术，嬷嬷忙领兀术请安施礼。小兀术像懂事似的，招招小手向阿玛和叔叔笑。小兀术长得又白又胖，两只小胳膊像两根小棒槌，双手抓牢阿玛和叔叔吴乞买的手不放，很有力气，逗得阿骨打和吴乞买乐得合不拢嘴，都很是喜欢小兀术这股子机灵和精神劲儿。小兀术的举动，引起叔叔吴乞买的极大兴趣，认为这孩子日后必定会很有出息，便跟哥哥阿骨打建议，女真人从小都有预测自己褟褓中的儿孙长大后究竟喜爱何种志趣的能力，是爱文或是习武？小兀术将来就是咱们完颜氏家族一员虎将，看看这孩子长大以后，喜欢使用什么兵刃？于是，就命奴婢们取来一些常见的刀、矛、剑、锤、叉、鞭、斧、链等兵器，摆了一炕。嬷嬷把小兀术抱到炕上，试测小兀术喜欢什么兵刃，看他自己去抓什么，挑什么兵刃。阿骨打和吴乞买站在地当央，笑着观察。小兀术见到这么多新奇的兵器，惊喜地呵呵笑了，手舞足蹈，像很早就熟悉和见过这些武器一般，那么亲昵和喜爱。小兀术直接就把炕上一柄小银斧抓到手里，高高举起来，大声叫着，爱不释手，向阿玛和叔叔吴乞买说："我就要这柄好兵刃！"小兀术的举动，使阿骨打和吴乞买以及周围所有的人，都禁不住地哈哈大笑起来。

兀术十岁以后，阿骨打和吴乞买还专请军中擅长使斧的高人指点武功，教授兀术苦练一柄银雀开山斧。长大后，兀术膂力坚强，有举泰山之力。后来，兀术就专门使用自己的镔铁开山斧，在马上练就了一身好武艺，迅如风雷，甚有名气。

说来，兀术求师还有个动人的故事哩！别看兀术年幼少小，可长得胖乎乎的，机灵过人，谁见了谁喜欢。一次，阿骨打照例召集众将在老杨树林中的那片宽敞的大校场比试武艺。小兀术也跟着哥哥们到校场观战，别看他小，从来不拉下这个茬儿。在兀术心目中，有一位大叔叔将军让他羡慕倍至。小兀术早就相中了大叔叔将军那柄沉甸甸、明晃晃、锋芒锐利的大砍斧。所以，兀术久仰其名，朝思暮想，就想看看、摸摸这把大砍斧。你说，这次比试武艺他能不抢着、奔着去瞧校场比武吗！兀术跟宗翰去得最早。没想到那位他仰慕的擅使板斧的大叔叔将军早到了，正在一边默默无闻地边欣赏、边低头擦拭着他那心爱的大板斧。小兀术凑过去。嗬，大板斧明亮如镜，简直能照出人来。大叔叔将军说："哈哈济，躲远点儿，小心碰伤了你。"

兀术并没有后退，仰着小脸，向大叔叔将军好言好语地说："额其克玛发色夫（叔叔师傅），您就教我使大板斧吧！"

大叔叔将军以为兀术好奇，笑了，说："哈哈济，去、去吧，别在这儿碍我准备比武。你还小呢，哪懂得这十八般兵器呢，最数这板斧难使唤，身要灵巧，手要有力，眼神还要快。你还小呢，以后我教你使用枪刀！"

这时，场内唢呐响，铜锣敲，阿骨打令下，校场比试，命各路将军依序报号乘骑入阵。紧张肃穆的比武开始了。大叔叔将军提斧上马，冲入疆场，小兀术睁大眼睛凝望远去的大叔叔将军。兀术从没有气馁死心，立下志愿的事情棒打不回，就咬定不学会使用大板斧誓不罢休。后来，兀术天天去磨大叔叔将军，弄得大叔叔将军坐立不安。

说来这位大叔叔将军，原本是大辽国名将，叫耶律丹真。壮年时，曾跟燕山古刹铜头禅师，学了一手传世的板斧神技，有万夫不当之勇。因不满天祚帝沉湎于头鱼宴，年年兴师动众，耗民伤财，借酒兴大发怒语，遭朝臣弹劾，一怒之下，便投身阿骨打旗下，竟得重用，待如上宾，封为前阵先锋官。耶律丹真考虑，这兀术非一般人等，那可是完颜阿骨打的四太子，一旦教出点儿闪失，那还了得？所以，一再躲避回绝。怎奈兀术就是缠磨没完，而且天天大清早就站在耶律丹真屋外，那么虔诚，令耶律丹真着实感动不已。耶律丹真被逼无奈，便拜见吴乞买言说此难事，如何辞退为好？吴乞买听后，反而十分高兴，说道："耶律将军，我深信我的侄儿小兀术，那是未来的大金名将重臣，前程无量！兀术既然爱学板斧，一定会严听师命，努力学艺。将军就收下你这个弟子吧！多多提携，我代表我的兄长向您一拜，谢谢将军您了！"吴乞买还把兀术和宗干、宗翰一并叫来，设案焚香，给兀术举行隆重的拜师大礼。耶律丹真倍受感动，觉得完颜氏家族礼贤下士，一点儿也没有王室架子，就把燕山古刹铜头禅师全部板斧神技，毫不保留地传给了兀术。

不久，耶律丹真还亲领小兀术，去军中烘炉打造适合小兀术使用的得心兵器。兀术不从，跪地给师傅叩头说："耶律大师，俺兀术既是您老的得意大弟子，就把您老祖师爷给您打造的那柄大板斧，赏给咱家吧！"小兀术跪地不起。

耶律丹真说："孩子啊，你年岁太小，不怕沉吗？"

小兀术昂首傲立，信心百倍地说："色夫啊，我不怕，我生来就有用不完的擎天力，最喜欢沉重兵器！"小兀术就这样起小就用师傅赐的镔铁大板斧，足有三百斛之重。他如获至宝，越练越精，越练越勇，熟能生巧，地下练，马上练，戏水练，越练越不觉沉重，与身融为一体。即使在夜晚，小兀术都天天头枕着板斧睡，形影不离，朝夕苦练。

平时，小兀术总向兄长们显示自己的神斧。宗翰兄长不以为然。小兀术睁着大眼睛说："宗干阿浑使丈八蛇矛，宗翰阿浑使青龙偃月刀，俺使镔铁板斧，咱们可是大金国的刘关张。不过，俺兀术的镔铁大板斧，可不是只有三斧子，罗汉盘身，满天开花！"从此，金兀术一把镔铁开山斧，闯遍天下，威震中原。

在白城子有座残破的古庙，当年完颜阿骨打常常带领众兄弟，在此地议事。小兀术见大人都聚在古庙阶台上坐着，自己也凑过去，听阿玛阿骨打议事。这座古庙院里蒿草中，留有一个大鼎型的旧香炉，已经生了厚厚的铁锈。小兀术贪玩，坐不住时，就悄悄来到生长有蒿草的院中，一边背靠着生有厚厚铁锈的旧香炉，一边望着阿玛罕阿骨打不停地晃动着身子。阿骨打生气了，发怒地说道："兀术，你怎么老是闲不住呢？是不是身子痒了，你把背靠的那座大香炉，给我举起来！"

阿骨打的话惊动了在座的所有众将们，一个个不敢大声喘气。宗干、宗翰等也都为自己的小弟弟担心，暗里埋怨小兀术尽惹事端。全场所有人的目光都不约而同地聚焦到小兀术的身上。多少人为小兀术担心，众目睽睽，这座像铜鼎一般沉重无比的古代大香炉，犹如生根的巨石，不少好事者都试过，若没有千钧之力，是难以托举起来这座百余年的古物的。这次可真给小兀术来了一个下马威，小小的年纪，咋能够举起这个庞然大物啊？

宗干最疼爱自己的小弟弟，也最深知兀术的实力，他们兄弟曾多次到这里来过，练过体力，便大声喊道："兀术，沉住气，把它给阿玛罕举起来！"

兀术毫不迟缓，双腿叉开，昂首挺立，两手猛掐住大香炉的边沿，大吼一声："嘿！"竟硬是将大香炉底朝上呼拉拉给举了起来。小兀术两眼圆睁，满面通红。

吴乞买和斜也两位叔叔心痛地跳下台阶，忙接下大香炉，紧紧抱住小兀术，连连说道："珊延哈哈，珊延哈哈，我们的大力士，前程无量啊！"

兀术十五岁以后，就全身心地投入抗辽的征战中，处处争先，从不离开父兄左右，哪里战事紧，仗打得激烈，哪里都少不了兀术。兀术从小便酷似父兄，不服软，敢于抗争。在阖族严格的影响和带领下，金兀术就是一位最合格、最受全族长辈和弟兄们喜爱的好后生和小弟弟，人人夸奖。所以都愿意带领他，不论是放马，还是操练、巡逻，兀术都显得格外机灵勇敢，有兀术在，能帮忙办不少事。兀术虽然人小，但心细，心眼多，有他跟随，诸事办得既放心又顺心。辽道宗末年，朝政腐败，反辽热潮风起云涌。辽朝广征骏马，处处设有卑奴朱申们可统管的牧群，每群牧马都不下百匹。后来北阻卜磨古斯起兵反辽，折腾得辽朝疲于奔命，众叛亲离，牧场成了无主的野马，盗贼横行，常出现争斗血拼的事情。

有一次，兀术跟随宗干、宗翰，受吴乞买之命，出去刺探辽兵南进的兵力和动向，归途中他们见到旷野上奔驰着许多印有辽国番号的骏马，在吵闹中仿佛有争抢马群的殴打声。宗翰三人，并没有看到辽兵。宗翰为人聪颖寡言，看在眼里，就心生一计，何不想个办法把这些散马统统都收拢一起，为我师所用，这可是一大笔财富。辽朝目前大势已去，无力回天，已无军力占有这些资源，此乃天助我朱申出苦海也。眼下朱申正与辽王争雄，谁能够驾驭这些日行千里的卷地风，谁就能鹤立鸡群，叱咤风云，百战百胜！可是要知道，安班勃极烈阿骨打从来纪律严明，正在悄悄养兵蓄锐，充实实力，当今辽王对属下的朱申部落中任何异态和蛛丝马迹都苛刻鉴察，百倍注意。所以，阿骨打一再叮嘱自己的众弟兄和部将们，不可造次，以免因小失大。绝不能出现任何的疏忽大意，并规定任何事都要经安班勃极烈议事庭上聚议会商，击掌方可定夺。

这些规诫，就连兀术年小都耳熟能详。可是，骏马诱人啊！宗翰想了想，有了计策，不如唆弄小弟弟兀术出面。他长得胖胖墩墩，又勤快又机灵，而且有股热心肠，在阿玛罕和众位叔叔中最有人缘。宗翰想到这儿，就与宗干商量，两人想到一起了，便大声地夸赞草甸上奔驰的骏马，不住地引起兀术的共鸣。哥三个光顾紧盯着那些骏马，喜欢得眼珠子都瞪圆啦。宗翰和宗干两人边看边叹息，决定速速回部禀报此情。

小兀术可急了，便对他俩说："你们缘何叹息？这是多好的机会啊，不如快快动手，杀掉这帮抢马贼，把大辽朝散马全都收归咱们所有吧。"

宗干说道："你年岁小，有所不知。我们都参加过多次安班勃极烈议事庭上聚议会，父罕席案上的那把祖传尚方宝剑，从来是不认亲，不吃素的。这事事先没得到阿玛罕示下，若莽撞动手，恐怕重罪难饶。"两人磋磨磋磨，踌躇不定，有点儿泄气了，不敢轻举妄动。

小兀术那可是烈性子的人，啥事只要他想干了，就是九头大牛也拉不倒他，何况让他退步。兀术一见两个阿浑这个软样，便大声嚷着说："窝西浑阿浑唉（尊敬的哥哥啊），咱可不能为了个人安危想得太多，为了灭大辽，我身披锁铐何足惧！何况，叔叔吴乞买宠爱咱们，他老人家也最疼爱我，这个罪我领啦！此事呀就这么办吧！你们就说是我金兀术做的！"

当时，正是明月升空，野甸子里一伙匪徒正在追逐成群的辽马，惊起林丛中几只小野鹿四处奔跑。小兀术首先飞马冲入牧场，宗干和宗翰也就跟随冲了进去。众匪徒哪是仨小英雄的对手，仓皇四逃，三兄弟抢得散马数十匹。他们怕时辰长了被辽人发现，迅速收兵。后来，三兄弟又一起出击几次，搜捕到残匪暗藏的骏马百余匹。

次日，铜钟鸣响，安班勃极烈议事庭上阿骨打、吴乞买和杲（斜也）、希尹、挞懒等众将聚集议事。宗干、宗翰十分害怕，都以为惹下了大祸端，怕追问下来，难以禀报。还是兀术不知何时自动找来一根长长大铁链子主动缠在身上，铁链子磨地轰隆隆地山响，啷啷呛呛地闯进聚议庭。众人见到此情，大吃一惊，叔叔吴乞买心疼地走过来，问道："兀术啊，又淘什么气啊？"

兀术跪下说："孩儿有杀身之罪，不经安班勃极烈示下，擅捕来辽王百余匹马。"

吴乞买笑着问道："孩啊，这么大的事儿，我猜总少不了宗干和宗翰吧？"

兀术忙说："是，有我的两位阿浑，可没有他们的事。一人做一人当，这罪由我承担！"众将听了都会心地笑了，知道军师必定是宗干和宗翰无疑。

阿骨打怒道："吾久有严训，为虎将者，勿以掠掳财物小能为耀。高瞻远瞩，运筹帷幄，恪守训规，令行禁止，乃大将军也，堪称虎狼之师，百战不殆。即你一人所为，违犯军令斩，你不怕吗？"

兀术拍胸侃侃言道："昨夜我与我的两位哥哥没睡，在南甸子打来百捆鲜草。兀术从不怕死，为灭大辽，我们献上一百六十七匹骏马皆喂养在北树林栅栏内，请父罕与众位叔叔验收，死无憾矣！"见此情景，吴乞买和众将皆为小兀术求情。阿骨打亦非常疼爱兀术，怒言只是戏语，由衷地为自己一群虎子自豪，并下谕以三兄弟智擒辽国野马为先例，以智能和武力巧胜辽兵。

兀术在军中声望日高，便向叔叔谙班勃极烈吴乞买请战，继续乘胜前进，潜入辽朝占据之地，暗暗收拢无主马群，达千余匹。起初，吴乞买怕兀术年纪小，难以应对不测，而且宗干等人因军事甚忙，都不在身边，所以总是不允兀术单独蛮干。但是，吴乞买经不住小兀术好话说了千千遍，一再地缠磨，仔细听兀术讲得道理很多，细想也很在理。后来经冷静琢磨：觉得孩子要在烈火中磨练，要敢于让儿女们在虎狼堆里去煎熬，这样长大了才能成为有用之才。于是他被说服了，命其见机行事，不可恋战，早去早归。兀术高兴地一一答应，便辞别了叔叔吴乞买。

小兀术是机灵鬼，回到家将自己打扮成流浪儿，衣衫褴褛，满脸抹得泥巴黑，专在夜色之中进入辽地。兀术马术好，不用鞍缰就可以跳上马背，抓住长鬃任凭骏马怎么蹦跳，也甩不下去。兀术平时就喜好琢磨事，他总是与马匹相处，细心观察马的习性，久而久之，便琢磨出马的特有语言，成了马的知心朋友。这可是一宗最神秘的大本领。兀术只要手指插进嘴里，用力猛吹，就能够从口中发出各种马的叫唤声。马只要听到这些不同的奇怪声响，不论大大小小的马匹，就深解其意，知道是在传递心声，或是在召唤它们。马群就会从老远的地方跑来相聚。兀术凭着这个独特的能耐，在一夜之间聚集了众多散荡的野马。马性喜群聚，不愿孤独散养，于是越聚越多，草原顿时活跃起来。在头马的引领下，像一条长河一般，在草原上奔腾。兀术悉知马的特性，秘密引领头马，群马紧紧跟随，黎明前便胜利地返回大营。吴乞买看着兀术带回这么多胜利品，又是惊又是喜。全部落的人都来祝贺。兀术一连三次收集散马近数百匹，得到阿玛阿骨打和吴乞买的夸奖。

兀术大约从十八岁起，就成为大金国一员猛将，热心投身于父兄抗辽的征战之中。因兀术勇猛机智，胆识超人，一匹马、一把斧，深入辽军虎穴，屡建奇功，其父完颜阿骨打便将他分拨到叔叔国伦谙班勃极烈完颜杲大将军帐下，命其精心栽培。兀术不负众望，跟随在大将军左右，观敌情，学战法，成为重要将领。辽天庆四年九月，阿骨打起兵反辽，迅速攻占辽朝在混同江的要塞宁江州，即今扶余东南的石头城子，并在河店出击辽军，大获全胜。在此期间，兀术跟随叔父完颜杲出征伐辽，主攻辽中京。兀术初次参战，就显示出超人的勇敢，令女真将士刮目相看。此战，兀术身穿白铠甲，跨披甲的战马，众将们喜见这位白袍小将，冲杀往来于战阵之间，如入无人之境，成为军中无人不知的勇士。特别是同副都统宗望率一百余骑兵追赶辽帝耶律延禧时，刚接近辽军，兀术的箭便射光了，而且斧柄也突然断裂。辽兵见状，一拥而上，把他包围。他圆睁双目，倒竖浓眉，大喝一声，夺过长矛，接连刺死八人，捉活五人，还从俘虏口中得知辽帝就在近处鸳鸯泺，而后随大军追赶，获得辽朝大批辎重和财宝，辽军兵不成军。

兀术少年勇猛，冠绝天下。金天辅六年二月，金兵攻取辽西京，山西诸州县也相继占领。六月，完颜阿骨打自上京出发，八月得悉辽帝躲在大渔泺，便命蒲家奴、宗望、兀术率四千铁骑为先锋，日夜兼程追赶出击。兀术所率千余骑兵已追上辽帝，得知辽兵有两千五百余人。蒲家奴与耶律睕认为，我军已人困马乏，不可以再战。而宗望与兀术则认为，如今已追赶上辽兵，如不战，明日将无处寻找。兀术一马当先，杀入敌阵。辽帝认为金兵才千余骑，等于石投大海，必被击灭无疑。于是，满怀信心地带着嫔妃到高岗上观战。众金兵见到辽帝，个个杀敌心切。兀术更是心急如火，率众将士直冲山上。辽帝见金兵扑来，惊慌失措，从高岗连滚带爬地上马逃跑。兀术左右冲击，辽兵溃不成军。

天辅七年八月，完颜阿骨打回师病死途中，其弟完颜晟，就是前文所言的吴乞买，即位。次年改元为天会元年。天会三年（1125年）二月，金将娄室擒获辽天祚帝，辽亡。十月，吴乞买遣军伐宋，兀术任东路军行军万世户，自平州（今河北卢龙）出兵，十二月攻占燕京（今北京），强渡黄河，取汤阴，直逼宋京城汴京（开封）。于五国城擒宋朝徽宗、钦宗二帝，从此北宋亡。《金兀术出世》到此结束。请各位接着听讲下部，成年金兀术的一生叱咤风云传奇史。

引　言 | 辽国使臣似狼虎
女真患难出英雄

　　早在一千多年以前，在不咸山和安出虎水一带，世世代代居住着完颜部女真人。这里森林茂密，土壤肥沃，真可谓是有山有水，渔猎并举，有农有牧，粮畜兴旺。女真人的日子一天比一天好起来。女真人日子过好了，气坏了大辽国的皇帝，他千方百计想置女真人于死地，不让他们有喘息的机会，免得将来反对自己。为此，三天两头，派银牌天使，带着兵马到松花江一带女真住地征收贡品。这些银牌天使真是穷凶极恶，今天掠东珠，明天要海东青，看见美女就抱，硬逼着给他们陪宿，谁要说个"不"字或反抗，说杀就杀，说砍就砍，弄得女真人家破人亡，妻离子散，真是把女真人逼到绝路上去了。面对辽国的压榨欺凌，女真人个个都怀着一腔怒火，时不时就要爆发。那咱，女真人都是居住分散的小部落，身单力薄，不是大辽兵马的对手，只好忍气吞声苟且地活着。

　　但是，大辽皇帝也知道女真人不是好惹的，一旦把女真人弄急了也会起来反对自己。于是便采取拉拢的办法，封女真首领劾里钵为节度使，让他把女真各部管起来，为己所用。说实在的，那时女真人力量很弱，各部落像一盘散沙，常常为争地盘，抢猎物，互相残杀，打得不是鱼死就是网破，消耗了力量。劾里钵雄才大略，到各部奔走游说，团结各部首领，共反大辽。从安出虎水到苦兀岛（库页岛）的女真人，都纷纷投奔他，女真力量日益强大起来。

　　女真人团结，完颜部强大，可惹恼了大辽皇上，他整天如坐针毡，暴跳如雷。他手下的一个狗头军师点头哈腰地向他献策说："欲铲除完颜部，必须挑起女真各部的内讧，使之自相残杀，朝廷便可坐收渔翁之利。"辽帝听后一阵狞笑，咧着嘴连连称赞"妙计，妙计"。

　　这条妙计确实挺灵验，果然受辽使的挑拨，原先与完颜部结盟交好的乌春部，与南边几个部落合谋，发兵攻打完颜部。完颜部不得不自卫还击，阿骨打出奇兵一举击败乌春部，生擒首领麻产。这件事使女真各部都擦亮了眼睛，看清了辽国的真面目，在此基础上女真各部又团结起来，为日后起兵反辽打下了深厚基础。

正是：

冬去春来大雁飞，
辽使催贡何时归。
女真怒火冲天起，
英雄擎天看朝晖。

四句诗说罢且引出金兀术传奇。

第一章 | 头鱼宴上闯大祸 放出蛟龙归大海

话说这年冬天，天嘎嘎冷，鹅毛似的大雪铺天盖地地下，把那高山的密林，江河的沟岔铺盖得严严实实，远远看去真是雪连着天，天连着雪，好一派银装素裹的北国景色。

眼看快打春了，天还没有转暖的意思，北风呼啸，寒风刺骨，刮着刀片似的雪花，吹到人脸上像被刀刮一样疼痛。在莽莽的森林中，有一队风尘仆仆的人马，蹚出一条清晰可见的雪路，后面却是雪烟弥漫，叫人睁不开眼睛，只好在马上低头跟随。为首的是一位年近五十的老人，他身材魁伟，双目炯炯有神，胯下是一匹火龙驹，走在雪地上，身轻如燕，直向前边的平川奔去。紧跟后面的是一位年轻的阿哥，看上去有二十岁上下，脸如红枣，英勇彪悍。再后面是十几名随从。这队人马飞驰赶路，很快消失在林海雪原之中。

这时，太阳快下山了，那个年轻阿哥打马向前紧跑了几步，对老人说："阿玛，天快黑了，跑了一整天，人也乏了，马也累了，我也饿了，该找个地方歇息歇息了。"

老人说："不能歇呀，离头鱼宴的日子只有五天了，万一误了行程，当今皇帝怪罪下来，咱爷俩可担待不起。"

那年轻人自言自语，但又像似对阿玛说："阿布凯恩都里应该公平地安排人间万事。女真人为什么要给契丹人当牛当马。咱们兵就是不足，要不然非反他不可。难道说就许他当皇帝，阿玛您哪里比他孬。皇上的位置也该换换了。"

老人说："住口，年轻轻的净说些犯上的话，再胡说，看我打断你腿。"

年轻人倔强地说："我不怕，若惹翻了我，我敢进大辽皇宫当面质问他。您老人家不是常说吗，'女真人宁可站着死，绝不跪着生，要有这股志气'。"

老人半天没出声，只听马蹄踏石的嗒嗒声。

又过一会儿，老人说："唉，哈哈济，你阿玛不是不想报仇，怎奈人单力薄，兵马不足，咱们只有几百人，怎能和几十万大军的辽国抗衡，那不是以卵击石嘛！咱们现在就像一只小山鹰，羽毛未全怎能高飞入云，敢和狂风暴雨搏斗？还是等等，等羽毛长全了吧！"

年轻人又说："难道咱们就永远受契丹大老爷的窝囊气？"

老人说："这阵子我总是想，要是能和北国三川六部的大汗联系上就好了。他的兵多将广，人强马壮，拉出一个都是英雄好汉，有名的巴图鲁。尤其是那位大汗，足智多谋，能征善战，神通广大，他手下人一呼百应。不过，他的兵马很难调来归我所用。"

年轻人一听很高兴，自告奋勇地说："孩儿不才，愿赴北国搬兵，阿玛意下如何？"

就在这时，突然从北面跑来一伙人，男女老少，背包儿撅伞，累得气喘吁吁，上气不接下气。又见后面追上来四个骑着马的辽国官兵，个个手执钢刀，边追边喊："站住，你们这些女真人真该杀，再跑，我的刀可不留情了。"说着扬鞭打马向人群冲了上去，没容分说抡起大刀就砍倒了两个老者。就在举刀再砍时，只见那位年轻的阿哥，一提缰绳冲了过去，大喊一声："住手！"这一喊震得山谷嗡嗡作响，树上霜雪唰唰直落，你说这力气有多大吧。

听到喊声，辽国官兵一愣，用力勒住马，为首的小头目用两只鼠眼看了看，怪声怪气地说道："哪来的野小子，真是胆大包天，竟敢出来阻挡我们打女真，你不要命了！还不快快给我闪开，不然，老爷的刀可没长眼睛。"

年轻小阿哥一看辽国官兵个个是杀人狂，就气不打一处来。他剑眉倒竖，高声喝道："你们是哪路兵马，竟敢在光天化日之下杀害无辜的百姓，你们太惨无人道了。若不快快滚回去，小爷爷叫你们来四个死两双。"说完，抽出三环宝刀直奔那个小头目冲过去。

那个小头目也不示弱，打马迎了上去，傲气地说道："哎哟！你还挺横，哪来的野种，敢不敢报上名来！"

年轻小伙子一听气得哇哇乱叫，刚要通名报姓，被身旁那位老者拉住并迎上前去，陪着笑脸，和颜悦色地对小头目说："官人息怒，我们是过路人，方才孩子不懂事多有冒犯，望多多包涵。不过，我想问问，这些百姓不知犯了哪条王法，为何不容分说见人就杀，还请赐教。"说完，在马上施了一个军礼。

　　小头目听罢，气火往上涌，用鼠眼瞥了瞥那位老者，然后怪声怪气地说道："怎么你也帮狗吃食，还敢问我的姓名！既然要问，叫你们死个明白。你们坐稳竖起耳朵听着，我们是当今大辽国万岁驾下侍卫，这帮女真人是乌林答部的猎户，他们反抗交纳海东青，还把年轻姑娘藏起来，不让她们陪老爷过夜，真是胆大包天。这群目无王法的叛逆，留着何用？不如杀了，以此教育别的女真人，省得起来造反。这是遵照万岁的旨意，谁敢阻止？这回听明白了吧，赶快给老爷闪开，不然的话可别说老爷不客气，叫你们一路去，死无葬身之地。"

　　这位年轻小伙子一听说得太不像话了，气得火冒三丈，抢起腰刀就冲了上去，一刀砍倒了一个辽兵，鲜血从他的脖腔喷了出来。那个小头目不由得一惊，没容分说，举枪就向小伙子刺来。小伙子侧身躲过枪尖，来了个顺手牵羊，像抓小鸡似的将小头目掠过来，只听咔嚓一声，活生生把脑袋拧下来了。然后哈哈大笑地对那两个辽兵说："你们两个赶快跑回去给你们的主子报信，让他快点来收尸吧，来晚了就被狼、熊吃了，见不着了。"说完他向老远的人群走去，对他们说："各位乡亲不要怕，辽兵再来欺负你们就到完颜部，找我金兀术。"

　　顿时，乌林答部的人都纷纷议论起来了，有的说："我说呢，这个小阿浑就不一般，别人没这个胆量，也没这个力气，原来是兀术啊。"

　　还有的说："你看人家完颜部多仗义，真敢跟大辽官兵斗，今天要不是遇上他们爷俩，我们这些乌林答部的人都得被辽兵杀了。"

　　一位老人说："听说兀术是阿骨打的四子，阿骨打是完颜部有名的心怀大志的巴图鲁。真是爹是英雄儿好汉，将门出虎子啊。咱们今天能遇到阿骨打父子，这都是阿布凯恩都里安排的，才使我们免遭辽兵的杀害。"老人这一说，大家纷纷向阿骨打父子跑去，都表示要掏出心窝向阿骨打父子致谢。

　　这时，只见阿骨打跑到兀术面前，声严厉色地说："该死的小哈哈济（小子），放着地下祸不惹，偏惹天上祸，你胆子太大了。既然已闯下乱子，就不能留活口，给我追那两个辽兵。"说完，两人撒开马缰追了上去，没出五里路，就见那两个辽兵正仓皇逃跑，狼狈不堪的样子。爷俩大喝一声"站住"，两个辽兵回头一看，来者正是刚才杀死头领的小将，吓得浑身哆嗦如筛糠，连连说："爷爷饶命，爷爷饶命，小的不敢了。"阿骨打、兀术父子俩打马追上前，不容分说就结果了两个辽兵的性命。

　　阿骨打这才松了一口气，边抱怨边庆幸地说："小哈哈济，你真是初生牛犊不怕虎，做事欠考虑，这要放走一个活口，到辽帝驾前一学说，还有咱们的好？整个女真完颜部都得跟着遭殃。多亏及时追上没留活口。咱们就装没这回事，快快赶路要紧。参加完'头鱼宴'，临回来时，你顺便到乌林答部，看看你未婚妻，跟她阿玛订个日子，赶紧娶过来，免得夜长梦多，儿女情长，两边受苦。"说完，这队人马又风尘仆仆地赶路了。

鸭子河北岸这几天就像过节一样非常热闹，大小帐篷连绵不断，足足有二三里地长。帐前各色军旗、队旗像五色彩云似的在晴空飘荡，人来人往，热闹非凡，空中乌鸦成群结队地飞着、叫着，四处寻找人们扔掉的残鱼剩肉。在群帐中间有一座金顶大帐，庄严肃穆，这便是辽国天祚帝的行宫。在金顶大帐的前面左右两侧是银顶大帐，是群臣的临时住所。在金顶大帐的前面竖立一杆大旗迎风摆动。大帐四周每隔五六步站着雄赳赳的卫兵，手执长矛大钺，像铁塔似的站在那里，个个横眉立目，好不威风。

阿骨打率领的一队人马从远处疾驰跑来。在离大帐百十步远，阿骨打赶忙滚鞍下马，整理一下衣帽，并嘱咐随从不要乱动，然后一步步向大帐走去。两个卫士上前拦住，阿骨打双手打千施礼道："烦劳各位通禀，就说完颜部勃极烈完颜阿骨打率四子完颜兀术前来报到。"

两个卫士上下打量一下阿骨打，便客气地说请老爷稍候，然后大步流星向大帐走去。

不一会儿，只见出来两个太监站在帐前高声喊到："圣上有旨，宣完颜部阿骨打进帐！"

阿骨打赶忙弯下腰来，毕恭毕敬地回话："臣遵旨。"

阿骨打随太监走进大帐，当走到离宝座三张地毡时，头也不敢抬，规规矩矩地跪在那里，口呼："小臣完颜阿骨打参见圣上，愿吾皇万岁！万岁！万万岁！"

"爱卿平身，赐坐。"天祚帝嘶哑着嗓子有气无力地说道。

阿骨打站起身来，坐在绣墩之上，这才看清皇上的尊容。仅一年光景，这位天祚帝比以前消瘦了许多，虽然年仅三十几岁，看面相足有四十开外，脸无血色，骨瘦如柴，宛如一个久经风霜的老者。在天祚帝的下方两侧站着八名御林军，还有执着火盆的、捧酒的一大群宫女。在天祚帝左右两边坐着两位贵人，穿得花枝招展，非常显眼。阿骨打一看就认出来了，一位是肖皇后，一位是前宫不鲁花娘娘。阿骨打马上二番脚又跪在地上，口呼皇后、娘娘千岁千千岁，微臣向皇后、娘娘请圣安。

肖皇后看看阿骨打，微微点点头说："阿骨打远路赶来够辛苦了，来人看茶。"

这时天祚帝开口了，说道："阿骨打。"

阿骨打又立刻起立，说："臣在。"

天祚帝说："去年你送的贡品，朕深为满意，看来你对朕真是越来越忠了。"

阿骨打说："仅是一点点当地的土产，不成敬意，承蒙万岁过奖。"

天祚帝说："你的路程远，一路上很累了，今天就不多说了。告诉肖奉先赶快给安排好住处，再过三天，就是头鱼宴大祭。你还和往年一样，担任庆赞官。下去准备吧。"

"臣谢皇恩。"阿骨打这才松了一口气，心想，路上的事还没传到皇上的耳朵，这真是万幸。不一会儿，肖奉先进了大帐，把阿骨打领到事先就安排的第五十六号军帐中歇息。

提起这位肖奉先，可不是一般人物，论起亲来还是当今肖皇后的从兄，虽然不是亲哥哥，但关系也不远。因为肖皇后的父母只生了三个闺女，便将肖奉先过继到肖皇后父亲的名下。因此，也算得上名副其实的国舅了。

肖奉先是位耿直坦率、处事很有经验的人，他对女真各部了如指掌，深知阿骨打在女真各部首领中，是一位有胆有识、与众不同的领袖，一方面敬佩他，一方面又担心他才高胆大，非等闲之辈。对完颜部关系处理得当，阿骨打会心向辽国，是一位股肱之臣；如果处理不好，阿骨打会起疑心，成为反辽的干将。因此这三四年里，肖奉先对这位女真首领既以礼相待，又暗中提防。

闲言少叙，单说肖奉先领着阿骨打进到帐里，分宾主落了座。阿骨打一拱手，谦虚地说："肖大人，我这次带的贡品不多，因为这几年女真人生活困苦，实在很难收上来。还望国舅大人在万岁面前多美言几句，小的就感恩不尽了。"

肖奉先连连说道："不少，不少。你们完颜部进的贡品虽然不是第一，但也算得上头等了。不过，今年头鱼宴不但女真各部全到齐了，就连高丽、室韦各部也都前来祝贺。这回你这位庆赞官可要多受累了。"

阿骨打心里不由一动，暗想，头鱼宴本是大辽一个常年例会，为什么惊动国内各个部落和国外的使臣呢？想到这不由问了一句："国舅大人，高丽和室韦，本不在头鱼宴邀请之列，难道当今皇上还有什么新的圣谕？"

"唉！"肖奉先打了一声唉，然后说道："你不是外人，一贯对大辽忠诚不二，实话告诉你，可别乱传。当今皇上自打这四五年来，很少过问朝事，每月要行围两次。这还不算，为了喝上美酒，将全国酿酒师傅请了近百名，一天三顿每宴必饮酒，饮酒必醉。不仅如此，四年内在全国选了四次美女。这不，从众美女中又选出一位不鲁花娘娘。这可好，这位娘娘把皇上迷得神魂颠倒，真是百依百顺，要啥给啥。皇上整天在娘娘宫里，不理朝政。"说到这儿肖国舅停住了，看看阿骨打的神色，笑了笑又说："看我这个人不管你一路上劳累，竟信口开河起来。好，不说了，你休息吧。"说完起身告辞了。

阿骨打将肖奉先送出帐外，告别后回到帐里，心里还在琢磨，为什么高丽和室韦也派来使臣朝贺？难道这是偶然的事吗？阿骨打这几天为了赶上"头鱼宴"，一路上骑马飞驰，真是太累了。他顾不得细想，合衣躺在帐中，不知不觉就进入了梦乡。

经过精心准备，一年一度的头鱼宴终于来到了。在冰天雪地的鸭子河上早已布置妥当，各色各类大旗在头道冰眼四周围成一圈。冰冻的江面上刮起风，吹得旗帜哗啦啦地响，风雪吹得人睁不开眼睛，有的被冻得四肢僵硬，有的强忍着拿冰穿子不停地穿冰眼。那个已穿好的头道冰眼直径有五尺多，用彩绸围成软栏杆，在入口处支着一个架子，架子上放着一挂小巧玲珑的渔网。按照辽国皇家祖制，头鱼宴仪式即将开始了。阿骨打穿上彩服，并委派金兀术做传令官。朝中文武大臣、各部落首领，以及外邦使节早在河边静静地恭候。

这时，阿骨打抬头看看天，已到午时，便高声传令："吉时已到，躬请圣驾临幸开网。"

只见天祚帝身穿特制渔服，在四个侍卫、八名美女簇拥下，缓步从大帐步行出来，两边的文武大臣、各部落首领和外邦使节都跪迎圣驾。

这时，专门侍奉皇上打鱼的侍卫把网放进水里一半，偷偷地将一尾金翅活鲤鱼放在网中。天祚帝兴高采烈地来到冰眼前，手按渔网，往外一拽，把一条活蹦乱跳的鲤鱼拽了上来。天祚帝哈哈大笑说："好大的鲤子，真是国运昌盛，富富有余。"鼓乐齐鸣，欢呼万岁声此起彼伏。一个卫士用金盘端着这条鲤鱼，高高举在头顶，群臣热烈欢呼，"吾皇洪福齐天，天降神鱼"。阿骨打赶忙走到天祚帝面前，恭贺"大辽丰收之兆，此乃是万岁之福"。天祚帝兴奋万分，让太监传旨，在金顶大帐摆宴。阿骨打赶忙传旨，众人都乐颠颠地步入宴会大帐。

在金顶大帐行宫内，天祚帝高坐宝座，两旁摆上宴席。坐席顺序首先是辽国京内大员，其次是辽国外路边将，都坐在天祚帝宝座的跟前。最远处是女真各部的首领。阿骨打在女真席第二号桌子，兀术站在身后，两眼不住地怒视着天祚帝。

头鱼宴按惯例是以鱼为主，可是今年又增一些珍禽异兽的佳肴美味。辽国的风俗习惯是，凡是头鱼宴都是席地而坐，在坐席中间放着一缸酒，边喝边舀，不醉不休。

兀术坐在次席位置，离正席较远。他和年轻人坐在一起，四下一看大部分都不认识，可是坐在他对面的一位年轻人，黑黝黝的脸膛，明亮的大眼睛，特别是左耳下面有个圆圆的肉瘤，兀术一眼就认出来了，这不是完颜部耶懒地方少贝子石土门吗？石土门也一眼看到兀术，两人不约而同地站了起来，兀术走过去紧紧抱住石土门的肩膀，狠狠地捶了一下，小声说："你怎么也来了？"

原来兀术十三岁那年，曾去乌林答部在白山玛发手下学箭法、刀法，正好石土门和秃鲁也在那里学艺。三人拜师学艺，一起生活，一起练武，共同相处了三年之久，后来才分手各回各部。

在宴席间，石土门假装肚子疼，让兀术陪他出去解手。两人出了大帐，找个偏僻的地方。石土门小声对兀术说："你听说没有？前几天，有一个年轻女真人杀死了四个辽兵，救了乌林答部全屯人。真是了不起的英雄，咱们女真人要多出几个这样的人物，就不愁反了出去，省得受契丹人的窝囊气。"

兀术刚要在朋友面前显示一下，可又一想，阿玛再三叮嘱不许说，只好假装不知，反问道："你怎么知道的，真有这胆大包天的人吗？"

"这是我和蒲刺听乌林答部人亲口说的。"石土门得意地说着。

"蒲刺是哪位？哪个部落的？"兀术追问一句。

石土门说："这你还不知道，他是乌春的孙子，今年才二十八岁，因为他会祖传打铁手艺，很受天祚帝赏识，成了女真人在辽国的红人。"

兀术点了点头，又叮嘱说："大哥，这件事你知我知就行了，不要到处乱讲，免得辽国对咱女真人找麻烦。"

石土门忿忿不平地说："来不来你就胆小啦，怕什么，咱们一高兴也杀他几个契丹官人，出出气。让他们看看，咱们女真人不是好惹的。"

兀术笑了笑，也没说什么，就拉着石土门又进了宴会大帐。

其实兀术何尝不知道蒲剌这个人，自打他祖父那辈就和完颜部不和，时常出现过小的兵革之举，多亏兀术祖父劾里钵宽宏大量，用与他们和好的行动，总算使他们受到感化。自打乌春死后，蒲剌继了万户世职，逐渐成了天祚帝的耳目，女真各部落出一点儿事情他都忙不迭地向天祚帝禀奏，所以女真大小部落都给他起个外号"内里坏"。想到这儿，兀术感到事情有些不妙。

头鱼宴举行得十分热烈，众人频频举杯狂饮，欢呼声、歌唱声不断。再看宝座上的天祚帝，左拥右抱着美女，玩得十分尽兴开心。一个美女双手端着龙杯放到他嘴边，他一扬脖便一饮而尽，然后扯着嗓子说："众位爱卿，要尽情喝尽情吃，这是国泰民安大喜的日子，要尽情欢度头鱼宴的盛会，哈哈哈！"

太监喊着："传旨，命舞女起舞。"

舞会在帐前大场子上开始了，一群契丹舞女跳起庆春舞，紧接着一队女真舞队跳起蟒式，高丽的长袖舞也相继起舞，顿时全场像来了一群蝴蝶似的。塞外鼓乐吹奏起来，那高亢的声音使人感到不安。这种乐和舞很不协调，听起来让人感到好像末日狂欢似的。据说这种歌舞和乐器演奏是天祚帝最喜欢的格调。

跳舞期间，观众可以不分老少杂坐四周。兀术哪有心思看这些？他凑到阿玛跟前，小声把石土门说的事一学。阿骨打打了个冷战，赶忙对兀术说："你赶快回帐告诉手下人备好马，随时准备逃出这是非之地。"

阿骨打吩咐完了，又故作镇静地回到原位，偷眼一看天祚帝。面带厌倦情绪，对这些狂热的舞蹈，他眼睛连瞅都不瞅。他摆摆手对传旨官说："年年看这些玩艺，都看腻了，叫他们退下。"传旨官一声令下，全场舞女悄悄地退了出去，场上顿时鸦雀无声。

天祚帝说："在这大吉大利的日子，哪位爱卿能想出新的有趣的花样，让君臣尽情欢乐一宵，快快禀奏上来，朕必有重赏。"

口谕一下，只见女真人中跑出一个人，众人一看正是乌春部的贝勒蒲剌。这小子三步并成两步向天祚帝座前跑去，唯恐这个功劳被别人抢去似的，扑通跪在天祚帝座前，口尊万岁："奴才有个好办法，准能让龙颜大悦。"

天祚帝一听挺高兴，便说："好！快快奏给朕听！"

蒲剌献媚地说："启禀吾皇万岁，奴才有一个新鲜玩法。我们女真人专会跳各种动物舞蹈，何不降旨命女真各部贝勒各献本部舞蹈，以悦天颜？"

天祚帝说："好，没想到你竟能献出新花招。来人，赏给他一条狍子大腿。"

宫女立刻端上一条烤熟的狍子腿。

乌春部贝勒蒲剌手捧狍子大腿赶快谢恩，然后得意洋洋地退下。朝中文武群臣相视而笑，女真各部贝勒都怒目而视。

天祚帝见蒲剌要走立刻又叫住了他。此时，蒲剌不敢前进，也不敢后退，捧着狍子腿站在那里一动不敢动。

天祚帝说："今天是大吉大利的日子，为了与众同欢，不分契丹、女真各部和各国使臣，都要一醉方休。听蒲剌方才奏禀，女真各部首领都擅长跳动物舞。今天，尔等何不选出自己的绝技在朕面前舞上一番，让朕开开眼界。哪位先跳？"

女真各部贝勒，你瞅瞅我，我看看你，心想，这个其坏无比的女真败类，为了在皇上面前讨好，竟想出愚弄我等的花招，真气煞人也。

天祚帝见半天没人下场，便传谕："蒲剌，你先舞上一番，然后朕要点名献舞。"

蒲剌根本不会跳舞，心里不禁呼呼直跳，实出无奈，只好托着一条狍子腿，像打鼓似的，扭动腰和屁股，跳起萨满舞。

天祚帝看着蒲剌跳的怪样有些不满，可也没好意思训斥，便取笑地说："跳得很不错，就是时候不对。来人，再赏给他一条狍子前腿。"宫女也看不惯他这种怪动作，拿出一条刚出锅的狍子前腿，狠狠往他怀中一塞。蒲剌没想到这一招，栽了一仰面朝天的大跟头。手里仍然拿着两条狍子大腿，口里还不断地喊着："谢主隆恩，谢主隆恩。"

蒲剌接连出的怪相，惹得众人哈哈大笑，就连天祚帝也禁不住大笑起来。蒲剌见皇上和众人大笑，不知所措，只好狼狈地回到原来的座位。

接着女真部落有两个贝勒上场，由于不是从内心愿意跳，只是简单地应付着跳了几招。天祚帝很扫兴，突然往左边一看，阿骨打正低头喝酒呢。天祚帝立刻叫了声："爱卿阿骨打，听说你会跳黑瞎子啃苞米舞蹈，不妨给朕跳上一番。跳好了，朕也赏你一条狍子大腿。"

阿骨打强忍着怒气，心想，你们太坏了，拿我们女真王爷当玩艺耍笑，等我一旦成功非叫你天祚帝学驴叫不可。正想到这儿，忽听天祚帝让他跳黑瞎子啃苞米舞，更是气不打一处来，便离开坐席，出班跪倒，口呼万岁，庄正地说道："为臣年老体弱，手脚不灵，腰板直硬，舞姿不佳，有污圣目。再说愚臣根本不会跳什么熊舞，只会跪拜当今万岁，请万岁宽恕。"说完拂袖而起，归席坐下。这一举动吓坏了女真各部首领，都为他捏一把汗。

这功夫天祚帝已喝得有九分醉意，一看阿骨打抗旨不跳，不由怒气横生，面如土色，在宝座上干打磨磨。

正在这时，兀术抢前来到天祚帝面前，怒目圆睁，高声道："启禀万岁，我父年迈，我可以替父给万岁耍个刀舞。"说罢脱掉鹿皮大衣，挽挽袖子，抽出腰刀，使出长白七十二路刀法。这刀法犹如蛟龙出水怪蟒翻，恰似大鹏展翅捕猎物，猛虎蹿山涧震寰宇。正在这时石土门大喊一声；"一个人耍刀没意思，我愿奉陪。"说着，两人在场上对打起来。他们步步逼近天祚帝，吓得他连连倒退，频频摆手命卫士赶快抓住这两个野小子。

这时全场大乱，天祚帝不顾身份，吓得赶紧往桌子底下钻。兀术凑到父亲面前小声说："阿玛赶快逃走，杀死四个人的事已经传到皇上耳里，事不宜迟。"

阿骨打慌忙离席，刚要往本帐逃去，这时二千卫兵早已围个水泄不通。兀术和石土门一边保护着阿骨打，一边往外冲杀。

吓得失魂落魄的天祚帝，半天才缓过劲来，打起精神，赶忙传旨，"所有的护卫兵都给我上，要抓活的，朕要亲口问供。"这一圣谕反倒救了阿骨打父子和石土门，卫士只能围不敢伸手向前冲杀。这样一来，阿骨打等三人拼命冲杀，不断杀退辽兵的围攻。

就在这紧急时刻，又杀来两千辽兵，把爷三个围成三处。阿骨打被五百多卫兵围在圈内，他东挡西杀，但一人敌不过千只手，好虎架不住一群狼，终于被俘。

值得庆幸的是，兀术和石土门这两个小将却奇迹般地逃出圈外，踪迹皆无。

天祚帝惊魂稍定，弄得什么兴趣也没有了，立即传旨，启驾回宫，并命令统军肖挞不留分兵缉拿兀术。拿不到活的，带来人头也行。肖挞立刻点齐两千卫兵分道追捕兀术不提。

单说天祚帝在回宫的路上，这个窝火呀，一个小小的完颜部阿骨打竟敢当众抗旨，我大辽国皇帝的威风往哪摆，不杀他不足以立国威。想到这儿，回到上京，稍事休息，立即升殿，传旨带阿骨打审讯。这时肖奉先闪出朝班，口呼："万岁，臣有本奏。"

天祚帝一看是国舅，赶忙说："国舅有何本奏，请起来讲话。"并命人看了坐。

肖奉先欠一欠身问道："我主，打算如何处置阿骨打？"

天祚帝气呼呼地说："这还用问，立即问斩，以儆效尤。"

肖奉先二番跪倒，连说："杀不得，杀不得呀！"

天祚帝突然一愣，忙问道："国舅，难道你要为阿骨打说情？"

肖奉先跪爬到天祚帝眼前，说："不，为臣是为大辽江山求情，万望我主，念在太祖创业之艰、世祖维持江山之难，千万不能因小失大呀！"

天祚帝一听思绪镇静了许多，问道："此话怎讲？"

肖奉先口若悬河地说道："我主想过没有，以德感人，人万代而不忘；以杀镇人，镇一人而万人怨。当今女真各部已有联合的动向，大有贰主之意，女真一旦结合成联合体，其势不可抵。那阿骨打乃是众女真之首，他为女真做了许多好事，威望日升，如日中天。女真人要知道阿骨打是被我大辽所杀，其心中的怒气，就像林中天火一样，再也压不住，扑不灭了。再加上这些年，我国使臣催逼交贡和打女真的恶俗，已激起女真公愤。要是北部和东部地区女真纷纷奋起，燎原之火四处燃起，我大辽江山将有危机四伏之险。依微臣愚见，不如面斥其纵子不规之罪，万岁再安慰一番，令其回部深思。我想阿骨打必感恩戴德，没齿不忘，更能效忠于陛下。"

天祚帝低头不语。

"肖国舅此言差矣！"只见从贵族班内闪出一位王爷，大家回头一看是成国王耶律余睹。此人很有谋略，掌握着辽国的大权，但性格暴烈，容不得不同的意见。他听到肖奉先的话后，压不住心中的怒火，厉声喝道："肖国舅我看你的话大有商讨的必要。俗话说，放虎归山必有后患。况且阿骨打是当今女真中少有的英雄，早有叛辽之意。今天，正好自投罗网，自寻苦头，何不趁机而除之，以解辽国后患之忧。"

肖奉先微微一笑，说："成国王只知其一不知其二。即便你杀了阿骨打一人，你能杀净女真人吗？完颜部十二部中如有一人振臂高呼，将有十万壮丁参战。人们常说，女真兵不可过万，一过万其祸无边。再说他兄弟吴乞买、大元帅粘罕、二元帅窝离布、三元帅谋良虎、四元帅金兀术，再加上少一代年轻的壮士，哪位不是智勇双全的大将。一旦阿骨打有个三长两短，他们能善罢甘休，辽国能够安宁吗？望成国王三思。"

耶律余睹边听边眨巴眼睛，很不服气地说："肖国舅，难道我们辽国四十万大军，还怕他一个小小的完颜部！"

肖奉先不紧不慢，句句逼人地说："是，成国王说得对。但我辽国不是四十万而是六十万大军。请问，就因为一个阿骨打，惹起完颜部和辽国的战端，死伤几千几万我们的儿郎，哪个合算？"

天祚帝仔细听了双方的话，也觉得肖奉先说得有理，但自己已说出口审问，又不好意思放走，便传下圣旨，暂时把阿骨打看管起来，再做定夺。说完就散朝了。

再说金兀术，奋力杀出重围，回头一看，阿玛和石土门不见了。他二番杀进重围，找了半天也没找到阿玛和石土门，只好又杀了出来，向深山老林逃去。

辽兵自从得到抓不住活的金兀术，能拿到他的头也有重赏的圣旨，个个摩拳擦掌，都想得头功。于是辽兵分两路向兀术追了过去。

天快要黑了，兀术紧忙钻到乱树丛中，刚要坐下休息，就听山下人喊马叫，有人大声喊道："兀术跑到北山林子里了，放乱箭射死他！"边喊边往林子里跑去。兀术躲在林子深处，喘着粗气，一动也不敢动。突然，不知从何处飞来一支没箭头的冷箭，正射在他的后背上，回头一看，原来是石土门，兀术这个高兴啊。石土门来到兀术身边，两个人也顾不得问长问短，躲避辽兵追杀要紧。石土门低声说："辽兵眼看要搜查到，咱们已无处可走，跟我上树吧。"

说起石土门爬树技术，在全女真人各部是首屈一指。他能在树枝间行动自如，身轻如燕，蹿动如狸猫。可是兀术不会爬树啊。兀术摇摇头说："眼看辽兵要追上了，大哥你快逃命去吧，别管我了。我要是有个三长两短，你别忘替我报仇。"

石土门笑了，忙说："四弟，你难道不知爬树是我的特长吗？多高的树也难不倒我，就是背个两百多斤的东西，也照样不费吹灰之力。"

说罢解下牛皮大带，没容分说就将兀术捆上，背起兀术就像猿猴一样蹿到树上，然后从这棵树又蹿到另一棵树，没用半个时辰，已越过了两道山岭。再一听远处山前还在人喊马叫，辽兵根本不知道两个人竟从树上逃走。

他俩在树上不停地蹿，到了一个僻静的地方，听听没有动静，便从树上跳下来。这时，石土门已累得上气不接下气，休息好一阵子才缓过劲儿来。兀术掏出些烤肉干，石土门拿出酒葫芦，两个人边喝边议论着。兀术想起阿玛不知死活，一心要回城探听一下，便对石土门说："大哥，我想趁城内辽兵空虚，进城听听阿玛消息。大哥你赶快回你们部落，训练兵马，准备反辽。"

石土门看了看兀术，挺赞佩他的勇气，便说："兄弟你说哪去啦，我们都是女真人，又同在白山师父门下学艺，就不分彼此。在头鱼宴上，是我俩惹的祸，而今又都是逃难之人，就应该有难同当，有罪同遭。再说了，辽兵抓得这么紧、这么厉害，我怎敢回到本部落去。你要进城搭救伯父，我岂能扬长而去？"

兀术百般解释，石土门就是不听。没办法，兀术只好答应下来。

两个人坐下来，仔细商量好进城打探和救阿骨打的办法和对策后，便起身奔上京城而去。两个人不敢走大道，只好走山间小路。两个人心急如火，走起路来如飞。这时二更刚过，两个人来到城墙角下，用爬城墙的吊钩，人不知鬼不觉地越过城墙。一进城两个人傻眼了，偌大的城市千家万户，到哪去找线索？兀术想了一会儿，对石土门说："咱们抓个活口问问情况再做定夺，你看如何？"石土门点头说"好"。

两个人直奔宫廷方向走去，正赶上两个更夫迎面走来。他们一个箭步窜过去，像抓小鸡似的，捂住了更夫的嘴，将他们挟到僻静之处，摔在地上。两个更夫半天才喘出一口气来。兀术和石土门手擎钢刀，小声喝道："不许喊！喊就要你命！"两个人跪在地上像鸡啄米似的，边磕头边说"好汉饶命，有什么事只管吩咐"。

"我问你，完颜部贝勒被关在什么地方？说实话饶你一死，快说！"兀术举着刀在他们眼前晃动，逼问着。

一个更夫说："你老是不是说的阿骨打贝勒？他被关在后宫的跨院东厢房里，不过有二十多名卫士昼夜看守着，你们不容易进院。"

兀术和石土门一听，心里有了底，立刻从两个更夫身上撕下一两块布塞进更夫的嘴里，并牢牢地将他们绑在树上。兀术对他们说："我们去探听一下情况，要有半点儿虚假，回来要你们狗命！"两个更夫连连点头。

兀术和石土门按两个更夫说的来到宫廷后跨院，刚到门口，就听院里乱哄哄地吵嚷着"阿骨打逃跑了"，还有人说"阿骨打被人劫走了"，一个大头目立刻吩咐手下人"快给我追"，辽兵不顾一切地追了出去。兀术和石土门马上到牢里去找，果然阿骨打没在牢里，是被什么人带走了。辽兵准知道他逃走的方向，于是兀术和石土门也在辽兵后面追了上去。

这才是放出蛟龙归大海，敢把乾坤翻两番。欲知阿骨打逃向何处，且听下回分解。

第二章 | 古伦井下订婚配
蒙面神女救兀术

　　话说兀术二人刚到宫廷后跨院，就听见人们吵吵嚷嚷："可不好啦！阿骨打被人劫走啦，快追！快追！"那些看守的辽兵敲起报警锣，边敲边往外跑。后跨院的辽兵都去追阿骨打去了。顿时，这个大跨院显得冷冷清清，兀术和石土门毫不费力地进到院中。在院子里他们一个屋一个屋地去找，突然看见一个牢房里有脚镣和手铐，他们猜想这可能就是关阿骨打的地方，现在是人走屋空，这就证明了阿骨打确实逃走了。可是被什么人劫走的呢？他们正在想怎么办时，宫城外面早已灯笼火把照如白昼，人们喊声如潮，把整个宫城围得水泄不通。他们立刻感到，想逃出去已经来不及了。正在这时，偏巧有两个辽兵小头目打外面进来，看样子是想到牢房了解出事的情况。兀术眼珠一转，立刻想出一个逃身之计，小声对石土门说："抓住他俩扒下衣服混出城去。"石土门觉得主意不错，向兀术点点头。于是两个人躲在暗处，隐避起来。

　　辽兵两个小头目是守护牢房的，阿骨打逃跑了，他们能没有责任吗？所以一听说阿骨打跑了，他俩吓得魂儿都没了。这时他俩慌里慌张从外面进后跨院，正想进牢房查看，兀术二人突然窜过去，一个掐住一个人的脖子，两个人一声也没吭就活活被掐死了。兀术和石土门立刻扒下他们的衣服，摘下腰牌，然后把两具尸体拖到僻静黑暗的地方。他俩换好服装，整理一下鞋帽，便大摇大摆从大门走出来。

　　门外站着四个辽兵，见兀术和石土门出来齐声问道："百户长，里面有啥动静没有？"石土门会契丹语，便主动说："犯人早被抢走了，还不赶上队伍给我搜。"四个小兵也没问情况，边说边跑："我们回南门再找几个兵丁，然后一块儿去。"说完向南跑去。

　　兀术这才明白被掐死的两个人是百户长，是负责守护牢房的小头目，后来又调南门守护。因怕人认出来，他俩便绕到西门，一看西门紧闭。石土门主动凑到把门的兵丁面前，装作有事急于出城的样子，便大声说道:"阿骨打是从西墙逃走的,快开门,我们去追赶队伍传大将军口谕。"

六个把门的兵丁抱怨地说:"出城也不一起出,这一会儿,开了五次门了。"兵丁又问兀术:"后面还有没有出城的人?"

石土门抢着说:"有,还有五个分队正准备出西门追赶。"

有一个兵丁懒洋洋地说:"看来今晚是睡不好觉了。"说完又上下打量一下兀术和石土门,摇摇头说:"两位好眼生,怎么不认识?"

石土门故意着急地说:"我们是被大国舅才从外地调进来的外地军队,你怎么认识?"

把门的兵丁将信将疑,一听说是国舅调来的,只好把门打开。兀术和石土门大摇大摆地走出西门,如出笼的鸟,直奔西山密林跑去。

他俩刚一进林子,只见一个黑影在前面晃动。你还别说,这个影子真奇怪,你走他也走,你停他也停,影子和他俩距离只有五六十步远,就是撵不上。他俩到了林子深处,突然那个影子不见了。就在这时,忽然听到马的嘶鸣声。兀术不由一愣,心想,这分明是我阿玛那匹青鬃马的叫声,怎么在这里呢?他俩又往里走了百十步远,突然看见阿骨打坐在一棵大树底下。这是真的吗?

他俩正在惊喜之际,只听阿骨打招呼一声:"兀术,为父在这里等你多时了。"

兀术看到阿骨打安然无恙,真是又惊又喜,赶忙跑步上前跪在父亲面前,激动地说:"孩儿一时莽撞连累了阿玛受苦,孩儿真是不孝。"

阿骨打打个唉声,说:"孩儿起来吧,事已至此,抱怨有啥用。再说了,早晚我会起兵灭辽的。"

兀术说:"孩儿一直惦记着。阿玛,您是怎么脱离虎口的?"阿骨打这才把事情经过讲了一遍。

原来阿骨打被关在牢里,心情很悲伤。大辽天祚帝也怕女真起事,威胁辽国的安宁,所以他总想抓住女真挑事的,杀一儆百。这样一想,阿骨打对自己生死很难预料,他痛恨自己没做成大事先倒下了,真是对不起列祖列宗。同时,他还惦记自己的儿子兀术,还有石土门,是不是脱离了虎口,如今在何处?阿骨打胡思乱想,心中暗暗盘算:阿布凯恩都里如果能保佑我安全脱险,我一定按天的旨意,整顿兵马,誓死起兵,把压在女真人头上的大辽王朝彻底推翻,并把他们打得粉碎,让女真重见天日,扬眉吐气。

正当阿骨打浮想联翩的时候，卫士进来通报说："肖国舅来看望贝勒。"

阿骨打见肖奉先进了牢房，赶快站起来，缓慢地迎了上去。他压低了声音说："在下阿骨打已成了辽国的罪人，国舅不嫌弃，前来看望罪人，在下既感有愧于国舅，又觉心中不安。"

肖奉先对阿骨打好生安慰一番，然后说："成国王耶律余睹，正在拉拢他的亲信，一定设法铲除你，贝勒可要多加小心。"说完就急忙退了出去。这是是非之地，他怕被别人看见，不敢久留。

肖奉先叫阿骨打多加小心，这提醒了，可是他的兵器早已被人收去，怎么办呢？他四周看了一下，只有一张小方桌可以使用，心想，真要暗算于我，就用这个小方桌打倒几个也够本了。

正在这时，只见进来两个卫士没容分说，就给阿骨打戴上了手铐和脚镣，然后挺严肃地说："这是成国王的命令，请贝勒屈尊一下。"说完扬长而去。阿骨打戴上手铐和脚镣，一切行动自由都没了，真是大丈夫有志难伸啊。

这时，天已近三更，远处打更的木梆声连敲了三下，已到了子时。阿骨打在阴暗的牢房里，痛苦难耐。他的手脚已被牢牢地捆住，一切想法、办法都化为乌有，只好等死了。他不由得仰天长叹一声，暗中说："我大志未成，大仇未报，难道我阿骨打就这样白白地被人害死吗？天啊，公理何在？难道我们女真人祖祖辈辈都给契丹人当牛做马吗？我们做人的尊严在哪里？"阿骨打痛苦地想着，总是不愿服软，还想要抗争。

就在这时候，门"吱"的一声开了，进来两位打灯笼的，随后跟进两个手执明晃晃钢刀的士兵，最后进来的是成国王耶律余睹。他进牢房用两只鼠眼瞅瞅阿骨打，然后冷笑一声，说："阿骨打，你没料到我会来吧？我知道你胸怀叛辽之心，不把你斩草除根，大辽天下永无宁日。今天到你归天的时候了，还有何话可讲？"

阿骨打用双眼瞪了瞪耶律余睹，表现出毫不在乎的样子。此时阿骨打心里明镜似的，知道根本没有活的余地，反倒镇静起来，什么都不怕了。阿骨打对耶律余睹冷笑一声，说："我完颜部自高祖以来，所作所为，可表天日，请问哪一点儿有反辽迹象？你们做贼心虚，一看女真各部势力稍大，便千方百计削弱我们，并施加种种压力，逼交贡物，催要海东青，逼女人给你们陪宿，已把女真人逼到绝路上去了。今天你杀了我阿骨打，只死了一个女真人，千千万万个女真人会拭目以待。我没啥可表，请你赶快动手。"说完两眼一闭，等着被砍。突然又猛地睁开眼，大声吼道："大丈夫死也要亲眼看着刽子手是怎样杀死一个毫无反抗能力的人。我耿耿此心，唯天可表。"

耶律余睹瞪起双眼，狠狠地说："不杀你阿骨打，我们耶律的天下就会遭殃，我们大辽国怎会过着太平日子！"

耶律余睹说完刚要吩咐刀斧手开刀，突然破窗而入一位蒙面人，没容分说手起刀落，两名执刀行凶的家伙还不知是怎么回事，就一命呜呼了。这位成国王耶律余睹是位武将，也有一身过硬本领，他见势不好破门而逃。蒙面人并没去追，而是三刀两刀砍断了阿骨打身上的刑具，然后挟起阿骨打就向外逃去。两个人跑着，蒙面人还顺手交给他一口宝刀，阿骨打有了武器，抵挡厮杀自如，两个人很快越过城墙，来到这片林子。

阿骨打回忆完，怀着激动的心情对兀术和石土门说："更使我难以想象的是，我这匹宝马也被救了出来。孩子，咱们永世不能忘记这位救命恩人。"

兀术说："阿玛，孩儿一辈子也忘不了。"

说完，爷仁分别往前走几步，听听四外没啥动静，又回到大树下。阿骨打掏出一把钢制的钥匙交给兀术，说："从这往南有条小河，河边上有三棵老榆树，在中间那棵树底下埋着一个铁箱子，那是你祖父和三江六国部大罕在朝贡时立的盟誓，分别埋在三棵树下，他们发誓，谁要有事可以从这取出，各部必须有求必应。可是如今老罕归天，新罕是不是还能信守盟誓我说不准。那箱子里还有黄金，你们拿去做盘费吧！"

兀术赶忙说："孩儿记住了。"

阿骨打又接着说："辽兵不会善罢甘休，一定要缉拿你俩，不如趁此机会你们到外地搬兵。一路去三江六国部，这个部有位了不起的大罕，手下兵马不下两万，能征善战的将官就有十几名。听说老罕已故，新罕才登基不久。他们也是咱们女真人，本来住在水草丰盛的呼尔汉河沿岸，为躲避契丹人的虐待，迁移到北国。经过几代人的努力，终于成了北国一支强大的势力。兀术你就到那搬兵求援，我们共同联手攻打辽国。至于怎么去法，你边走边打听。你爷爷在世时曾有过来往，近十几年断了消息，所以我也不太清楚。你到了那里，我想一提你爷爷和我，他们准能出兵相助。"

阿骨打又对石土门说："你往南去，在长白山脚下有个乌古伦部，其贝勒叫留可，是你阿玛的义兄弟。他手下也有七八千人，你就到他们部搬兵求援，我想他能答应出兵的。现在时间很紧，务必马到成功，早去早回。"

兀术和石土门说："孩儿记住了。"说完两人又不约而同地问："你老人家是回本部，还是到其他地方？"

阿骨打说："事不宜迟，我要立即着手调动完颜十二部和其他诸部，来个先下手为强，攻其不备，消灭辽国一些精锐力量。至于打大仗、打硬仗，就等你二人胜利归来了。现在时间不早了，咱们爷仨就此分手吧，各干自己的事去吧。"

兀术还想要说什么，可阿骨打早已飞身上马，跑得无影无踪。兀术看着阿玛的背影，掉了几滴父子离别泪，然后他与石土门直奔三棵榆树方向走去。

一条弯弯曲曲的小河，从山谷中缓缓流出来，河北岸都是茂密的水柳，只有河南岸孤零零长着三棵大榆树。兀术和石土门向四周瞧瞧，见无人便直奔中间那棵榆树，他俩用腰刀割去杂草，露出沙土地，又继续用刀往下挖，再挖不到三尺深的地方，露出一块青石板，他俩掀开石板一看，有一个微有锈迹的小铁箱子。兀术小心拿出来，开了锁打开箱子一看，果然里面放着半块铁信牌，还有一个鹿皮口袋。那信牌上用汉字写着"以此为证，有难相帮"的字迹，旁边写着劾里钵、巴都哈两个名字，又用契丹文写着"辽咸雍十年立此信牌"字样。打开鹿皮口袋一看，果然是金条一捆。兀术向空中拜了三拜，与石土门两个人各拿一半黄金，千叮咛万嘱咐地分了手，各自上路了。

兀术整理一下辽兵官服，这身衣服对自己还有用，只好带上。他大道不敢走，抄着小路向东走去。去北国搬兵是凶是吉是祸是福，他心里也没底。但是他相信，只要自己有诚心、有胆量，遇到什么难解的事、什么恶劣的环境都能解决，即便是遇到豺狼虎豹也不怕。自从参加这次头鱼宴之后，辽帝荒淫无道、把女真人不当人看待的情景，更加深了他对辽国的仇恨，暗下决心，誓报此仇。同时对辽国上至皇帝下至朝臣的高贵生活产生了羡慕之心，也暗暗发誓，一朝得手，我们完颜氏将取而代之。总之，他这次跟阿玛参加头鱼宴，看到了很多新鲜事，接触了许多人，又遇到风险，比没来之前眼界扩大了许多，也积累了一些斗争经验。他感到很满足。

兀术走着走着猛然想起，十岁那年，阿玛在乌林答部给他订了一门亲事，何不到那看看？一则是探亲，二则也避一避风险。想到这儿，又向呼尔汉河流域迈进，边走边回忆起过去的一段往事。

十三岁那年，阿骨打送兀术认师学艺，曾路过乌林答部，在那小住了几日，和未婚妻古伦格格相处得很熟，她那双水汪汪的大眼睛和银铃般的笑声，给他留下了深刻的印象。临行时，她还送给他一个小荷包。一晃五年过去了，现在古伦一定长大了，长得更好看了。想到这儿，兀术更来精神头了，大步流星地往前走。

哪知他到乌林答部一看，眼前的景象令他目瞪口呆，这哪里是什么村落？到处是残墙断壁，荒凉无人。看样子是遭了洗劫。

他按照旧路往村里走，更使他大吃一惊，哪家院子里都横躺竖卧着几具死尸，连鸡狗都没有，静得吓人。他根据过去的记忆找到古伦格格的家，四下一看，一具死尸也没有，房子虽然被烧得片瓦无存，但院落好像有人收拾过一样，干干净净。几株被火烤焦的榆树下，放着一块青石板，还有一根槌衣棒子，好像在不久前还有人用过，可是人在哪呢？正在纳闷的时候，就觉后边有人拽了他一下，回头一看，把他吓呆了。

原来古伦姑娘正在他身后亭亭玉立地站在那里，他刚要激动地喊古伦格格时，古伦赶忙摆摆手，没容分说，将他拽到后院，来到水井旁。古伦先往井里跳了下去。原来是个枯井，深有五六尺，姑娘在下面招手示意，让他也赶快跳下来。兀术明白了意思，也照样跳了下去。古伦揭开井底下一块薄石板，立刻露出下去的梯道。两个人一步步下了梯道，然后盖上青石板，继续往下走了十几阶就是一个地窖，四角有通风孔，射进微弱的光线。兀术刚要问出了什么事，古伦让他老老实实坐在那儿，她自己啥也没说，就忙着烧水做饭去了。

吃完饭，两个人面对面坐着，古伦姑娘突然"哇"的一声哭了起来，一头扑在兀术怀里，边哭边说："兀术哥，我以为这一生再也见不到你了。我们部落在前几天突然来了一帮辽国官兵，进村后不容分说，连杀带砍，把村子烧掠一光，四十八户人家一口没剩，多亏我阿玛事先备好这个地窖，那是防备辽兵抢女人用的。阿玛一听辽兵来了，让我赶快跳到地窖去。可是阿玛和额娘都被辽兵杀了。兀术哥，要替我们报仇啊！"

啊！兀术心里明白了，是因为前些日子他杀了四个辽国官兵，他们才血洗了这个村庄。百姓是无辜的，辽国官兵真是罪大恶极。于是，兀术把路上杀死残害乌林答部百姓的辽国官兵和头鱼宴的风波跟古伦说了一遍。古伦又高兴又担心地问："你是怎么逃出来的？"

兀术又把蒙面人救出父子三人的经过说了一遍，古伦一听立刻站起身来，恭恭敬敬地磕了三个响头，边磕边说："感谢阿布凯恩都里，感谢救命大恩人！"

在这黑黑的地窖里，他们已感到时候不早了，大概是到夜深了吧，两个人你看我，我看你，古伦含羞地低着头小声说："兀术哥，我父母都被辽兵杀害了，你就是我唯一的亲人了，反正我是你的人了，咱们不如就地拜堂成亲，免得日后行动不方便，也省得人们说闲话。"兀术也乐不得的，就这样两个人草草地向天和北斗磕了四个头，兀术送给她一个玉石牌子，古伦送给他一只荷包。这一对年轻夫妇就这样成为连理枝了。

兀术躺在古伦身边，古伦偎依在兀术的怀里，两个人从来没感到这样甜密，仿佛世界上只有这对多情的眷侣。

这种甜密的日子过了三天。俗话说"福中有祸"，一点儿也不假。兀术和古伦小夫妻俩只顾热恋，却忽视了敌人，辽兵烧杀了村庄并没走多远。兀术二人的行径早被敌人发现，就是找不到他们住在哪。

第四天早晨日头刚冒红，兀术要从井中出来倒脏水，刚一露头，立刻发现有三四十个辽兵在搜寻，他一缩头回到地窖里，急匆匆地对古伦说："不好了，辽兵在上面到处搜寻，正往这个院子来，咱们作好准备。"

古伦吓得不知如何是好。兀术叫古伦不要怕，"有我保护你呢"。他把三环宝刀拿在手中，心想：活着逃出去的可能性不大了，只有豁出命来拼了，杀一个够本，杀两个赚一个。他让古伦藏在地窖里头，自己便坐在洞口等待辽兵。坐着坐着就觉一股异香直入心肺，紧接着什么都不知道了。

后来睁眼一看，自己却躺在林子里的草地上。又是那位蒙面人给他扔了包袱，一转眼不见了。兀术恍然大悟，原来又是那位蒙面人救了自己，使他脱离被辽兵追杀的危险。兀术心里万分感激蒙面人二次救命之恩。同时他马上又想到古伦是不是也被救了出来。兀术站起身四处寻找，并小声喊着："古伦格格，古伦格格！"喊了半天也没有动静，只听松风呼呼作响，时而有几声鸟叫。这时，兀术已猜到古伦并没出来，难道她……他不敢再想下去了，呆呆地坐了一会儿。他一闭上眼睛，古伦就出现在他眼前，她那双水汪汪的大眼睛、银铃般的笑声、那炽热真挚的感情，怎能叫人忘怀啊。他仰天长叹一声，暗暗祷告："阿布凯恩都里，有求必应的天神，请保佑古伦格格平安无事，我兀术一时都离不开她呀。"

自从兀术被蒙面人救走之后，古伦就像一只孤雁不知怎么办才好，

　　她躲在地窖里一声也不敢吭。那天辽兵发现井下面有地窖，像群野狼似的，没费力就闯了进去。可怜的古伦格格像只小鸡一样被野狼揪到井外。

　　在榆树下大青石旁坐着一位辽国大官，头戴纱帽穿一件绯色朝服，长得五官倒挺端正，就是酒色过度，脸上显得黄瘦干枯，暗淡无光。辽兵把古伦推到这位长官面前。他先是坐在那里，纹丝不动，可是一看古伦长得与众不同，立刻站了起来，走到古伦面前上下打量一番，不由"啊"了一声，啧啧称赞着："好个漂亮的美人。"然后笑嘻嘻地对古伦说："我的美人，咱俩是天生姻缘，今日才相会。我活了三十来岁，也玩过不少女人，可是一见到你，那些都是蠢材，真如同乌鸦和凤凰、癞蛤蟆跟天鹅相比。从今以后，你就是国舅夫人，我永远陪伴你。"说完要上前去摸古伦，又一看姑娘双手捆在一起，忙喝令："快给松绑，勒坏了细皮嫩肉，小心你们的脑袋。"辽兵赶忙给古伦松了绑。

　　这时，古伦偷眼一看，四面里三层外三层都是辽国的兵丁，知道自己是跑不了。为了让兀术跑得更远些，暗暗叨咕：兀术哥你现在在哪里，你可知道我落到恶狼之手？生难和你在一起，我死后灵魂也在你身旁保佑你成大功立大业。古伦想到这儿，心情倒安静了许多。

　　"姑娘，你叫什么名字？"那位大官凑到古伦身前贱兮兮地问。

　　"叫祖宗！"古伦不知哪来的一股勇气，照着那家伙的脸就是一掌，打得他一个筋斗翻倒在地，吐了几口血。兵丁刚要上去抓古伦，那位大官摆摆手说："不要动手，老爷我就喜欢这个辣劲儿，来人，备车回府。"

　　提起这位大官人可不一般，此人叫肖奉雷，是肖奉先的同胞兄弟，真是一母生九子，九子各不同。肖奉先为人忠厚，一心一意忠于辽帝，总想有所作为。可是肖奉雷就不同了，成天花天酒地，不务正业，仰仗着姐姐是皇后，哥哥是国舅，自己又会耍个小聪明，读了几年书，捞个三品前程，有了资本，于是更增加了他的官气。这次从乌林答部回来，得到一个美人，他真是心满意足，笑颠馅了。本想回去就入洞房，哪成想，天祚帝召他进宫，说有要事商议，只好捏着鼻子见驾去了。

　　在国舅一个舒雅的房间中，古伦闷闷不语地坐在炕上，两个卫士在门外两旁站着，时不时伸进脑袋往里瞅瞅。一个三十多岁的契丹女佣人，笑嘻嘻地没话找话地说："新夫人睡得好啊？"说完赶忙端来奶茶、点心。还假惺惺地说："人是铁饭是钢，夫人千万别饿坏了身子骨。要饿坏了身子，国舅怪罪下来，奴才可担待不起。国舅临走时还吩咐奴才，要好好侍候。夫人可别见外，有啥事吩咐奴才就是啦。"

古伦生气地说："好！既然这样，你告诉厨房给我预备一桌上等酒茶，多做几样女真人爱吃的菜。对啦，可别忘啦，我专爱吃烤羊腿，让厨子按女真人的风俗，上整个的羊，用刀割着吃。"

"奴才记住了。"那个女佣人行了个契丹礼，笑呵呵地退了出去。

这时，古伦一看两个卫士仍然站在门口一动不动，一时想不出办法。古伦再一细看，这两个卫士好像是女真人，长得有五尺七八的个头，虎背熊腰，浓眉大眼。心想，这两个败类，白长一副英雄架子，替契丹人卖命，不会有好下场。就在这时，站在东面那个卫士看了看古伦，有点儿生气似地说："尊贵的夫人，你真给女真人增光啊，成了国舅的'爱根'，这回你的祖坟冒青烟了，我真替女真人高兴。"

古伦一听话里有话，便笑了笑说："原来你也是女真人，看样子是位壮汉了，可是走起路来却像'尼堪'的小脚女人似的。"

那两位卫士一听，都圆睁二目，气不打一处来，不约而同地掀起箭袍，大声说："我们为什么走路像小脚女人，夫人请看！"

古伦不看则已，一看，不由出了一身冷汗，啊！天下竟有这样残忍的事。原来在两个卫士的腿肚子上都用铁条把两只腿连在一起，契丹人生怕他们跑了。他们每走一步，得要使出多大的力气啊？古伦再也止不住眼泪了，噼里啪啦往下掉，边哭边说："二位巴图鲁受罪了。我是乌林答部贝勒的女儿，也是完颜兀术的爱根，不幸被他们抓来。我本想一死了之，可是一想这么死太不值得，也便宜他们了。我想在今晚举办迎风宴席上，用吃烤羊的割肉刀子一刀结果了肖国舅的命，然后我再死。"

一个大个子卫士忙问："格格，你快说，兀术小阿哥现在何处？"

古伦说："早被一个蒙面人救走了。"

两个卫士不约而同地说："啊！真是阿布凯恩都里保佑。"

古伦进一步问道："敢问二位巴图鲁尊姓大名？是哪个部落的人？"

那个大个子卫士说："我叫当堪，人称出山虎。他叫富垿珲，是有名的白额虎。"

古伦姑娘惊讶地说："啊！原来你们就是女真五虎名将，我常听阿玛提过你们。"

当堪斩钉截铁地说："格格，留得青山在，不怕没柴烧，我看不如忍辱等待，遇有机会，再报仇也不迟。"

古伦半天没有言语，只是低头思考着。这时外边传话，"国舅到"。

古伦小声说："记住，从今以后，你们就是我的表哥，因为过去没见过面，所以我们不认识，切记切记。"

古伦正说着，国舅肖奉雷没等迈门坎，先挑起门帘，就操着南部契丹的口音说："我的美人，扔下你一个人待在屋太孤单了，真是受冷落了。我一定补偿，今晚我一定陪你喝个通宵，玩个通宵。"古伦没说什么，低头坐在那里。

肖奉雷一看古伦满脸的不高兴，没有一点儿笑模样，便说："美人！你还有什么想不通的？论长相我也说得过去，论身份我是大辽国的国舅，今天皇上又将我晋级为正二品，可谓官运亨通。你到我这儿有享不尽的荣华富贵，有用不完的金银财宝。我在家里，虽然谈不上一呼百诺，可上下使用的男女仆人也不下百十口。"

古伦没有正面答复他的话，只说："我已吩咐厨房，备了一桌酒席，给国舅接风洗尘。"

肖奉雷一听古伦让厨房备了酒席，高兴地说："好，好，美人你这么做就对了。"

不一会儿，一桌契丹、女真菜肴混合的酒席摆了上来。古伦强作笑脸满满地斟了一杯，双手送到肖奉雷面前，恭敬地说："今日幸会国舅大人，借府上美酒，聊表女真女子一番情意。"

肖奉雷笑得张着大嘴，两只眼睛合成一条缝，好像在一张黄纸上划几道横线似的。他忙不迭地一口喝下，拉住古伦的手贱不呲地说："美人，我一定和你欢乐地度过今晚千金难买的良宵。不过自打年前喝酒过量，身子发软了。现在酒量不行了，入肚三四杯，头脑发胀，浑身就动弹不得。现在趁我清醒时，请夫人歌舞一番。听说女真歌舞非比寻常，趁今朝良宵之机，何不歌舞一番，权作喜结良缘之和美。"

古伦说："不过我不懂契丹语，更不会唱契丹歌。"

肖奉雷说："没关系，没关系，我就是爱听女真调，至于夫人唱什么，请便。"

古伦慢慢站起身来，暗暗叨念：兀术哥，咱俩结婚那夜，不见天，不见星辰北斗，更没有歌舞喜宴，今天用贼人之酒，敬你一杯。想罢，古伦拿起酒杯往地上洒了一杯。接着又暗中叨念，为妻我也陪你一杯。想罢，自己喝了一杯。顿时，古伦脸颊像初开的牡丹和出水莲花一样红。她慢慢敲动"手入子"边舞边歌，唱一首月儿圆的民歌：

月儿圆，月儿东，月儿照我到五更。

一更里，女真人苦难言，

契丹人像架山，压得女真气难喘。

二更里，月儿升，有苦和谁诉真情。

辈辈当牛又做马，贡献海东青。

三更里，月儿中，乌林答部恨难平。

四十八家全遇难，何处诉冤情。

古伦边舞边唱，声调恰似莺啼燕语，舞姿犹如柳枝迎风。肖奉雷歪着脖子晃着脑袋听，两眼直勾勾像看傻了，不时地喊出："好！好！"

正在这时，外边家人禀报，说宫内大家（太监）差人送来二品顶戴和夫人朝服，请国舅接旨。肖奉雷皱皱眉头，懒懒地站起来，抱怨地说："早不来，晚不来，偏这时候来，真扫兴，美人，你稍候片刻，我去去就来。"

肖奉雷走后，古伦一看两个卫士，还站在门口，就斟满两杯酒，走到二人面前，恭敬地说："两位巴图鲁，小女子不是见利忘义之人。我已和兀术订了百年之好，今生今世永不变心。我更怀有对辽国难解的世仇，今天我要用刀刺死国舅肖奉雷，然后我再自刎，以此略表女真人的寸心。"

两个卫士接过酒杯一饮而尽。富垿珲说："不可这样莽撞，肖奉雷也有武艺在身，此人比白眼狼还奸，岂能轻易让你得手！依我之见，不如忍辱偷生，借此机会探得辽国的真实情况，你我共同携手，在辽国的心脏之地搅他个天翻地覆，也不虚度此生。"

"怎么个搅法？"古伦急切地问。

富垿珲把今后的想法对他俩说了，古伦和当堪不住地点头称是，他俩表示以富垿珲为首，一定按照他的想法干下去。

不一会儿肖奉雷高高兴兴地回来了，进屋一看，古伦正跟两个卫士痛哭不止，两个卫士也表现出悲痛难堪的样子。肖奉雷很奇怪，便问道："美人，你这是怎么了，咋这样悲伤呢？"

古伦悲悲切切地说："我看这个卫士像女真人，一细问，原来是我多年不见的表兄。万望国舅看在我的面上解开他们的铁肉刑具，不然我只有一死。"说完拿起刀子就要自刎。

肖奉雷慌忙拦住，连声说："使不得，使不得，有话慢慢说嘛。再说我也不知这两位是美人的表兄。"说完站起身，向两位卫士深深鞠一躬，然后说："不知是二位表兄，多有冒犯。"说着大声对院子的奴才喊道："叫外伤医生想方设法取下二位的铁肉刑具。"

两个卫士被带了下去。不一会儿，二人重新回屋，千恩万谢地给国舅叩头。

国舅肖奉雷连连摆手说："请起，请起，快请入席。"两个卫士不好意思地上了宴席桌。

肖奉雷端起一杯酒，高兴地说："今天是三喜临门：一是我和古伦格格洞房之夜；二是我和古伦格格蒙皇上加恩诏封二品大员和夫人；三是古伦兄妹相逢团聚。来，我举杯咱们共同庆祝。大家一饮而尽。"

可是，古伦一听今晚是洞房之夜，不由气涌心头，忘掉了富埒珲的一切安排，操起割肉刀猛向肖奉雷刺去。

第三章 | 合鲁巧妙换信物 群英聚会龙泉居

话说兀术被蒙面人救出以后，四下找了半天，也不见古伦的踪迹，他想到可能古伦没有被救出来。刚要走出林子，往前一看，辽兵已把大小道口围住了，真是插翅难逃。当他转回头想往林内走时，已经来不及了，辽兵呼喊着围了上来。兀术实在无路可走，突然眼前出现一个山洞，洞口被一棵多年老榆树遮住，从远处一点儿也看不出来。他急忙一头钻了进去。

老榆树上有一个大喜鹊窝，窝内几只小喜鹊以为母亲捕食回来，不住地张着小嘴喳喳地叫着。兀术趴在洞口看到这个情景，不由想到自己的处境还不如这喜鹊安全："我要像喜鹊能飞该多好啊。"真是感慨万千。这时他觉得太疲劳、太困了，不知不觉就睡着了。一会儿梦见阿玛嘱托他去北国搬兵，借来十万大军，打败辽军；一会儿又觉得古伦偎在身旁，告诉他千万记住辽兵杀害乌林答部四十八户人家的深仇大恨。突然，他猛一翻身，就听外面人喊马叫，知道辽兵又来追捕了。兀术感到这回可到了上天无路、入地无门的绝境，现在只能和辽兵拼了。他抽出三环宝刀倚在洞口，心想：来吧，我兀术不是孬种，进来一个杀一个，只要我有一口气，你们别想抓住我。

这时，辽兵发现了洞口，从大榆树后面慢慢往上爬。有的辽兵不知死活，刚进洞口，结果被兀术像切西瓜似的，砍掉了脑袋。接连上来四个辽兵，死了两双。辽兵一看情况不妙，光在外边喊没人敢进了。辽兵的小头目立刻想出一个主意，往洞里放箭，射死他。顿时，乱箭像雨点似地射进洞里。兀术只好躲在洞里不敢出来。

辽兵往洞里射了很长时间，小头目叫停，他仔细听洞里一点儿动静没有，就让辽兵小心地往洞口凑，大声往洞里喊了一阵子，仍然没有回声。他们以为兀术被射死了，于是胆子大了，便一拥而进。辽兵跑到洞里一看，兀术活不见人，死不见尸，都感到奇怪。有的辽兵担心地说："是不是又被那个蒙面神人救了出去？"这一说，辽兵都有些害怕，那蒙面人神不知鬼不觉就出现在你面前，脑袋掉了都不知咋掉的。"咱们赶紧离开这个洞吧！"大家七喊八嚷。辽兵小头目看形势不好，一摆手大声喊着："快给我追，给我追！"就这样，辽兵呼啦一声都离开了洞口。

再说兀术，一看辽兵射进乱箭，他只好躲在洞里一块大石头的后面，箭射不着，就是辽兵进来，黑呼呼也看不着。等辽兵停止射箭，进洞来抓他时，他听外面没动静，便溜出洞外，往哪跑？到处都是辽兵，他猛然想起大喜鹊窝，灵机一动，悄悄地爬到树上，小喜鹊不知咋回事，吓得喳喳直叫。当辽兵从洞里出来都下了山，兀术才从树上跳下来，他长出一口气，感到脱出虎口的轻松、喜悦。

天已黑了，兀术小心翼翼地按照辽兵追捕的反方向逃了出去。足足走了一整夜，他实在太乏太困了，便坐在树下歇息，不知不觉进入了梦乡。正睡得香甜时，就觉得一条带钩的绳子把他吊在半空中。只听树上有人喊道："伙计，你在半空中歇会儿吧，又凉快，又舒服。"话刚说完，只见从树上跳下一个人来。兀术从半空往地下看，不看倒罢了，一看气就不打一处来。原来这人高不满五尺，扇风耳朵薄片嘴，两只眼睛一只大一只小，上身长下身短，一走三晃。兀术仔细看了这个人的长相，气得火冒三丈，我一个堂堂的大丈夫，被这个瘪小子欺负住了，真是虎落平阳被犬欺，只好凭天由命吧。

那个人一看兀术往下瞅，就瞪着眼喝道："呔！别在上边装死狗，有钱交钱，没钱交物，口中蹦半个不字，小爷我的铁棒子可不是吃素的。"说完拿出一条两尺多长的铁棒晃了晃。

兀术这才明白原来是个劫道的。这种人就是见钱眼开，没多大能耐，但是眼下落在人家手里，只好顺水推舟地说："东西都在包里，你尽管拿去，不过那把刀请给我留下。"

那小子拿起刀一看，不由愣了一下。啥也没说，赶忙爬上树，用三条小绳把兀术的脖子、手、脚捆得结结实实，然后慢慢放下来。别看那小子人小，力气却很大，没费多大劲儿，把兀术扛起来就走。边走边叨咕："回家让我额娘认认这把刀，然后再处置你。"说完直奔家里走去。一路上挺高兴，还不停地哼着自编的小调：

老子天不怕地不怕，
就怕老娘病倒下。

我是老娘心肝肉，

老娘是我活菩萨。

一进屋就喊："额娘！今天我捉住一个大牲口，还有一把刀。我看这把刀像是你老常说的那把三环宝刀。要不是看在刀的面上，我早就送他上西天了。"

他额娘有四十多岁，白净的皮肤，高鼻梁，大耳朵，因愁劳过度，脸上出现了许多皱纹。老妇人正盘腿坐在炕上，有些驼背。听儿子进屋，边下炕边叨咕说："你这小祖宗，什么时候能学好呀。这不又去劫道了，要是你阿玛活着，看你这样，非打断你腿不可。"

那小子将兀术往炕上一扔，拿起刀给他额娘看。老妇人来到兀术面前看看刀，又仔细看看兀术，不由"哟"了一声，心想：难道真是他。赶忙叫儿子给松绑。

那小子央告说："额娘，不能松，等问明白再说。一旦松开绑，这个人你老不认识，咱娘俩的命全完了。"

老妇人只好应允。可是她心里还在琢磨，到底是不是他呢？她又到兀术面前仔细端详，这才看清，果真是他。立刻扑了上去，喊声四弟，激动地说："哪成想今生今世还能见到你呀！"回头对儿子说："还愣着干什么，快解开！"

那小子将兀术解开绑绳，老妇人让兀术坐下。兀术刚才还莫名其妙呢，这会儿仔细打量这位老妇人，冷丁子想起来了，不由喊了一声："师嫂，你可把小弟找苦了。"

那位老妇人回头对儿子说："快过来见见我常跟你叨念的四师叔。"那小子走过来，愣愣地站在那里。那位老妇人又对兀术说："这是你不务正业的侄子，叫合鲁。"兀术这才明白是怎么回事。

书中交待，原来合鲁的阿玛秃鲁曾和兀术同时拜白山大玛发为师，哥俩同吃同住向师傅学艺，整整三个年头。满徒后哥俩各自回家。三年前听部落人说秃鲁被辽兵所害，阿骨打和兀术曾四下打听他家里的情况，结果音信皆无。不料却在这里相逢。

兀术急切地问道："师嫂，我师兄缘何被害？"

老妇人悲痛地说："就在三年前，你们满徒回来，他刚到部落里，就遇见一伙辽兵打女真人，抓姑娘，整个村落惨叫不止。秃鲁看到这种情况，实在忍不下去了，便抢起刀和辽兵打起来。虽说打退了辽兵，但辽兵人多，打退了一伙，又上来一伙。他和辽兵连战了三天三夜，人家轮流包围，他孤身作战，寡不敌众。最后被辽兵残杀在拉林河畔，我们母子就逃到这里。"说完痛哭流涕不止。

兀术一听，气得眼珠子瞪得溜圆，满屋来回走，摩拳擦掌，恨不得马上杀死几个辽兵，为师兄秃鲁报仇。他看了看老妇人悲痛的样子，仰天长叹道："阿布凯恩都里呀，什么时候才是我们女真人出头之日呀！"

站在老妇人旁的合鲁这才明白，赶忙给兀术跪下，口称师叔："侄儿在这赔礼了，请师叔打我骂我，小侄罪该万死。"说完不住地磕头。

兀术扶起合鲁，忙说："不知者不怪。不过，你这样下去终不是个办法，何不走个正道，也好为你父报仇。"

老妇人接着话茬说："谁说不是。我跟他说过多少次，要学你阿玛那样仗义，可是他就是不听。要说他对我倒是挺孝顺，不让我多干活，总怕我有个三长两短的，我有病他身前侍候。唉，就是不务正业，说什么，反正女真没好日子过，辽兵说杀就杀；不如顾顾眼前，来点儿外快；有吃有喝，混一天少一天。"

兀术叹口气没说啥。老妇人看看兀术，又看看合鲁，带着恳求的语气说："四弟，请你答应我两件事。"

兀术赶忙站起身说："嫂子有什么吩咐尽管说，兄弟万死不辞。"

老妇人高兴地点了点头说："你师兄就留下这个独根苗，得让他长得壮，做好人，办好事。可是我一个妇道人家却无能为力。兄弟你若不嫌麻烦，我想让他认你为义父，让他跟着你走正道，在你身边侍候你，替我把他培养成人。也不枉你和秃鲁师兄师弟一场，也算了却你嫂子的心愿，我就是死了也能闭上眼睛了。"说完又痛哭起来。

不一会儿，老妇人拽过合鲁到兀术面前，娘俩都跪倒在地。兀术赶忙扶起老妇人，连声说："师嫂使不得，快请起。我答应你，让合鲁跟着我。不过嫂子无人照顾，小弟很是惦念。"

说到这里，老妇人才破涕为笑，忙说："这你就不必操心，我岁数还不算老，身子骨和手脚都利索，什么都能干。只要合鲁能成人，为父报仇，我吃点儿苦受点儿罪都没啥。"

兀术和师嫂、侄儿虽然是初次见面，但大家都不隔心，一见如故，欢欢喜喜。老妇人忙下地张罗晚饭，很快饭菜就做完了。虽说是家常便饭，做的样数倒挺丰盛，煮的狍子肉，稗子米干饭，再加上几样盐渍小菜。她又捧上自己酿造的米酒。三个人边吃边聊，不觉间天已至二更。

兀术和合鲁爷俩睡在南炕。合鲁像遇到亲人似的问这问那。当兀术说出在路上听到的消息，要去龙泉府大佛寺夺取天书时，合鲁想了半天，说："师叔，我也听到这个消息。不过我想，既然有天书在大佛底下，为什么辽国不去取，反而把消息传出去，让人们去取？依侄儿之见，恐怕这里有鬼。"

兀术点点头说："我也是这么想的。"

这时，合鲁一翻身坐了起来，下了地，取出一个小箱子，打开盖拿出一张黄色告示。兀术接过一看，上面写道："本朝发现大佛下面，有渤海王大祚荣留下兵书二卷。为了招募天下英雄，匡扶社稷，愿以此为奖赏。设擂台一个月，自五月五日开始比擂，不分种族，不论过去有无罪状，有人能独占第一，并能在大佛下取出兵书者，不但兵书归其所有，并官封勃堇。"告示下面签盖大元帅官印。

兀术看完之后，问合鲁这张告示从哪得来的。

合鲁说："这样的告示多得很，谁要给谁。不信，我明天就能给你要来十张八张的。"

兀术听罢摇摇头，心中暗想：这件事真奇怪了，这一宣示恐怕天下英雄都要来试试，一旦成功岂不壮大了辽国势力。我何不先下手为强，潜入龙泉府，到大佛寺探个究竟，有或没有兵书，我都要大白于众，省得天下英雄都落于辽国之手。真是艺高人胆大，猛虎斗蛟龙。这才引出兀术大闹石佛寺，群英大会师，投奔完颜部的故事。

第二天，吃过早饭，老妇人就忙着准备行装了。临行时，她叮嘱孩子要听义父的话，不许惹祸，好好学武艺，要早日成为巴图鲁。合鲁哭着给额娘磕了个响头。母子头一次分别，真是难舍难离，娘俩抱在一起，痛哭了一阵子。老妇人斩钉截铁地说："孩儿，你外出千万要小心，时刻别忘辽兵杀害你阿玛的深仇大恨，苦练本领，跟着你义父走正路啊！"

合鲁也哭着说："额娘要爱惜自个儿的身板，别累着，别饿着。孩儿过一阵子就回来看你老。"

娘俩千叮咛万嘱咐，依依不舍。兀术这才领着合鲁离开家园，直奔龙泉府。

往日龙泉府冷清清，今日却热闹起来。兀术和合鲁爷俩一进西城门，就觉得人来人往，熙熙攘攘。走到渤海宫门一看，虽然大殿被烧，宫门有些倒塌，还不失昔日富丽堂皇的风采。朱雀大街东西两侧又搭起一些临时的小房和棚子，挂起商铺的各式幌子，不时传来叫卖的声音。他俩来到十字路口，看有一处大的门市房挂着牌匾的客店，便进了店门。店小二见来了客人，慌忙跑了出来。爷俩刚想要个干净的房间，店小二抱歉地说："二位客官，很对不起，这几天也不知啥原因来了很多客人，前院、中院都已住满。二位要不嫌弃，只有后院一间房，你要再晚来一会儿，恐怕这间房也没有了。"

合鲁知道，这地方只有这一家客店，别无二家。兀术一看这个情况，只好答应下来。

店小二领爷俩到后院一看，房间虽然简陋一些，倒也挺干净。爷俩住下后，洗洗脸，喝口茶，坐下歇歇脚。合鲁是待不住的人，对兀术说："干老，咱爷俩就不在店房吃饭了，听说龙泉府饭馆的红烧湖鲫天下闻名，咱们何不到外边饭馆尝尝鲜？"兀术一听"天下闻名"，就同意了。就这样，爷俩在街面上选个较大的饭馆，兀术抬头一看挂着金字牌匾上写着"龙泉居"三个大字，很招揽人，他们便高兴地走了进去。

一进饭馆，兀术四下一看，果然环境不错，真是单间、雅间、普通间都有，鲫鱼、鳖花样样全。再一看，高朋满座宾友如云，饭馆确实不小。

跑堂的过来，满脸陪笑地对兀术爷俩说："客爷，雅间、单间都已客满。我看这边靠窗户的饭桌好，不但凉快，还能饱览风光，不知客爷意下如何？"

爷俩一看顾客满屋，就在窗边饭桌坐下。不一会儿，跑堂的端上两大盘清炖鲫鱼、两大盘红焖鱼、烧烤牛羊肉，还送来一坛老窖米酒。爷俩走了一天路，正好饥肠辘辘，便大吃大喝起来。

就在这时，只见门外又进来三位，为首的那位身穿土黄色的箭袍箭裤，脚蹬一双牛皮靴，腰挎一口腰刀。第二位是一身灰色短打扮，腰里缠着铁链千斤甩。后面那位穿着青色上衣，两口单刀斜插背后。兀术一看不是别人，正是女真人五虎中的林中虎巴尔斯、笑面虎呼拉布和穿山虎阿里。兀术赶忙迎上去，三个人开始有些吃惊，后来又紧紧拉着兀术的双手。呼拉布抢先说："兀术兄弟，我们都以为你被辽兵抓去，没成想在这里相见，难道这是鬼使神差？"

三个人也不客气，都坐在兀术的饭桌上吃喝起来。多年的朋友，偶尔相见，免不了话就多了，大家边吃边谈，各吐自己的情怀。但因饭馆人多，都不便细谈此次来的目的。吃完饭，五个人一同来到客店，好说歹说店小二才同意在兀术的外屋搭个睡铺让他们勉强住下。五人进屋聊天，谈话间，兀术才知道三个人也是为了盗取天书、结交天下英雄豪士而来。

晚间，兀术向三位介绍了合鲁的来历以及他阿玛为反抗辽兵压迫而奋起斗争，最后被辽兵残酷杀害的经过。合鲁虽难过父亲的惨死，但还是高兴地说："还是出来走走好，不然怎能认识天下英雄。"三人对秃鲁的遭遇深表同情，并敬佩他敢于和辽兵斗争的精神。

当兀术向三位问道女真各部情况时，才知道辽兵已去完颜部两次，逼阿骨打交出兀术和石土门，知道父亲正在招集兵马准备和辽国大干一场，因此更增加了去北国搬兵的决心。

因为距离打擂的日子还很远，五个人吃完早饭，决定到忽汗海逛逛真山真水。好在忽汗海离龙泉府才四十几里路，他们一路上说说笑笑，不到晌午就到了。

这五个人从一小就生活在莽莽的森林里，哪见过这河沿上轰鸣的飞瀑、明镜的湖水，再加上群山点翠，百鸟飞鸣，他们简直看呆了，今生今世也没见过这样的景致，一个个都不想离去。晚上就找了一处渔家小屋住了下来。

兀术从打跟白山大玛发学艺，就养成了起早的习惯。太阳还没冒红，他便偷偷起来，独自一人到湖边走走。

清晨旭日映在湖面上，湖水碧波荡漾，折射出万道金色霞光，仿佛进入了天堂。兀术目不转睛地看着这广阔迷人的湖面，尽情地欣赏着大自然的美景。兀术看着看着，突然一愣，只见一位蒙面纱的女子在湖面上飘来飘去，时而飘到湖岸飞身窜上山崖，时而又飘然落在沙地。兀术简直看呆了，心里暗暗叫好，好个轻飞功夫，真是到了绝妙的佳境。兀术出于羡慕女子的功夫，想看看她是何许人也，便不由自主地追了过去。为了尽快追上，兀术也施展老鹰翻飞的功夫，紧追不舍。

当兀术赶到近前，那位女子不容分说，一拳打了过来，兀术赶快闪过，猛然想起前不久那个蒙面人，难道是她救我父子脱险的？正当兀术在想事的时候，那女子一连击了三拳，这三拳一拳紧似一拳，一拳重于一拳。最后一拳，拳中带风，这风能有两千多斤的力量。第三拳打完，只听那女子厉声问道："为何不还手？难道怕了不成？"

兀术退后一步，然后恭恭敬敬施个女真礼说："格格真是好功夫。难道救我父子几次脱险得生的大恩人，莫非就是格格！"

只听那女子嫣然一笑说："都是女真人，区区小事，何足挂齿。"

兀术一听赶忙跪倒，激动地说："恩人在上，小的这边有礼。我们父子多次遇险，多蒙格格拔刀相助，才使我们父子脱离险境。对格格的恩情，小的父子永生不忘。请问格格尊姓大名，好日后报答恩情。"

这位姑娘并没告诉他姓名，而是郑重其事地说："你是否看了告示，也想夺取兵书，赢得官职不成！"

兀术点点头说："格格只说对了一半，在下还另有打算。"

姑娘四下一看，湖水平静如砥，远山空灵青翠，四周看不到一个人影，便小声说："我看到告示后，反复思索，总觉得这里大有文章。经过我数日暗访，证实这正是辽国设的圈套。其实，兵书在八十年前，早被先祖……"姑娘感到此话失口，又改口说："不！就是辽人皇王耶律倍，将此书带到医巫闾山望海楼藏书阁中，此地哪有什么兵书，全是骗人。依我之见，请四郎君（兀术是阿骨打四子）速速离开此地，以免发生不测。"

兀术听了，更坚定地说："如果真是这样，我更得留下，揭破辽主的阴谋诡计，不能让天下的英雄都被他网罗过去，更不能让英雄被他们陷害了。"

那位姑娘点了点头。

兀术一看姑娘也很赞同，便向她行个礼刚想要告辞，姑娘又追问一句："你方才说一定要报答救命之恩，不知四郎君想如何报答。"

兀术一时回答不出来，只好说："回去一定打个牌位把您供奉起来。以后恩人如果用着在下之时，小的将不遗余力去做。"

姑娘扑哧一笑说："我还年轻，没那么大的福气享受人家香供。咱们女真人说话直来直去不拐弯，要想报答我，说难也难，说容易也容易，一不用把我当神供奉，二不用今后如何，只求你一件事，说一个行字就可以。"

兀术想了半天不知她要说啥，只好说："姑娘请讲，只要我能办到的，一定应允。"

姑娘高兴地说："好！不愧是贝勒之子，说得真痛快。"说到这儿，姑娘好像不好意思说出口，停了一会儿，才吐了真情，她说："实不相瞒，我是北国人，自幼跟随父亲闯荡江湖，四海为家，广结英雄好汉。去年父亲不幸去世，我的心就像天塌下来一样，顶不住了，悲痛万分。失去了多年疼我、爱我的父亲，我可怎么生活呀，于是心灰意冷消沉下去。可又一想，我是女真人，活着就要有骨气，要仗义，要为推翻压在女真人头上的大辽国出力。所以我东走西逛到处为家，见到欺负女真人的事我都管。那天看到辽兵正在追杀你们父子，我就把你们救了出来。看长相你很年轻，论年龄我比你大两岁。"

听到这儿，兀术心中暗想，好厉害的姑娘，连我家父和我年岁都知道得一清二楚。

姑娘接着说："自打你杀辽兵解救黎民百姓那天起，我就认定只有你们父子才是救女真于水火的天下第一英雄。我师父再三嘱咐我，'你虽然长相不佳，一定要找个能改换天日的大英雄为夫，你们共同打天下救女真'。我按师父的教诲，从心里就选定了你，并紧紧跟随你。以后你大闹头鱼宴，乌林答招亲，我都历历在目。不但佩服你英雄性格，也赞成你儿女情长。当然我不同意你和古伦姑娘成亲，不然救她脱离虎口不费吹灰之力。这或许出于爱你之心吧？怎么样，我这人话已出口，绝不反悔，只许成功，不许失败。"

兀术一听，不由得打了个冷战，心想，好个仗义救人的姑娘，不但武艺高超绝伦，说话也尖刻厉害，办事也够狠毒的了。兀术没说什么，只是低头不语。

姑娘说到这儿，也不管兀术是什么态度，自己却自言自语地说："丑媳妇难免见丈夫。"说完，自己轻轻揭开脸上的面纱。

兀术抬头一看，冷丁子吓了一跳。原以为戴面纱救自己的姑娘是神女下凡，长得一定赛天仙，没想到站在自己面前的这位姑娘，却是赤红脸膛，厚厚的嘴唇，大嘴岔，两只圆溜溜的眼睛，一脸麻子。兀术不敢再看下去，只好躬身问道："不知恩人尊姓大名，可否赐教？"

姑娘笑了笑说："要想了解人，必须亲自探听，好比你的一切，难道是你告诉我的吗？实在打听不到，咱俩拜天地之日，自然会见分晓。"

兀术没想到在这里会碰上一个软钉子。他听过姑娘的话，很是为难，只好说："我已经和古伦格格订了终身大事，还……"

没等兀术说下去，姑娘又接着问："是不是还因为你已和古伦同床三夜，难道你也像尼堪（汉人）那样讲究忠贞不二？再说了，你阿玛阿骨打不是也有六七位福晋吗？只有你母亲是位了不起的女人，一看你阿玛福晋太多，竟毅然出家步入空门。至于古伦格格，着实可怜，我本打算和你成亲后，想办法找到她，我们同侍一夫，你看怎么样？"

兀术半信半疑，连忙说："姑娘盛意兀术不敢从命，因为我和古伦已有山誓海盟。现在她活不见人死不见尸，怎敢背信忘情，请恩人谅解才是。"

兀术一口一个恩人，一口一个报恩，根本没有答复的意思。气得姑娘怪眼圆睁，抽出宝刀在兀术眼前晃了晃，威胁地说："如果今天不答应，我和你同死在这里。"刚要动手，就听林子里有人高喊："干老、干娘且慢动手，儿子有话奉禀。"二人回头一看，是合鲁。

原来合鲁一睁眼睛，干老不见了。一直等到吃早饭也不见人影，可急坏了。饭也顾不得吃了，撒腿就往湖沿跑。到湖边一看，兀术正和丑姑娘谈话，他赶忙躲在林子里，二人的谈话他听得一清二楚，一看姑娘抽刀要动手，他一个箭步蹿了出来。

合鲁急忙跑到那位姑娘面前，又请安又施礼，口称："未来干娘息怒，孩儿有话容禀。"

其实姑娘早在暗中认识了他，便冷笑一声说："有话快说不要耽误我的大事。"

合鲁笑嘻嘻地说："这不是谈话之地，咱们到林子里唠唠，不知干娘意下如何？"合鲁一口一个干娘，把一个没出嫁的大姑娘臊得脸通红，可是心里却觉得有一种说不出的快意，只好将刀入鞘，随着合鲁来到林子里。

合鲁找到一棵干净的大树，请姑娘坐下。刚要开口劝说，那姑娘一瞪眼珠子抢先问道："我说合鲁，看你年纪不比兀术小多少，你为什么认他为义父？"

合鲁嘻皮笑脸地说："说来话长了，这不……唉，还是长话短说吧，我干老和我阿玛一同在白山大玛发门下学艺，他是我阿玛的师弟。真是天助我也，有一天在林子里遇见他，我就把他扛回家。额娘一看他是我阿玛的师弟，就把我托付给他，让我跟他学艺，当好人。一路上我发现干老不但武艺高超，还有一个侠肝义胆的胸怀，有替女真人复仇的大志。我真觉得认识他太晚了，不然我早就成为当世英雄了。"

姑娘听到合鲁夸耀兀术的一番话，心里也感到甜滋滋的，气消了一半，对兀术的爱意又坚定了。

合鲁一看姑娘的气消了，感到有门儿，便进一步劝道："干娘，依孩儿之见，你老的心太急了。常言道：心急吃不了热锅粥。着什么急呀。我家干老有些碍面子，干娘一提订婚，人家心里一点儿准备都没有，得让他慢慢想想。再说了，即或同意也不能立即答应下来。况且他阿玛、额娘还没在跟前，得让他们知道啊。"姑娘一边听着一边点点头，但没说什么。合鲁接着说："干娘，这件事就包在孩儿身上，不是吹的，我要一说，干老保证答应。不过今天不行，还有好多事要做，就像探听辽国设擂台的诡计，到北国搬兵的大事，都得干老去做。再说结婚是件大事，得明媒正娶，不能草率了事呀，你说对不？"

姑娘听了挺高兴，便点头说道："那也好，我听你的。不过，你要是撒谎，小心你的脑袋。"

合鲁一看姑娘松口了，又进一步说："请干娘放心，这件事就包在孩儿身上。希望干娘以女真人报仇为重，助干老一臂之力。"

姑娘站起身来，长叹一声说："我暂时依你。"说完从怀里拿出一个镖袋，上绣鸳鸯卧莲，郑重其事地交给合鲁说："这镖袋是我的标志，算做订婚礼物，无论在什么地方拿出它我就认亲。"

合鲁接过镖袋连忙答应一定送到。

姑娘反问一句："我给他订婚礼物，他也该送给我一件才对。你去问他送给我什么礼物，快去快回，我就在这儿等你。"

这可难坏了合鲁，可怎么跟干老骗取订婚礼物啊？他表面上满口答应，心里却想着鬼点子。

兀术见合鲁一个人回来，心想，那姑娘可能被合鲁说通了。便问道："你一人回来，想那姑娘一定是被你说服了。"见合鲁没有回话，又抱怨地说："你这孩子不会看眼色，我与她根本不能成婚，你却干娘长干娘短的叫个不停，成何体统！要不看在你额娘面上，我非狠狠教训你一顿不可。"说完坐在那里一声不出。

合鲁凑上前去诚恳地说："干老，这就叫平时不烧香，急时抱佛脚。你们过去没有联系，临时慌忙恳求成婚这怎能成呢？可又说了，不成婚便成仇，你俩真要动起武来，不是鱼死就是网破，岂不误了大事。以后，咱们离她远点儿就行了。"合鲁说到这儿又凑到兀术跟前说："干老，有件事想和您商量一下。"

兀术问："什么事。"

合鲁不好意思地说："我想向您要件东西，怕您舍不得。"

兀术说："要什么东西，你说说看。"

合鲁非常认真地说："实不相瞒，我从小就爱打镖，那位姑娘有一袋金镖，可把我馋坏了，有心要怕人家舍不得，有心偷吧，又违背了您的教诲，实在没办法。那位姑娘看出我的心情，笑着对我说：'你喜欢这些金镖？'我点点头，她说：'可以送给你，但有个条件，我射箭的扳指儿丢了，能不能用镖换你个扳指儿。'我一想，干老有两只玉石扳指儿，可以给她一个，便立刻答应了。她叫我回来取扳指儿，你看如何？"

兀术扑哧一笑，挺大方地说："我当什么大不了的事儿，原来这个小玩艺。人家是我的救命恩人，别说一个扳指儿，要什么都得给。"说完从手上摘下扳指儿交给合鲁。

合鲁拿着扳指儿高兴地跑回林子里。见姑娘耐心地等着呢，合鲁假装挺有能耐地说："怎么样！我回去一学说，干老立刻从手上取下扳指儿交给我，并且说，现在反辽的诸事太多，不宜结婚。等有机会一定到贵府拜访。"

姑娘一听哈哈笑了，说："竟胡扯，你们知道我家在哪吗？"

这一下倒把合鲁问愣了，还真不知她家在哪？知道自己说走了嘴，好在姑娘没在意。

那姑娘别提多高兴了，乐呵呵地把扳指儿戴在手指上。临走时郑重地说："你告诉兀术不用找我，到时候我会找他的。"说完又转身嘱咐说："你爷俩千万多加小心，现在辽兵到处都有。我还要到别的地方走走，不能保护你们了。如果有什么大事、急事，可以从这往南翻过五道山，山上有一座古庙，你到那去。见到庙里人，就说蒙面人求他帮忙，他肯定帮助你们的。"说完起身就走，一晃不见了。

合鲁拿着镖袋长出一口气，总算把这事应付过去了。他赶忙回去，一见兀术高兴地说："这姑娘真大方，不但送镖，还把镖袋也送来了。正好你老的镖袋太旧了，就送给你吧。"说完把金镖装在自己袋里，又把兀术的镖倒出来，换上姑娘这个新的镖袋。

兀术一看很不满意，这分明是姑娘用的东西，我一个堂堂的男人怎么带在身上，刚想说不要，合鲁却抢先说："什么姑娘、小子的，我看新的就比旧的强。"

爷俩刚要起身回住处，就听林子里有人哈哈大笑。说："好小子，玩的什么鬼花招？"这句话把合鲁吓得目瞪口呆。

第四章 | 兀术夜探成王府
掌握佛寺暗机关

  原来林中高声喊叫的人正是巴尔斯等三人。合鲁一看是三位师叔，才松口气，暗中向他们使个眼色，意思不要把这件事揭穿了。巴尔斯明白合鲁的想法，心中暗想，别看这小子长相不好，心眼可不少，他左右逢源，顺情说好话，到底把大事化成小事，很顺利地解决了。

  在回村的路上，几个人有说有笑，很是快乐。阿里边走边问合鲁："唉，我说合鲁，你看过寒雀没有？那寒雀不会垒窝，身上缺毛少肉，一到夜间冻得它无处藏无处躲，吱吱叫着说：得过且过，天明垒窝。结果还是被冻死了。我看你也属寒雀一类的，得过且过，一旦大风雪到来，我看你这秃毛少肉的寒雀怎么办？"

  合鲁要个鬼脸说："管那个呢，兵来将挡，水来土掩，到哪河脱哪鞋，总有解决的办法。"

  兀术只顾低头往前走，也不知他们说些什么，只有他们四个人心里明白。

  他们在忽汗海又玩了一天，第三天才回到龙泉府。到店里一看，客人更多了，客房住不下了，店主又在院子里搭了几处临时大帐，后来的人只好住在那里。

  大佛寺在龙泉府故宫南五里地之处，是当年渤海国的大护国寺。前后有五层大殿，殿后还有一座鬼王殿。曾经信男信女来来往往，香火不断。但随着时间流逝，也渐渐没落，破败起来。从去年以来，辽国派了不少工匠重新修整一番，整个佛寺焕然一新。

  在大佛寺山门外边，是一片开阔的大广场。在广场紧靠山门的地方，坐北向南高搭一个擂台，广场两侧又搭着两排蓆棚，靠南边便是做小买卖的、开小饭馆的搭了临时小棚。过去平时冷冷清清的寺庙，今天居然热闹起来。做小买卖的叫卖声、大车轱辘踏地声和牲口嘶叫声，人们来来往往，使整个广场沸腾起来。城里的大街小巷、茶楼酒肆的人们都在议论打擂夺天书的大事。

兀术在街上由南往北闲逛，忽然看见从西边走来一群马队，队伍前边举着一杆大旗，旗上写着四个大字"耶律余睹"，后面打着旗、锣、伞、盖，一群卫士喊着闪开、闪开。兀术一看不好，赶紧回到店房，心里暗暗琢磨，耶律余睹一来可是不利，万一被他认出来，岂不误了大事。

吃完晚饭，兀术关好客店后院大门，悄悄把巴尔斯四人都找来，兀术说："成亲王耶律余睹今天率大队人马来了，看来肯定是他要当这次擂台的主帅。这一来对我们的行动非常不利。各位有什么高招？"

大家你瞅瞅我，我看看你，都觉得这事不好办了，因为兀术是朝廷缉拿的要犯，他要是露面一旦被认出来，其后果就很难想象了，所以大家都沉默不语。

就在这时，合鲁瞅瞅大伙笑了笑，说："兵来将挡，水来土掩，自有办法对付。各位师叔不用担忧，好好睡觉，养好精神。明天早晨起来就见分晓。"四位英雄都知道合鲁的鬼点子多，可是这么大的事，他能想出什么高招呢？心里总是不落底，但自己又没有办法，只好先睡觉等明天再说。

大家商量完，兀术爷俩回到自己房间睡觉。可合鲁是闲不住的人，他端来一盆洗脸水，对兀术说："干老，我想出一条改头换面之计，保证你老平安无事。"

兀术着急地问："什么叫改头换面之计？"

合鲁说："实不相瞒，过去我跟小偷师傅不但学会偷东西，还学会了改头换面之术。在行偷时万一被人抓住，一改头换面竟变成两个人，谁也认不出来，不信你试试。"

兀术半信半疑。合鲁先让兀术洗净脸，然后从自己的小包里取出一个小木匣，打开匣子一看，有小刀、剪子、刷子和各种颜料以及一些假发、假须之类的东西。兀术一看明白了，原来合鲁会化妆术。

兀术洗完脸，小合鲁在兀术下颚、人中、两腮，涂上一层像胶似的东西，拿出一绺假须往两腮一粘。他又拿淡红颜料往上一抹，拿出一些短黑羊毛往两眉一粘，兀术居然变成一位赤红脸膛、满脸络腮胡子、两道扫帚眉的大汉。（书中交待，后来他常常用这种形象来迷惑敌人。）

兀术拿过小铜镜一照，不由连声说："好！好！"

合鲁一看兀术挺满意，又说："从现在起你老改个名字岂不更妙！"

兀术连连点头说："对！对！"可是改个什么名字好呢？他想了半天，

一拍大腿说有了，"我就叫晃乌初吧。"

合鲁郑重地说："行，这个名字好听。为了慎重起见，咱们先试试看。"然后对着兀术耳朵叽咕一阵。

兀术笑着说："就依你的办法去做。"

第二天一大早，合鲁哭丧着脸到外屋对巴尔斯三人说："我干老一看事不好办，昨天半夜就逃走了。临走时叫我告诉你们三位，千万多加小心，那耶律余睹不是好惹的。并把侄儿我交给你们，让你们好生照顾我。"

三人点头。巴尔斯说："面对朝廷通缉他，耶律余睹率大队人马来，不能硬拼，也只有走这条路，俗话说，'留得硬弓手，专打山中王'，不能因小失大，躲开这是非之地实为上策。"

爷四个正在谈论时，就听外边有人叫门，合鲁出去不一会儿领进一位红脸、扫帚眉、满脸络腮胡子的大汉。合鲁一进屋就对三人说："想谁谁就来，昨天夜里我就叨念表叔晃乌初，要是他老人家在这儿多好呀。今天果然老人就来了。"合鲁忙向三位介绍表叔晃乌初。

三个人赶忙站起来让了坐。一问，这位晃乌初也是为了打擂夺兵书而来。便让合鲁和表叔晃乌初还是住在里屋。当大汉进入里屋之后，三个人总觉得这晃乌初说话声音怎么和兀术一模一样呢？又一想，别说天下同音少，就是长得差不多的人也不在少数，别再乱猜了。这件事就这样过去了。

这日白天，爷五个逛了一天大街，知道不少情况。晚上巴尔斯等三人为了给晃乌初接风，特在外面饭馆要了几个好菜、一坛美酒，五个人边吃边谈，频频举杯，谈笑自如，心情非常痛快。吃完饭，五个人都进了里屋，兀术看谁都没看出破绽，便禁不住哈哈大笑地说："我成功了，可以安然无事地参加打擂夺天书啦！"巴尔斯三人目瞪口呆。兀术这才把合鲁的巧计合盘说了出来。

原来合鲁给兀术化完妆，两人就睡觉了。等天刚亮时，兀术偷偷从窗户跳出去，演出这场喜剧。

五个人又笑了一阵，兀术郑重地对三人说："这个化妆术对今后咱们行兵打仗可有大的用处。合鲁这回立了一大功。女真人真要是坐了天下，这是第一功。"（书中交待，以后这个化妆术，用在铁骑军、捌子马士兵脸上，吓走了多少次敌人的进攻。）

这几天，兀术总想到临时王府中探听一下敌人的消息，了解他们暗中的勾当。兀术偷着把这个想法跟合鲁一说，合鲁点头称赞，便说："你真是我干老，咱俩怎么一想就想到一块儿去了。咱们单凭辽国张贴的告示、传闻和猜测都不能做定论，要知心腹事，只有背后听听他们的真话。今晚咱爷俩就行动。"

说干就干，兀术吩咐合鲁做好夜行准备，并问合鲁脸上颜色和粘的须眉怎么去掉。合鲁一愣，忙问："干老，为啥要去掉？"

兀术说："我用假相欺骗敌人，用真相恐吓敌人，叫他们真假难分，思绪错乱，然后趁机实现我们的目的。"

合鲁这才明白兀术的真意，赶忙从小匣里拿出一包药粉，倒在热水里化开，用这药水一洗可真灵验。平时用水洗不掉、太阳晒不掉的颜色，用这药水一洗，不到一袋烟工夫，颜色和须眉都掉个干干净净。

爷俩在夜深人静后，悄悄出了店房，直奔临时王府。

耶律余睹的临时王府在旧渤海国的东王府，它曾是人皇王耶律倍长子读书的地方。有三进大院，前两进大院的房屋已坍塌，不能住人，只有第三进大院保存很完整，有正房七间，东西配房五间。过去历次辽国来的京城大员，都把这里作为临时的府邸。

兀术爷俩在白天时早已查看清楚，院中有一棵生长多年的大榆树，枝枝从府内伸展到府外，是个出入很方便的"桥梁"。两个人看准了枝枝，攀了上去，没费多大劲儿从枝枝一跃跳上了房檐。他们悄悄地趴在背坡地方，来个头卷帘倒挂，看见屋里明灯蜡烛，几个人影在晃动。仔细一瞧，正是耶律余睹和几员大将在议事。兀术将耳朵贴近窗户，只听耶律余睹说："方才的部署，诸位将军千万记住。万一走漏风声，传出消息，四月二十日张角大师一来岂不误了大事。一定确保不出漏洞。"诸位说一声"是"，然后静静离去，各奔自己的临时住处。整个大院很静，没有狗或其他动物的叫声，只有二十多个卫士和几个更夫来回走动。兀术一拽合鲁，两个人又悄悄地溜了出来。

这次夜探虽然没听到什么消息，却听到四月二十日张角大师来龙泉府的动向。兀术感到挺蹊跷，这张角大师是什么人？为什么怕他一来误了大事？一时弄不清楚。第二天早晨，五个人一商量，决定四月二十日再去。

到了那天晚上，兀术吩咐四个人都化好妆，然后倒插上房门，从后窗户悄悄地出去，直奔临时王府。

到了临时王府，兀术让巴尔斯等三人在墙外接迎，他和合鲁又借大榆树翻入院中，趴在正房的后坡，头往下一倾，将窗户纸舔破，往里一看，人来得可不少，只见正中间坐着两个人，一个是耶律余睹，另一位身穿道袍，头戴九梁道巾，长得倒挺清秀，但两只鼠眼盯住人不放，脸上表现出阴险狠毒的样子。看面相有五十岁上下，额下和唇上留着几绺黑须。他不时地环顾四周。此时秘密会议刚刚开始，耶律余睹先传达了皇上的谕旨，他说："当今万岁对这次行动万分重视，特派张大法师亲临指挥，各路守备应按法师布置，认真行事，切勿马虎从事。谁要不按法师要求的去做，破坏了这次行动，定斩不饶。"

耶律余睹说完，那位法师先清一下嗓子，一说话差点儿没把合鲁逗笑出声来。他说话的声音简直像一只老公鸭在叫。

那位法师拉着长声说："诸位施主、善士，吾奉无上道君、当今皇上法旨，专程到此主持这个大会。大家都知道，打擂事小，盗书事大。天下各路英雄豪杰都想打擂争头名，夺取兵书。我们就来个一网打尽，除掉大辽的祸害，永保天祚帝安宁。为此，我亲自在大佛四周安了机关，分里外三层，互相连接，一旦触动总线，可以使千军万马一齐落入法网。千万注意，一旦机关发动，大家都按照图上记号走，就出不了差错。大佛寺后面有一条不被人知的、用方砖铺的小路，是通往外部的安全要道。只要走浅色方砖即可安全退出。现在趁这夜深人静，我领众人到寺内实际走上几趟，以免临时出现差错。"说完领着大家鱼贯而去，直奔大佛寺。

兀术一听倒吸了一口凉气，这张大法师真是诡计多端，为了把天下的英雄斩尽杀绝，他真是"煞费苦心"。时间紧迫，容不得多想，他俩又从树上跳出墙外。兀术把情况跟巴尔斯等三人一说，大家都觉得若不探个水落石出，不知有多少巴图鲁受到不明不白的陷害，探清之后一定要揭穿他们的阴谋诡计，不让天下的巴图鲁上当受骗。兀术对大家说："咱们现在就尾随过去，看个究竟。"那四个人都纷纷表示同意，事不宜迟，赶紧去大佛寺。

大佛寺是辽国暗设机关的重地，所以戒备森严，巡逻兵手持明晃晃的刀、斧、剑等武器，一队接着一队地来回走动。院内点着松油灯，亮如白昼，哪怕有一只老鼠跑过，都看得清清楚楚。这时五个人尾随在辽兵的后头来大佛寺。大佛寺后面有一排排参天的古树，枝叶繁茂，铺天盖地。兀术一看暗喜，把四个人叫到僻静、黑暗的地方，悄声对大伙儿说："这次探寺凶多吉少，只我一个人进去就行了，人多目标大，容易被发现。千万记住，一旦出事，你们赶快逃回店里，隐避起来，不要管我。

至于我的情况如何，你们放心，阿布凯恩都里会保佑的。我一定要探听到真情，揭穿辽国的阴谋，不管人们信或是不信，我都要把真实情况说出来，让大家都知道辽国的恶毒用心。"说完刚要走，一队巡逻兵走过来，他们趴在黑暗处一丝没敢动。当巡逻兵走过去，合鲁哀求兀术一定让他跟着去，兀术只好点头答应。

爷俩来到大佛寺后院的墙根。这墙不太高，他们趴着墙往里一看，果然有通往庙里的方砖小路。他们趁巡逻兵刚过去的空隙时间越过墙头，看准小路轻轻落了下去，按照浅色方砖走，果然安全到了大庙北墙，不过，再往前一看，小路已经找不到了。两个人正在焦急的时候，耶律余睹一伙人绕到庙后，他俩在草稞子里趴着一动不敢动，连气都不敢大喘。只听那位张道师对耶律余睹说："后面的安全记号是前面的反号，走一三五单号石柱，就能到方砖小路。"说完又踏着石柱转了过去。

这些秘密都被兀术和合鲁听到了，他们掌握了辽国举办打擂夺兵书的阴谋诡计，心里有底了。这两次夜探都获得了耶律余睹的机密，就看下一步怎么行动了。五个人又悄悄回到店房。

兀术、合鲁、巴尔斯等五人面对面坐在客房里，谈论这次行动的收获，你一言我一语，心情都非常激动。可是一谈到想什么办法制止前去打擂夺书的巴图鲁，如何揭穿辽国的阴谋，保证打擂夺书的人安然无事，从而把他们团结过来呢？谁也想不出办法来，一个个都表现出忧心忡忡的样子。直到半夜了，五个人都没有睡意。这时阿里说："依我之见，不如马上离开这是非之地。"

巴尔斯说："不能走，我们这几天费了很大劲儿，得到很多情况，来之不易。我们就用这些情况揭穿辽国的阴谋，不让天下的巴图鲁上当受骗。这场斗争刚刚开始，怎么能走呢！"

兀术说："我赞成巴尔斯的看法，在这场是非之地面前，我们不能退缩，要到各个部落去当众揭露辽国摆擂的阴谋。为了使各部首领能够接受，我先到女真各部去说服。想尽办法不让那些英雄参加打擂夺书，制止这场惨剧的发生。"大家都赞成兀术的主张，阿里也不想走了。

第二天，他们五人分别到女真各部去联络，耐心向族人讲述辽国这次设擂台的阴谋，不要上他们的当，女真人应抱成一团，和契丹人斗。他们在女真部落待了三天，见到英雄好汉就讲。兀术还以晃乌初的名字到处串连，可是人家都不信，以为这是兀术为独吞兵书耍的花招。看来，不见真情人们是不信的。

单说五月初五这天，大佛寺空前热闹起来，广场内外搭满了临时的小棚子，有卖各种食品的、有卖各种衣服的，还有牵着鹿、狍子来卖的，真是叫卖声、呼喊声、野牲口的叫声汇成一片。到大佛寺广场来的人，有参加比武打擂的，有访亲看友的，有看热闹的，有趁机捞点好处的，还有买卖东西的，真是人山人海，各揣心腹事。

兀术等人为了结识一些朋友，很早就来到场地，按号坐在那里。不一会儿，只听响起七声大炮，耶律余睹率领辽国勇士威风凛凛地来到场地。兀术一看，不由吃了一惊，只见人群中除了辽国一些著名将领外，不知从什么地方还请来了一些五花八门的人士，有胖的、瘦的、高的、矮的，还有道士、喇嘛和光头僧人，大约有五六十人。这些人耀武扬威地走进场地。人们一看这些奇形怪状、高傲蛮横的人，就知道是有来头的，可得多加小心。

突然，战鼓"咚咚咚"响起，只见一位道士登上擂台，一打揖高呼"无量佛"，说道："贫道乃千山道士，道号智清，武功不深，这次来主要以武会友，广交天下志士。谁能战胜我，就可以取得盗书的凭证。"说罢，自己在台上练了一趟拳。身轻如燕，出手干净利索。兀术一看，这位道士确有些功夫。

道士打完拳，收式，高喊："哪位同仁志士上台与贫道比试一番！"话音刚落，从人群中闪出一名大汉，登上擂台通报姓名后，人们才知道他是红毛国第三元帅古里朵。两个人开始打个平手，可时间一长，那道人越打越猛，古里朵就有些招架不住了，一不小心被道士一掌击倒在地。古里朵羞愧地退了下去。紧接着一连上来三位大汉，都被道士打败。

再一看道士就不像刚登台时那样谦让、平和了，而是狂妄地哈哈大笑，当众一拱手说："选个有能力的人上来，打得还有点儿劲头。人们都说'三个渤海人顶一只虎，两个女真人打退五只熊'，为何不上台，让贫道也领教领教。"话音未落，只听一声怪叫，震得擂台嗡嗡直响："休要口出狂言，杂家特来试试。"兀术一看不由得又惊又喜，将要上台的人不是别人，正是石土门。

原来石土门自从与兀术分手之后，很快就到了乌古伦部，向部落长留可说明来意之后，留可很高兴，举办了欢迎石土门的晚宴，立即拨给他七十户，但始终没正式表示支援阿骨打起兵反辽之事。后来经他反复说服，留可郑重表示，一旦阿骨打起兵，他将联合统门水一带三十部联合反辽。后来石土门在乌古伦部落中也听说渤海兵书有了着落，就在大佛寺内。辽国发布告示，允许打擂取胜者凭证盗取兵书。石土门心一活，想前去打擂。留可贝勒知道后也很高兴，鼓励他前去。因为谁都知道，得到兵书后，按书中说的去做，一人就可顶十人用。谁不想壮大自己的力量啊。

临行时留可贝勒嘱咐他，遇事不要造次，见机行事，多加小心。石土门一一记在心上。

因为乌古伦部距离龙泉府太远，加上翻山越岭，穿过莽莽森林，路上耽误一些日子，今天才赶到龙泉府。到了街上也没住店，直奔大佛寺来。当他看到道士接连打败三个人，还口吐狂言，石土门就按捺不住怒火，刚要上去却被别人抢先登台。

石土门一看上去的人是奚国一位大将。在台上他与道士打得不可开交。石土门正看得出神，就觉后面有人拽了他一下，回头一看，是位赤红脸膛、络腮胡子、扫帚眉的大汉，石土门刚一愣，那位大汉小声说："我是兀术，快随我来。"把石土门弄得莫名其妙。两个人来到僻静地方，合鲁也随后赶到。兀术狠狠对石土门说："你不要命啦？现在辽国到处缉拿你我，一旦被耶律余睹发现，能有你的生路吗！"兀术说到这儿，又指合鲁说："这是我师兄秃鲁的儿子，专会化妆术，也给你化一化，以防让耶律余睹认出。"石土门这才恍然大悟，三个人坐下来，合鲁给他涂成一个黑脸乱发的大汉。

这时，登台那位奚国大将又被打下台来。看到这个情景，石土门也顾不得细谈了，便大喝一声跳上擂台。

兀术心里有数，石土门对付这个道士绰绰有余。果然不出所料，没一袋烟工夫，只见石土门一拳击中道士右肩，痛得他怪叫几声败下台去。全场观众都非常惊奇，一个劲儿地叫好。

正在全场沸腾欢呼声一片的时候，辽国主持官登上擂台，送给石土门一张黄色帖子，上写四个大字"准予盗书"。兀术看到这儿，心里更明白了，原来在打擂中，耶律余睹专门诱惑武艺高的女真人和外族人上钩送死。他们的心多么狠毒，把兀术气得咬牙切齿，心想，辽国竟想出这种毒计花招消灭我们女真人，看我怎么揭穿他们。

就在这时，有些不知真相的人都想得到黄帖，竞相登台比试，结果被石土门一口气打败了四位。耶律余睹怕石土门占时间过长，影响抓其他武艺高强的名手，便向旁边一使眼色，只见一位身穿红袍的大喇嘛摇摇摆摆地登上了擂台。

兀术一看，来者好像在哪见过，这么面熟，又一细端详，想起来了，此人正是三山昆拿大喇嘛，好久不见了，却在这里相会，不由替石土门捏一把冷汗。兀术知道，这个大喇嘛练就一身硬功夫，力大无穷，能劈石断铁，拔树毫不费劲。他是辽帝驾前很有势力的国师。此人身高足有六尺，体胖腰圆，往那一站就像一堵墙。尤其是他两只手特别大，人称大巴掌喇嘛，是蒙古科尔沁古佛寺的住持，铁山大师的弟子。这位大喇嘛心狠手毒，凡是与他比武的人都没有好结果。他除非不动手，动手必见血，轻者受重伤，重者死于非命。

兀术一看不好，刚要上台拽石土门不要跟他打，可是台上两人早已交起手来。头几个回合，石土门还能对付一阵子，后来越打越感到吃力。兀术知道大巴掌是手黑心狠的人，一看石土门处境不好，他啥也没说就蹿上台去，对石土门一拱手说："这位好汉暂在一旁歇息，在下跟这位大师领教领教。"石土门知道兀术是来给他解困，心里暗暗感激。

兀术跟大喇嘛刚要交手，就听总监棚一声锣响，双方都明白这是停止比武的信号。两个人都倒退了几步，就见一位百户长高声喊道："王爷有令，打擂武士只要上台能和大喇嘛打上三个回合，就能领到盗书凭证，能对付六个回合赏银十两。"

传令罢，两个人立刻交起手来，你来我往，不分胜负。但大喇嘛却暗暗吃惊，此人武艺不在自己之下，绝不能轻敌。两个人打了几个回合，大巴掌不想再恋战了，便使出他压箱底的功夫——阴山掌法，这是他师父祖传的功夫。只见大巴掌单掌一推出，就带出一股冷风，刺人肺腑，连台下人都感到一股寒风吹来。这时，石土门、合鲁、巴尔斯等众人都替兀术捏一把汗。其实兀术早已料到大喇嘛会使这一招。当大喇嘛第一掌推来时，兀术不但没躲，反而用左掌打出，大喇嘛心中暗喜，好小子，你正中我的计谋。原来他以为兀术的手比他小，兀术一出拳，他用手一拽，来个反手牵活羊，保准取胜。哪成想，兀术的拳离他掌不到半尺时，突然展开，用双掌一击，只听"叭"的一声，两个人都倒退了几步。接着两个人又交手，打了一个时辰还不分胜败。

大喇嘛越打越纳闷，心想，这是哪个部落的英雄，能和我打得不分上下。因为他知道这不是真比武，主要诱使他们进寺，然后一网打尽。想到这儿，大喇嘛便退出圈外，一打手势说："武士果然武艺高强，贫僧佩服佩服。"说完下了台归队去了。

天已到未时左右，总监棚里下令，今天比武暂停，明天继续开擂。

兀术等六人回到客店，洗洗脸，刚要用饭，只见店主高高兴兴地进屋，对兀术说："恭喜老爷，成王爷派人来请大人到府上赴宴，务请光临。"这一突如其来的邀请，兀术是没有料到的，半天没有说话。店主以为兀术是过于高兴、激动才说不出话来，便自言自语地说："是啊，谁能得到王爷请吃饭的机会，都会这样。"

对耶律余睹的邀请是去还是不去，兀术觉得不好回答，所以半天没有说话。可是合鲁却很高兴，在一旁说道："王爷邀请我家主人，当奴才的也能借光，请来人稍候，待我给主人料理一番再去也不晚，请店主代我家主人招待官人。"

店主走后，兀术和大伙儿都忍不住笑。合鲁一看大伙儿笑，丈二和尚摸不着头脑，着急地说："都啥时候了还笑，快，快收拾收拾，赴宴要紧。干老，我跟着去，做你的奴仆，给你做伴，以便见机行事。还是那句话：'临事抱佛脚，过哪河脱哪鞋，吉人自有天相'。"说着走到兀术跟前叮嘱一句："记住，您叫晃乌初，是东海林中猎户。谁也管不着您，自由自在。"

兀术无奈地说："事到如今，只好这样了。"

原来，耶律余睹在帅棚里看到兀术高超的武艺，赞不绝口，竟能和国师大喇嘛打得不分上下，这在大辽国还是很难找的。心中暗想，这可是个难得的人才，如果在寺里白白送命，岂不可惜？如果能把他收到我手下，定能成为一员护国大将。想到这儿，让鸣锣提前收擂，并差人请兀术赴宴。他打算在宴席上探听此人的来历，再做定夺。

耶律余睹回到府上，立刻命人准备一桌上好的酒菜，还找几个美女作陪。让仆人收拾屋里，故意陈设得华丽一些，营造出一种美艳绝伦的气氛。室外安排四十名身高体大的卫士站在甬道的两侧，以壮威势。

不一会儿门军禀报，打擂英雄驾到。两厢立刻吹起牛角号，表示欢迎。

兀术和合鲁大步走向成亲王临时的王府大门，两旁的侍卫举刀行个军礼。一进二门，就看见几棵松树郁郁葱葱，正房几间瓦房整洁明亮，整个院子宽阔干净。府中家丁和女奴站在二门两侧迎接，为主人营造一种欢迎客人的气氛。耶律余睹看打擂英雄已迈进二门门坎，急忙从正房客厅出来迎了上去，跟随他身后的还有身穿黄袍的大喇嘛以及一些将领。

兀术见耶律余睹都出来迎接，真有点儿受宠若惊，赶忙向前行了个林中猎人的见面礼，并且说："小可本是林中野人，承蒙王爷如此厚爱，小的深感不安。"

耶律余睹假惺惺地说："哪里，哪里。方才在擂台上一见，就知壮士非等闲之辈，是我大辽未来护军的希望。"他一边说一边将兀术和合鲁领到宴会大厅。

宾主落坐之后，兀术偷眼一看，室内的装饰显然是临时布置的，心中暗想，不知这老家伙葫芦里卖的什么药。如果事情不妙，一旦得手非得先拿耶律余睹开刀不可。

宾主谈话很随便，耶律余睹也像赴宴的一般人一样，和大家天南地北地谈了一阵。不一会儿，酒菜摆上，耶律余睹亲自把盏，并在席间一一向兀术介绍在坐的将领。在介绍到一位和尚时，笑着说："他是个假和尚，叫额莫额，生来头上就没毛，专门会做各种毒气和蒙汗药，人称秃头野狼。因为他平时爱穿和尚衣裳，我给他找个师父，取个法名，叫善修。其实他是个花和尚，什么都爱好。"逗得大家哄堂大笑。

这位善修不但不觉得羞耻，反以为荣，得意地说："采花也得会采，不信你们试试。"

张角法师禁不住说了一句："无量佛，当和尚采花，真是天下奇闻。"

他这么一说，那位大喇嘛有些吃不住劲儿了，旁敲侧击地说："这位师弟敢作敢当，从不遮盖，不像有的人，表面上道貌，暗中却拈花睡柳，更是见不得人。"说完，把眼睛往张角方向一抛。

张角吃不住劲儿了，一拍桌子，说："大和尚，有话明说，何必拐弯抹角呢！"

耶律余睹一看不好，赶忙站起来说："各位息怒，这事都怪我，不该在这个场合当众说些没用的话。我自罚一杯。"说完自己举杯，一饮而尽。其实这些事，对他们来说都是司空见惯的，也没什么了不起，马上又言归于好。

合鲁是个有心计的人，一听那个叫善修的秃头野狼会做蒙汗药，立刻想出一个鬼点子来。当酒过三巡，菜过五味后，耶律余睹才引到正题，郑重地对兀术说："从今天起，壮士就住在府内，以便及时请教。等打擂的事情完后，我在万岁面前，一定保奏你为二品都统，并给你安家修府，希望你忠于皇上，效忠于大辽国。你今后要为保大辽施展才能，这样你就是个前途不可限量的人。来人，给未来都统大人更衣，并送上零用钱。"说完只见两名侍女捧着衣帽送了过来，又有两名侍女端出五百两白银要送给兀术。

兀术刚要推辞，合鲁却乐呵呵地接了过来，并跪下说："成亲王，我先替主子谢大王恩典。"弄得兀术进退两难，无话可说，也只好表示谢意。

耶律余睹一见礼物收了，便假装亲近地对兀术说："壮士，从今天起咱们就是一朝之臣啦。实话对你说吧，打擂是假，盗书也是胡扯。你想，要有兵书能送给外人吗？现在女真越来越猖狂，简直就是不服管了。这次大会就是要引来女真各部英雄，把他们一网打尽，以减少女真各部的力量。"

兀术一听耶律余睹的话，证实了他们的判断，于是假装不知情况又有些好奇地问："那么有一事不明，可否请教？"

耶律余睹说："都是一家人，有话请讲。"

兀术直截了当地问："到底有没有'兵书'？"

"有，"耶律余睹大声地接着说，"这部兵书，是渤海王大柞荣留下的，他靠这部兵书，打退了唐朝的进攻，得天下近二百载。之后他的子孙又被我国太祖皇爷打败，兵书落入他手。可惜，由于太祖偏爱次子，长子人皇王一气之下把这部书拿走，藏在医巫闾山望海楼附近，至今没有找到。"

"人皇王后人难道也不知道吗？"兀术进一步问。

耶律余睹说："唉！人皇王的直系后代越来越少了。听说还有一位公主还活着，但是去向不明。几代辽王都提防这支人东山再起，所以他们至今不敢露面。"

兀术假装可惜的样子说："这部兵书要被咱们得到手，岂不无敌于天下了！"

"谁说不是。"耶律余睹感叹地说。

待筵席快要散时，耶律余睹郑重其事地对兀术说："我方才说的都是机密大事。为了防止泄漏，从今天起，壮士就住在府里，咱俩同吃同住遇事同商量。"

兀术假装为难的样子说："不过，我还有四个结义弟兄也来参加打擂盛会，不能把他们抛在一边，万望王爷能否看在小可的面上叫他们也住在这里，也算我尽到结义之情。"

耶律余睹一听，高兴地说："行！马上派人请来。"就这样，兀术就留在成亲王临时王府。

且说石土门四人，在店里一直等到二更天，仍不见兀术回来，真是心急如焚，是福是祸没法预料。就在这时，店主领着两位辽兵的小头目进来。小头目一见四人忙上前施礼，就像见到他们的统帅那样规规矩矩，口称四位老爷，恭敬地说："小的奉王爷之命，特请四位老爷进府居住。"

四个人真是丈二和尚摸不着头脑，兀术至今没回来，想必是他和耶律余睹商定叫他们去？也不敢多问，便急忙收拾行装。石土门刚要去店房付店钱，店主满脸陪笑地说："各位壮士那是王爷的上客，小的天胆也不敢要店钱。这几日小的没照顾好，请四位壮士多多包涵。"

石土门只好说："既然这样，我们后会有期，改日一定相报。"

兀术和石土门等六位壮士受到耶律余睹的特殊接待，整天好酒好菜供着。兀术他们虽然过着花天酒地的生活，但头脑挺清醒，他们在琢磨耶律余睹究竟是卖的什么葫芦药？

第二天辰时又开擂比赛了。各部落的头领和武士上上下下，彼此交手不分胜负。就在这时，巴尔斯往身后一看，不由大吃一惊！原来被辽国抓去的白额虎富垺珲、出山虎当堪竟穿上辽国四品武官服，堂堂正正地坐在那里。巴尔斯心想，好小子，多日不见竟成了辽国大官，好个女真叛徒，如不尽早除掉，恐成后患。于是怒从胆边起，抽出腰刀就要砍。这才引出兀术率五虎大闹龙泉府，北国搬兵灭大辽。

第五章 | 盗书天机被识破
和尚诡计捉英豪

朱伯西我本想晚些时候再向各位交代古伦举刀刺国舅以及后来的情况，无奈富埒珲和当堪偏在这时候赶来，只好先放下巴尔斯要砍富埒珲和当堪的情况，再捡起上回书向各位交代一番。

单说古伦在那天晚间的宴会上，一听肖奉雷说今晚要跟她入洞房，气得她浑身都哆嗦，忘掉了富埒珲嘱咐的话，拿起割肉刀子就刺向肖奉雷。多亏当堪眼疾手快，赶忙用手一托古伦的右手说："看你高兴的这个样子，狍子腿在那边。"古伦这才明白当堪的用意，只好把刀子转向肉盘子。

好在肖奉雷这时有些醉意，光想美事了，就没注意方才古伦和当堪的举动。他两眼发直，身子摇晃，一只手端酒杯，另一只手划拉古伦，口口声声说："今晚洞房花烛夜，我和美人喝个痛快，玩个痛快……"每从肖奉雷口中说出一个"洞房""美人""痛快""玩"的字眼，古伦就像被一把利剑刺在心中那样疼痛。古伦有心以命相拼，又想到富埒珲和当堪嘱咐的"为女真人报仇的大事"的话，为了女真为了兀术，只好强忍内心的愤怒，假意地面带笑容地去应付。

肖奉雷喝醉了，富埒珲怕古伦一气之下再动刀耽误大事，便假装要告退，并示意古伦送他退席出门。出门之后，富埒珲小声说："请格格千万要忍住，因为鸳鸯湾的档库保存着大量辽国军事机密，哪一件传到女真各部都对咱们反辽有莫大好处。你可不能因小失大呀，千万千万。另外，你想方设法在肖奉雷面前保举我二人做管库总监，这样更能方便些。"说完就告退了。

这时，肖奉雷歪坐在椅子上呼呼大睡。古伦回到宴会桌前推一下肖奉雷，他就像一堆臭肉一样没有知觉，照样打呼噜。古伦独自一人坐在那，思前想后，想到辽兵屠杀全村的惨状和父母兄妹惨死的情景，想到和兀术在地窖中甜蜜的生活，想到今后的生活既难熬又危险，既失身于人又要为族人报仇的矛盾心情，她感到心慌意乱，痛苦万分。天神阿布凯恩都里啊，为什么这些痛苦的事都压在我一个人身上，为什么这么重的担子让我一人承担？古伦又瞅瞅那醉酒睡得像一堆烂泥的肖奉雷，她恨得咬牙切齿，最后咬咬牙，暗暗说："兀术我的郎君，为了你的大业，为了打败辽国，你的'爱根'只好牺牲自己，屈辱地生活着！愿阿布凯恩都里保佑你一顺百顺，万事如意。希望你永远忘掉这个失身的古伦吧。"

在古伦花言巧语的说服下，第三天，肖奉雷又摆了一桌宴席，把富垮珲和当堪请来，当面许诺，提升他俩为档库总监文书输送使。在推杯换盏欢喜之时，富垮珲再一看古伦，虽然浓妆艳抹，但眼睛深陷，脸色憔悴，显然消瘦了许多。心中暗暗替古伦难过，又暗暗为女真人有这样大智大勇的姑娘而感到高兴。

从此，富垮珲和当堪这两个女真人，昨天还是阶下囚，今天却成为大辽国堂堂正正的四品大员。

说起富垮珲和当堪做档案库的总监真是行家里手，不但干事认真，还把档库整理得井井有条，干干净净，就连档案的保管也处理得清清楚楚。肖奉雷也为此得到天祚帝的赞许。这样一来二去，对二人更是坚信不疑了。

几天来，古伦从肖奉雷口中得知，辽国要在龙泉府摆擂台、盗兵书的举动。因为过去兀术曾跟他提过打擂盗书之事，所以她担心兀术会上当受骗参加打擂。她把这事跟富垮珲一说，可把二人吓坏了，兀术真要上了圈套，绝无生路，急得三人就像热锅里的蚂蚁似的团团转。

正在这时，肖奉雷突然把富垮珲、当堪叫到一间秘室里，很严肃地说："二位仁兄，有件要紧的差事烦你们二位亲自到龙泉府跑一趟，给成亲王耶律余睹送一份女真各部主要头领的花名册。他在那举办擂台，急需这份材料，希望二位不辞辛苦，日夜兼程，在盗书前赶到。你二位不是外人，到那以后，可以尽情地多玩几天，看看这些女真人蠢蛋，是怎样像鱼一样上套落网的。此事真要成功，最低能铲除女真的一些武艺高强的武士和险恶的首领。这样，我们大辽国的天下会更加巩固了。"

富垮珲一听，不由暗暗替参加打擂的女真人担心，万一他们的阴谋得逞，这帮英雄豪杰岂不死于非命，白白活一世。没有这些英雄武士，女真怎能反辽？想到这儿，他俩去龙泉府的心情更加迫切了。这天他俩刚要动身告辞，就听后院传话："请二位官人到后院夫人那里，夫人有事拜托。"

二人来到后院夫人闺房，古伦从怀里掏出一块玉石牌子，珍惜并郑重地交给他俩说："这是兀术哥送给我的结婚礼物，如果能见到请转交予他。兀术哥定能热情接待你俩。记住，千万不要说出我在这里。"说完，眼泪像断线的珠子噼里啪啦掉下来。

看到古伦的眼泪，富埒珲和当堪也很难过，心想：多好的一对呀，就这样被大辽国的国舅活活给拆散了。这个不仁不义欺压女真人的无恶不赦的辽国，要不反他还等待何时！

说实在的，富埒珲和当堪接到这个差使，心里高兴得不得了，他们想借机见见女真的英雄豪杰，想尽一切办法阻止他们上当，保存女真反辽的力量。由于心情急切，急忙赶路，晓行夜宿，不几日就到了龙泉府。就在开擂之前，及时把女真各部头领和英雄豪杰的花名册送到。

耶律余睹一看花名册送得及时，很高兴，还特意把六位英雄如何归到他属下的情况向富埒珲、当堪介绍一番。当他特别提到晃乌初时，耶律余睹眉飞色舞地说："这人不但武艺超群，从言谈举止可以看出是位大将之才，今天能得到他真是辽国的万幸。"

富埒珲和当堪一听，心中纳闷，这六位英雄是哪个部落的呢？过去怎么没听说过呢？尤其是晃乌初这个名字，从来就没听过。他俩回到住处，坐在那仍然沉思不语。待了半天，当堪说："咱俩坐在屋子里胡乱猜疑很难弄清楚，不如明天到擂台看看到底是何许人也！"

富埒珲点头说："是，你说得言之有理。"

第二天富埒珲和当堪一到擂台，就听旁边人指着兀术等人说："这几位就是王爷说的六位英雄。"

二人向那人指的六位英雄细看多时，还是摇头，不认识。其实除了合鲁外，那五人都已化了妆，几乎是面目全非，他们怎能认得出来。正在这时，只见其中一位壮士突然抽出腰刀双眼狠狠盯住自己，却被另一个红脸剑眉络腮胡子的大汉悄悄地制止住。就这样，双方都在暗地里观察一天对方的动静。

为了弄清这六位壮士的来历，富埒珲和当堪在晚饭后特意到兀术的住所拜访。

而兀术等六人也在暗中猜测这两位辽国四品官员的来历。突然，这两位辽官富埒珲和当堪叩门求见。因为在辽国范围之内，谁都没做出更露骨的表现，所以很难识别。进屋后，富埒珲又仔细打量一番六个人，还是不认识。于是愤恨心情油然而生，冷笑一声说道："看来六位弟兄都是女真人了，今天能得到王爷赏识真是万分荣幸吧！"

巴尔斯压了压火气，也冷冷地说："二位不认识我们，我们可知道二位尊姓大名。如果我们没有记错的话，您二位大概是白额虎富埒珲、出山虎当堪吧？据我们所知，他二人被辽国舅肖奉雷抓去。我们以为他们必死无疑，没想到在这里相逢，而且成了辽国四品大员。是什么原因、借哪位天神之力使二位转祸为福，真是祖上积德，才有二位英雄之辈。今后在打女真时，请多多关照。"

富埒珲二人越听越感到此人说话耳熟，从声音分析，明明是巴尔斯的语调，却不是巴尔斯。当堪边听边琢磨其他二位，心想，从说话声音来看，分明是呼拉布和阿里的语调，为什么声音一样却面目全非？

合鲁大概是多喝了两杯酒，头脑发胀，一看两个叛徒就气不打一处来。趁别人没有提防，合鲁抽出二尺铁棒喝道："你二位到此有何贵干。还有脸来见，简直是女真的败类！"拿着铁棒要打。

兀术赶忙上前拦住，向二位解释、道歉地说："二位大人不要放在心上，他的父亲曾被辽国坏人杀死，总愤恨不平，万望大人海涵。"虽然表面这么说，但心想，要有机会先杀了这两个败类，以解心头之恨。

从双方接触来看，在外表上还是恭恭敬敬，你尊我让，说了一些客套话，可是在内心里，都是火气冲天，怒不可遏。

这时，富埒珲忍不住问巴尔斯道："请问这位壮士，你认识林中虎巴尔斯吗？"

巴尔斯不由一愣，心想，难道他看出破绽不成？巴尔斯表面上虽然摇头，内心却怦怦直跳，这要被对方认出来岂不前功尽弃。

兀术心里暗笑，真是当着巴尔斯问巴尔斯，天下无奇不有。因为怕富埒珲看透破绽，更加注意他的言行。就在这时，兀术猛然发现富埒珲腰间挂一块玉石牌子，不由问道："大人戴的玉石牌子确实是上品，不知在什么地方买到的？"

富埒珲摇摇头说："是一位朋友叫我转交一位女真英雄。"

兀术不由啊了一声，忙问："您那位朋友是男是女？"

富埒珲内心不由一动，但一看此人面孔和古伦说的大不一样。于是又平静下来。就这样闲谈一会儿，二人告辞了。

走后，兀术等六个人都感到富埒珲二人此次来不是闲逛，而是别有用心，是否来探听我们的行动？大家越想越害怕。合鲁晃晃脑袋说："这有何难？趁夜深人静悄悄摸到他们的房子，咔嚓，咔嚓，一刀一个。他们知道是谁杀的。"对合鲁的主意，大家开始觉得这样做风险太大，容易暴露目标，对己方不利。

兀术想了半天说："事不得已时也只好采取这个方法，可是为时太早。从他俩言行来看，好像其中有隐情，不如到他们住处，偷听他们背后谈些什么，然后再做定夺。"大家一想也对，便决定由兀术、巴尔斯二人前去。

兀术和巴尔斯收拾一下，备好夜行用的东西。两人刚出门往四下一看，发现房上趴着两个人。不由大吃一惊，忙飞身上房。那两个人见有人发现，急忙跳出墙外，兀术二人紧紧在后面追。当追到没人地方时，那两个人突然停下来。兀术二人跑到那两个人面前时，他们不但没动武器，反而躬身施礼说："真是大水冲了龙王庙，一家人不认一家人。你们在屋中的一切谈话，我俩听得一清二楚，巴尔斯大哥、兀术郎君，不用担心害怕，富埒珲、当堪不是那种败类。这两天来，都是互相误解，现在我俩全知道各位的心意，看来女真大业可成。"

兀术一听对方对自己已经探听得清清楚楚，心中暗恨自己太麻痹大意，没有人家心计高，索性说："二位既然完全听到，我是兀术，他是巴尔斯，请二位也报上姓甚名谁，说说为何夜探我们住所，是不是替耶律余睹摸清我们底细？"

富埒珲摘下玉石牌子高高举起，诚恳地说："你们不相信我俩，难道还不相信玉石牌子？这里不是谈话之所，不如回去，请你们置办一桌酒菜，咱们堂堂正正地边喝边谈。"兀术一想，人家说得有理，便同意这样做，各自回房作准备去了。

因为这八个人都是耶律余睹的上客，在一起吃喝玩乐并不会引起人们的注意和提防。

八个人围成一桌，故意把窗户敞开，让外人能看见，没有什么隐私之事。他们边吃边谈，富埒珲深有感触地介绍古伦的遭遇和她时刻想念兀术的心情，以及他们此行的目的。

兀术一听古伦的现状，既同情又愤恨，对古伦为女真大业屈尊忍辱，很是佩服；对她失身于敌人，又感到羞愧。这种错综复杂的心理，使得这位英雄表现得很矛盾。

富埒珲明白兀术的心理，便进一步说："四郎君，咱们女真人不像汉人那样，讲究什么贞节、烈女。你要知道，古伦不是见异思迁的姑娘，她忠于自己的誓言，到任何时候都是你的人。肖奉雷强占她的身，却夺不了她的心。"富垺珲说得兀术直点头，默默无语。

大家边喝边谈，气氛十分热烈，一会儿声高，一会儿声低，你一言，我一语，说说笑笑，好不热闹。更夫和巡逻兵已经过来两伙，他们还没散桌。最后一伙巡逻兵满脸带笑地说："军爷，夜深了，按王府规定也该休息了。"大家赶忙点头称是。临散席时，当堪说："诸位既然都是自家人，明天我们哥俩略备水酒，请诸位赏光。"兀术等六人都满口答应到时去打扰。

打擂进行到第十一天时，情况有些变化，让人摸不着头脑。

就在第十一天早晨，一开擂，只见有位大汉登台叫擂。兀术一看，此人身高足有八尺，黑乎乎脸腔，披散着头发，额前一道黄铜发圈闪闪发光。赤着上身，露出一块块的肌肉疙瘩。往脸上一看，满脸的胡子挓挲着，两只大眼睛若没有鼻梁隔着早滚到一块去了。只见那人大喝一声："呜！你们这些不知死活的鸟人，有多大能水，敢来打擂。今天老子包下了，谁也别想赢，哪个不怕死的就上来。"说罢两臂带风打了一趟拳。

兀术一看这人的拳法，是渤海大氏祖传的老虎拳。这拳是巧中有力，笨中有灵，徒手敢和各种武器相斗。练拳的人都必须有金钟罩铁布衫的功夫不可，不然练不了这种拳。就在这时，台下有不服气的，上来几个大汉，不出所料，一个个都被打下去了。兀术暗暗点头，果然是位英雄好汉，但不知是哪方面英雄，如果是女真方面的人，岂不白白送死。

晚间散擂时，兀术跟其他几位议论着这位突然出现的人。不知这个人的来头，是辽国有意安排的呢？还是他自己闯来的？兀术准备明天再观察一天，看看情况再说。

第十二天，鸣锣开擂，首先还是那位大汉登台，叫了半天没人敢上。合鲁晃着圆溜溜的大脑袋，看了半天，突然跑出看棚，大声喊道："各位帮帮忙，我个矮上不去擂台，请搭个梯子让我上去，会会这个小子。"

兀术刚要拦阻合鲁，耶律余睹笑着说："壮士不必拦他，想必这小爷能有治他之道。咱们看看胜败如何再说。"

兀术只好点头称是。心中暗暗替合鲁捏一把汗，真是不知好歹的东西，就凭你那两下子，没等伸手就得被人家打下台去。

你说也怪，合鲁一上台，说了几句话，一动手，那位大汉处处挨打，真是只有招架之功没有还手之力。最后，被合鲁一脚踢翻在地。台下人齐声喝彩，掌声如雷。

合鲁也真有智谋，见好就收。有不少在台下喊要和他比试，他在台上直喊："我今天很累了，恕不奉陪。"说完顺着梯子下了擂台。

就在这时，又跳上一个横粗短胖的女真人，破口大骂，谁要是不敢跟他比就是熊养的，指着合鲁，一定要和他比试一番不可。合鲁回头笑着说："有言在先，小爷今天累了，绝不奉陪。"

这样一来，那人在台上骂得更欢了，一口一个熊货，一口一个无名鼠辈。合鲁点着头说："我就是熊货，不管无名有名，小爷就是不侍候你。"说完，挨着骂，却得意洋洋地回到看棚。

晚上，这六个人回到住处，就禁不住地议论开了，大家都觉得合鲁能赢那个大汉，太不可思议了。巴尔斯怀疑地问道："合鲁，你是怎么胜那位大汉的？就凭你这个……"

合鲁便装模作样地说："其实，我的真本领平时根本不轻易外露，今天不过略施一些小计，他算个啥。"

兀术在一旁瞪他一眼，狠狠地说："说你胖你就喘，还不如实说给大家听听。"合鲁一眨眼一伸舌头，才说出真情。

原来那位大汉姓大，本名克巴善，汉名大吉勇。自幼学会了祖传拳法，擅使一把钢人锥，这锥重有百十斤，抡起来像刮风，呜呜响，他要起锥来就像耍一根木棍那样轻松自如。在辽阳一带是个很有名的英雄，人称"黑塔天王"。有一年，他到活什部姑母家串门，因为带些珍贵礼品，被小偷搭上眼，跟了三天也没得机会下手。也该他出事，第四天，离姑母家只有七八十里路，可是天已经黑了，便找个店房歇息一宿。结果被小偷用蒙汗药给迷过去了，他像个死猪一样被绑起来捆在树上。前不着村后不着店，足足捆了两天两夜。正赶上合鲁从此路过，把他解了下来，一问才知道是被贼人所害。合鲁一看此人不是平常之辈，就想办法把被盗的东西要回来。好在黑道上一些朋友他都知道，并没费多大工夫，就把被窃的珍贵礼品要了回来，那些窃物者还请他吃喝一顿。大吉勇深深感谢合鲁的救命之恩，分手后却一直没有机会相见。

近来，大吉勇听说龙泉府发现他祖先大祚荣的兵书，并设擂比武盗书。他想：这是我们祖先的宝书，怎能叫别人夺去。他把这个情况详细跟他的挚友韩常说了一番。韩常表示愿意助他一臂之力。于是两个人收拾行装便直奔龙泉府而来。走到半路，天不作美，正赶上下起瓢泼大雨，他们前不着村，后不着店，拼命往前走，正好前方有一座古庙，两个人就到古庙避雨。这座古庙因年久失修，前殿已经倒塌不堪，只有后殿还较完整。因为是避雨，两个人也没惊动庙内住持，便在破殿里暂避片刻，待雨停后再赶路。可是，雨越下越大，那年头已久的房梁墙壁，被大雨一冲，竟轰隆一声塌了下来，两个人活活被埋在破庙里。多亏两个人身体好、力气大，拼命挣扎才从废墟中爬出来。哪成想，他们在一根破梁上发现一个大铁匣子。两个人一合计，这是庙上的财产，便捧着匣子直奔后院。

到了后院，二人敲敲庙门，不一会儿出来一位道童。二人说了来意，交上铁匣子刚要告辞，就听院中有人喊一声："无量佛！外面何人对话？"他俩往院中一看，出来一位鹤发童颜的道长，虽然年已古稀，却步履矫健，不亚于年轻人。二人赶忙上前见礼。那位老道长说："既然施主光临也是仙缘，不妨请室内一坐，略尽地主之谊。"二人也只好从命，进到院里。

一进后院，仿佛到了另一个世界。只见古柏苍松，花香鸟语，给人一种既雅静又清新的感觉。在禅门上有一副对联十分显眼，上联是"草色和云暖"，下联是"梅花带月寒"，短短十个字的对联把古庙的环境说得淋漓尽致。

老道长很热情地把二位让到客房，宾主互相寒暄一番落坐，小道童献上茶。大吉勇把庙宇前院的殿堂被雨水冲坏，房梁和墙壁倒塌露出铁匣之事说了一番，然后恭敬地交上铁匣子。老道长接过铁匣子立即揭开匣盖，取出一个锦盒。打开锦盒，拿出一本黄绫面的书，上写"渤海兵书上册"几个字。

老道长不由问道二位尊姓大名，意欲何往，有何贵干。当二人说明前去龙泉府打擂、盗兵书的事情后，老道长沉思片刻，之后语重心长地说："我不是阻拦你们，让二位不高兴。龙泉府去不得，那里有鬼。想那渤海兵书，当年早被人皇王耶律倍带走，至今不知传到何方。这上册是当年耶律倍人皇王在此庙读书时抄成，藏在庙里。二位若不信，请看他在书后面写的几句话。"

大吉勇一看上面写道：

"吾读此书深感渤海太祖实非庸人，曾受此书教诲而得天下。吾本应将此书传于辽国宫廷，怎奈兄弟争位祸起家园。吾不忍与之抗衡，亦不愿献出此书，特携之而归，以传有德者据之。"

老道长接着说："君乃大氏后裔，此书理应奉还原主。请施主收下吧。"

说完站起来，郑重地将兵书装入锦盒，双手捧过头顶送给大吉勇。

大吉勇见老道长如此虔诚，心情万分激动，慌忙跪倒，接过锦盒。

二人重新落坐。老道长又追问一句："二位壮士听到渤海太祖留下兵书的始末后，你们去或不去龙泉府，望自珍重。"

大吉勇接过兵书后感到目的已经达到，至于去不去龙泉府打擂，有些犹豫，半天不说话。

韩常是个侠肝义胆、直性子的人，便问道："老道长，辽国在各地张贴告示，大肆宣扬此举，招揽全国各个部落的英雄壮士，不知有多少人不明真相、误听谎言投入罗网？"

老道长深有感慨地说："大约有五六百人要死于非命。"

韩常一拍胸脯，气愤地说："辽国太狠毒了，他要杀尽天下的英雄豪杰，铲除反辽的力量，使天祚帝永远过太平日子。不能回去，我要亲赴擂台，把辽国阴谋诡计大白于天下，使各部落的壮士不上当受骗，要发动女真人起来打到上京府，杀死天祚帝，为女真人报仇雪恨。"说到这儿，转过脸对大吉勇说："大哥，咱们得多谢老道长指教，看穿了辽国摆擂比武的恶毒心肠。趁天还早，咱们去龙泉府！"

大吉勇被韩常的一番话深深感动，便和韩常毅然离开古庙，直奔龙泉府。这才演绎出前书所说登台打擂的一幕。

各位，朱伯西我接前回书说：大吉勇打算上来一个打败一个，这样就少一个被辽国害死的壮士。凭他俩的武功，起码能救出百十个人。

就在大吉勇登台打擂时，合鲁马上认出来，这不正是以前自己救过的大吉勇吗？怎么他也来参加比武？心中暗暗替他着急，生怕大吉勇也陷入圈套，这才爬上擂台跟他比武。

大吉勇一看上来的人是自己的恩人，心中不由一愣，小声对合鲁说："恩公你也想比武盗书？"合鲁表面拉着架势也小声说："赶快回去，这是耶律余睹要杀尽天下女真英雄的骗局。你要听我的，假装被我打倒，免得领黄牌去送死。"

大吉勇一听，心中立刻明白，恩公也得到辽国骗人的消息。他刚要回拳击败合鲁，省得恩公领黄牌去送死。这时合鲁急忙说："我们已经混入耶律余睹的队伍中，被他重用，不会有什么危险。但你必须被我打败，才能取得耶律余睹更高的信赖。"大吉勇马上领会合鲁的意图，乖乖地听话，这才出现被合鲁打败的场面。

众人一听合鲁述说根由，都忍不住笑，又替大吉勇二位英雄担忧。

第二天一鸣锣开擂，韩常第一个登台叫擂。耶律余睹一看，这两位英雄都不是寻常之辈，打算也把他们收过来，充实自己的力量，便示意旁边一位大和尚凌空长老。这位大和尚明白耶律余睹的意图，便脱下袈裟登台比武。

可是，韩常不知道大和尚是耶律余睹的人，他俩刚一交手，韩常小声对他说："大和尚师傅，请快回宝刹，这擂不是好擂，是辽国撒下大网，想把反辽的英雄害于此地。其实没有兵书，请快快退出。"

哪成想大和尚是设圈套的主谋人物之一，他一听大吃一惊，心中暗想，不好，这真情已被识破，一旦被他俩传出，岂不前功尽弃，甚至还要引起更大的麻烦。于是，假装感谢的样子，比试几趟拳，便假败而退。

大和尚回到了看棚，把方才听到的情况跟耶律余睹一说，不由得倒吸一口冷气。耶律余睹双眼一转，想出办法，立刻下令打擂比武暂停一天，宣称有人要破坏选英雄盗宝书大会，要清查归案。

当各部落英雄豪杰和观众纷纷散去时，耶律余睹和凌空和尚私下秘密说了几句，凌空和尚不住地点头会意。

韩常和大吉勇随着各路英雄散去，心中很纳闷，辽国这是耍的什么把戏，为什么暂停一天？回到店房两人刚坐下喝茶，只见店小二匆匆进来说："二位客官，外面有位大和尚求见。"两个人忙说有请。

大和尚一进屋，韩常认识，正是不久前在台上比武的大和尚。没等二人说话，凌空和尚先上前一合掌说："阿弥陀佛，感谢这位英雄在台上对我的提醒，否则贫僧还蒙在鼓里，死了都不知怎么死的。施主真是救命的恩人，今特来拜谢。"

两个人赶忙将大和尚扶起，让座。韩常怀着真情说："英雄救豪杰本是分内之事，何足挂齿，不必道谢。我劝大师傅，还是赶快离开这是非之地为好。"

凌空大和尚假装气愤地说："出家人以普度众生为本，今日遇到这样一桩大事，哪有袖手旁观、扬长而去之理？两位施主如不见外，贫僧愿助一臂之力，共同救出这些无辜的英雄。"

两个人一听大喜，忙说："既然大师傅有此侠肝义胆，我俩当然求之不得。"就这样，三个人越聊越投缘，大吉勇和韩常还准备了一桌素菜，请大和尚共进午餐。

午后，凌空大和尚对韩常二人说："我有一事愿和二位商量一下，不知意下如何？"

两个人忙说："请讲。"

凌空大和尚故意悄悄到门外面看看，然后回来小声说道："实不相瞒，贫僧学得一手蹿房越脊本领，夜间取人头如探囊取物。咱们三人，趁今晚夜深人静之时，偷偷到王府杀掉耶律余睹，然后通报所有武士，大家一起杀向上京，捉拿天祚帝，以雪天下之大仇。"

韩常是个直性子，一拍手连连说道："太好了，真是不是一家人不进一家门，大师傅说到我们心里去了。"说到这儿，韩常回头看看大吉勇。大吉勇只是沉思，半天没说话。

凌空大和尚一看大吉勇有些犹豫，装出气愤的样子说："既然二位不愿同往，贫僧甘愿一人冒死行事便了。"说完，愤然站起要走。

韩常急忙上前阻拦，又看了看大吉勇。大吉勇这时只好说："王府戒备森严，我们岂能潜入府中？既便能入府也是送死。你我三人死倒是小事，可是，一旦事情败露，还有谁能够揭开这个骗局？再说了，请恕我冒昧，咱们萍水相逢，彼此并不十分了解，万一合作不利，岂不误了大事！"

凌空大和尚一听，哈哈大笑地说："这好办，二位只替我在外面四处照顾一下便可。一旦我出了事，你们尽快逃生，以便搭救上当的英雄脱离苦海。"

大吉勇一听凌空和尚这番话，感到很真诚，没法再推托，便慨然应允。

于是，三个人坐下来，对如何行动又仔细商量了一番，然后匆匆忙忙吃了晚饭，准备半夜出发。

单说这天夜里，三个人悄悄来到王府，各个都施展蹿跳本领，很顺利地从北墙跳进了院子里。偏巧，正赶上两个更夫从此路过，凌空大和尚一个箭步窜过去，一脚一个将更夫踢倒在地，向前小声喝道："不许喊，喊就要你命，快说，王爷在哪？"

两个更夫哆哆嗦嗦地说："好汉饶命，王爷正在大厅看书写字呢。"

凌空大和尚从更夫衣服上撕下一块布，塞到二人嘴里，将他们倒捆双手扔到暗处。三个人便直奔大厅，一纵身蹿上了房，轻轻伏在房子的前坡，一听没啥动静，便使个珍珠倒卷帘的功夫，往厅内观看。

此时正值夏夜，窗户敞开着，耶律余睹正一个人在屋内读书。当韩常二人正往屋内看时，凌空大和尚猛然翻起轻轻两脚，把二人踢了下去。只听铜锣一响，四下伏兵立刻围了上来。又见从东西厢房飞下十几个绳套，没等韩常二人反抗，早被牢牢地套住了。

这时，凌空大和尚从房上跳下来，哈哈大笑地说："二位，对不起了，贫僧略施小计就把你俩擒住。你们要刺杀王爷，请吧！"说完，吩咐手下人，把两个人捆绑结实推进大厅。

耶律余睹见大吉勇、韩常被带进来，微微一笑说："你们胆大包天，竟想破坏本王大事，真是异想天开。你们是受何人指使，同伙还有谁？如实招来，本王有好生之德，饶尔不死，如若不然，本王要将尔等万剐凌迟……"

没等耶律余睹把话说完，韩常大吼一声："你这披人皮不干人事的恶狼，天下英雄跟你何仇何恨，竟想下此毒手。我虽是汉人，却不忍诸多条好汉死于非命，才路见不平拔刀相助。你不用细问，老子愿意为天下英雄而死。"

大吉勇也厉声骂道："耶律余睹你太狠毒了，打着打擂盗兵书的旗号，把天下英雄、女真各部落的壮士都招来，其实你们根本没有兵书，就是想把这些英雄、壮士一网打尽，让你们辽国、天祚帝永远过太平日子。你们痴心妄想。你们今天杀了我俩，明天广大英雄就会知道，谁还上你们的当！"

气得耶律余睹直翻恶狼眼，大喊一声："来人，把他俩打入死牢，听候处置。"

第二天，虽然若无其事地照常开擂，但是参加比武打擂的人却寥寥无几，这使耶律余睹意想不到。从正式开擂到今天为止已经摆擂十七天，耶律余睹问手下人有多少人领到黄票，秘监肖天尺捧着花名册说："上台三百五十人，其中领到黄票的有一百五十人。"

耶律余睹做贼心虚，生怕夜长梦多，出现意外之事，破坏整个方略，便下一道命令：

"本王爱惜英雄，愿兵书尽快与诸位见面，特缩短擂期十天。今后三天的擂台，凡登台献艺者均可领到黄票，切勿恋战，以便使更多武士大显身手。"

与此同时又出示一道告示，上面写道：

为使领到黄票的英雄周知取兵书路线及遵守事宜，请按下列规程进行，不得违令：

一、自五月二十六日开始行动。

二、凡取兵书者不拘何种形式，皆可奔向大佛宝座。

三、不得杀伤人命，凡领到黄票者，事后均能得到应有官职，并赏银一百两。

四、以三日为限，过时不候。

兀术等六人一看这突然决定，都感到情况不妙，这里肯定有诈。兀术假装关心的样子，到耶律余睹面前躬身问道："王爷，为何缩短擂期？这样决定岂不有辱王爷信誉，让天下英雄笑话？"

耶律余睹点点头，小声说："事有突变，本王不得不缩短期限以防不测，这也是万不得已。你回府后，到我书房去，再与你细谈。"

这才引出六勇士救韩常，群英大闹龙泉府，金兀术去北国搬兵，同仇敌忾反大辽。

第六章 | 兀术大闹龙泉府 合鲁盗药救豪杰

当天晚上，兀术奉命来到耶律余睹书房。兀术一脚迈进屋里，刚要行大礼，耶律余睹忙上前制止说："这是私宅，不必这样。再说每天都见面，何必行此大礼？快快坐下。本王要与你谈一件机密大事。你知道为什么缩短了打擂期限吗？"

兀术忙说："小的才疏学浅，怎能知道王爷奇才大略呢？"

耶律余睹就把如何抓住大吉勇和韩常的经过细说了一遍，然后郑重其事地说："三天后，也就是五月二十六，只听号炮一响，那些领到黄票的就要纷纷进寺盗书。你率领你家五位英雄专门看守王府，不要离开，千万不可进寺。至于大吉勇和韩常，若再问不出什么线索，就在三日之内，斩首示众，绝不留此后患。再有一件事，这次擂台比武，没听到金兀术的丝毫音信，但也要加倍提防才是。"

兀术一听心里想，好家伙，这不点到我的头上了吗？得千万注意。表面上仍装得若无其事的样子，满口答应："是，是，要加倍提防。"

接着两人又闲谈一阵，兀术才起身告辞。

自打兀术被耶律余睹传去，6个兄弟就心神不安，不知耶律余睹葫芦里卖的什么药，也不知此去兀术是福还是祸？大家正在焦急地等待时，兀术大摇大摆地回来了。

兀术刚一进屋，还没等坐下，石土门急不可耐地抢先问道："耶律余睹这个老狐狸，又要什么鬼把戏？"兀术就把耶律余睹在王府书房里对他说的话跟大家学说一番。屋子里顿时沉默，没有一点儿动静。

这时，阿里看了看大伙，慢条斯理地说："看来如不及时搭救这两位豪杰，恐怕他们性命难保。当前有两件大事摆在咱们面前，一是如何救二位英雄脱险，二是如何破坏大佛寺机关暗器，使众位英雄平安脱险。我们怎么办？"

兀术突然站起，在屋里来回走着；合鲁眼珠子不停地转着；石土门急得直搓手。室内又是一片寂静。

这时合鲁站起来对大伙说："大伙都低头闷着不出声，这也不是个办法。我倒有个馊招，不知行还是不行？"

大家知道合鲁的鬼心眼多，坏主意也不少。兀术首先说："合鲁你有什么主意，不妨说说看。"

合鲁一看干老让他说，美得了不得，大模大样地坐在那里高谈起来："我还是那句话。"他感到口干，喝口水接着说："兵来将挡，水来土掩，说千招说万招都不行，还得用我的老办法——'偷'。"大伙一听就笑了。

兀术瞪了他一眼说："满口胡言，两个大活人怎能像东西一样，就轻易偷出来？"

合鲁很自信地说："干老别着急，现在是戌时刚过，后半夜丑时以前，我保证把二位搭救出来。"大伙根本不相信他能把二位英雄救出来，不同意他去，怕把他们的行动暴露出来。可是不管大伙怎么制止，合鲁也不听。又问他用什么招法救出二位英雄，他晃晃脑袋说："是个损招，暂时不能奉告。晚辈这就告辞，明天早晨再见。"说完转身就走了。

兀术不放心，赶忙追了出去。合鲁回头一看，干老追上来了，他停下脚步说："我就知道你老人家一定来。我有件要紧事在屋内不好说。"说完从衣兜中掏出一个大包，小声地对兀术说："干老，千万记住，一会儿假和尚来取药，你把其中一小包交给他，并若无其事地告诉他，你知道他的老毛病，一发作往往就直不起腰，走不了路，不要紧，吃上这副药就会立刻好。他肯定还会要一些，你就再送给他一包。切记切记。"

兀术心中纳闷，不知合鲁要的什么鬼把戏，只好点头答应照办。

合鲁这个人无论到哪儿总是闲不住，尤其听到假和尚额英额会使毒药和蒙汗药之后，总想偷点儿以备急用。打那以后，没事就去找额英额，跟他闲谈，并假惺惺地说："我一定拜你为师，跟你学习制药用药方法。"由于合鲁嘴甜会来事，真把额英额迷糊住了。两个人竟成了不拜师的师徒关系。

且说合鲁拜别了干老直奔额英额的住处，他在屋外先扒着窗户往里一看，那个胖和尚凌空也在那里，两个人边喝酒边谈。只听凌空和尚说："我方才跟你说的事，千万不要泄露出去，这是王爷的密令。"

这时，合鲁不管三七二十一，直闯进屋。他对额英额嬉皮笑脸地说："徒儿我真有口福，一到您老这儿，就赶上有吃有喝。"说完见过凌空和尚，不客气地坐了下来，又吃肉又喝酒，一点儿都不见外。

额英额笑着对凌空和尚说："这孩子很讨人喜欢，我已经收他为徒了。等事情过去后，举行拜师会，请大师届时光临。"

凌空和尚点点头说："一定，一定。"说完看看外面，然后站起来说："王爷等着我回话，不能久陪，告辞了。"说完，凌空和尚急匆匆地走了。

这凌空和尚一走，合鲁吃得更来劲了。他吃着吃着突然"扑通"一声晕倒在地，捂着肚子直打滚，一个劲儿地喊叫："肚子疼啊，真要命啦！"急得额英额在屋里直打转，又端水又给揉肚子。

合鲁摆摆手说："师傅，快到我住的屋子，找晃乌初大叔，他知道我用什么药。去晚了，徒儿就活不成了！"说完又打滚又喊叫。

这时候，额英额啥也不顾了，急忙跑到兀术住的房子，把合鲁的病情跟兀术叙说一番。

兀术一听，故意生气地说："这小子就是不听话，我曾多次说他，不要见好吃的就不顾命，早晚把自个儿的身板踢蹬了。你看这不是应验了。唉，真是没法子。"然后又对额英额说："老师傅别着急，我去找找药。"说完又磨磨蹭蹭地找药。

单说合鲁见额英额出门后，立刻爬了起来，因为他早已摸清额英额将蒙汗药放在何处，急忙倒出一些药粉和解药。药拿到手后马上又趴在地上打滚。当额英额和兀术进屋后，他又喊师父又喊大叔，真像病得不行了似的。

兀术一看合鲁病得很厉害，赶忙把"药末"灌到他嘴里，又端来水给他灌了下去。

不一会儿，合鲁渐渐安静下来，打几个饱嗝，喘了几口粗气，精神缓和下来，自己慢慢站起，用直直的双眼瞅瞅额英额，然后"扑通"一声跪倒在他面前，哭咧咧地说："师父，我永远忘不了你的恩情。你老要是有那一天，我一定给你老送终。"额英额一听，心里觉得热乎乎的，可又觉得不太是滋味，便忙说："啥也别说了，快回去休息吧！"

出了门，合鲁一看额英额屋里的灯熄灭了，这才放心地告辞干老，直奔监牢而去。走着走着，合鲁忽然想起一件事；我不能这样去呀，管监牢的人若是认出自己怎么办。想到这儿，便从兜里掏出化妆的东西，往自己脸上涂一层黑色，立刻变成一个黑乎乎的矮小子。

这时，龙泉府里的人都已入睡，大街小巷都很安静。合鲁施展夜行术的本领，走起路来神不知鬼不晓，好似狸猫一样走路丝毫没有动静。他悄悄摸到王府厨房的鸡架前，毫不费力地偷出两只大公鸡，提着鸡直奔监牢。

关押大吉勇和韩常的地方，说是监牢，实际上是利用旧仓房稍加修理罢了。四个看狱的小卒手执明晃晃的大刀，不停地来回溜达着。合鲁凑到小卒跟前有十几步远，猛然撒开手中的大公鸡，大公鸡往四下跑。合鲁连哭带喊："各位老爷，行行好，快帮我把鸡抓住，不然我要挨死揍了。"

四个小卒一看是个黑乎乎的矮小子，一边帮他捉鸡，一边骂骂咧咧地说："没用的东西，连两只鸡都看不住。"四人费了好大劲儿才把两只鸡抓住，累得气喘吁吁地坐在那里，仍是骂不绝声地训斥合鲁。

合鲁假装很感谢的样子，顺手递过一只鸡，小声说："这只鸡就送给各位老爷做下酒菜，略表小的一份心意。另外，我能一吹小顺笛，鸡毛就自动脱落下来，不用褪就可以上锅。"四个人摇摇头表示不信，认为天底下没有这种事。

合鲁不慌不忙掏出一个竹管，装上蒙汗药粉，边装边说："这药粉可管事啦，只要往鸡身上一吹，管保大小毛脱得干干净净。"四个人盯盯地瞅着，合鲁抄起竹管往四个人脸上一喷。蒙汗药也真灵，四个人立刻伸伸腿昏倒在地。合鲁咬咬牙说："四个杂种，没用的东西，这回该小爷骂你们啦。"于是小声骂了几句，转头高高兴兴地奔向牢房。

到了牢房一看，牢门上了锁。对于卸锁开门，合鲁是家常便饭，他三下五除二就把锁卸开，进了牢房。

牢房里一片漆黑，看不见人。合鲁只好小声问道："哪位是大吉勇、韩常，我来救你们。"二人也小声答话，说声"我是"。合鲁没来得及说明细情，上前砸开了刑具。大吉勇、韩常得了自由，又给其他犯人解掉了手铐、脚镣。十几位都随合鲁悄悄来到墙根，刚要翻墙跳过，被守夜的官兵发现，立刻围了上来。十几个人手无寸铁，单凭合鲁一根铁棒哪是对手。官兵越围人越多，十几个人赤手空拳和官兵搏斗，眼看有的人要被擒住了。

就在这时，就听墙头上一声大喊："各位壮士不用慌张，金兀术来也！"这一喊不要紧，辽国官兵个个吓得愣住了，那十几位勇士顿时有了靠山，个个增强了勇气，和辽兵拼杀起来。

兀术已经洗掉涂在脸上的颜色，还本来面目，此时更显得威武雄壮、豪气冲天。他手使三环宝刀，东挡西杀，辽兵见兀术杀将过来，立刻抱头逃跑。兀术如入无人之境，阻止了官兵的围攻，十几个壮士乘机纷纷跳出墙外。

正在梦乡里的耶律余睹，忽闻听小卒报告说有人劫狱，吓了一身冷汗。他揉了揉睡眼，慌忙命人集合五百精兵追了过来。顿时，龙泉府闹翻了天。官兵的喊杀声、锣鼓声、马蹄奔跑声交织在一起，震耳欲聋，把整个龙泉府搅得鸡犬不宁，家家关门关窗自卫。

此时，前来参加比武、打擂、盗书的四五百位各路英雄，只听官兵的喊杀声和刀枪搏斗的撞击声，也摸不清是怎么回事，个个都亮出武器，跟在辽兵的后面杀了过来。

这时，天已大亮，耶律余睹一看是金兀术，立刻下令"捉住金兀术，重重有赏"。有些官兵不知金兀术的厉害，更不知死活，为了领赏竟抢先冲了上去。结果都被金兀术和韩常的宝刀像切西瓜似的一刀一个，立刻脑袋和身子分了家，鲜血喷得老高，吓得辽兵直往后退，干吵吵不敢向前冲。

韩常一看各路英雄也都赶来，大喊道："各位英雄，我和大吉勇特意赶来给大家报信。辽国举办打擂、盗书纯属骗局，根本没有兵书。耶律余睹在大佛寺设下机关埋伏，打算把各部英雄通通害死在寺中，好永保辽国太平。各位英雄，千万不要上当。他们怕泄漏消息，才把我俩抓起来投入监牢。"

女真各部英雄一听，才知道真实情况，个个气得火冒三丈，纷纷抽出兵刃，从外围冲了进去。

这里外一夹攻，辽兵可遭了殃，被杀得哭爹喊娘，无处躲无处藏。尽管辽国指挥官声嘶力竭地喊"冲""杀"，那些辽兵哪敢恋战，逃命要紧。

只有耶律余睹手下一些能人、干将还坚持对抗。这时双方已各自站好，形成对阵形势，都表现出耀武扬威的气势，恨不得一口要吃掉对方。

这时，金兀术对着耶律余睹一抱拳，面带冷笑说道："耶律王爷，你出这损招未免过狠了，竟想以打擂盗书为招牌害死天下各路豪杰，铲除异己。你这算什么英雄？有能耐咱们明枪明斗，比试高低。你不怕杀死几百个英雄豪杰，天下人耻笑你吗？亏得你还是辽国的成亲王，我看你连个妇孺都不如。你不是出重赏抓我吗？我今天就站在你跟前，来吧，咱们比试比试。你若赢了，我乖乖受俘，任你发落。你看怎么样？"

把耶律余气得哇哇怪叫，大喝一声："好一个金兀术，你是辽国缉拿的要犯，竟敢在本王面前耀武扬威，好大的胆子。你说我设的是圈套，你有什么凭证？竟敢在众英雄面前破坏本王名誉！"这一下把金兀术问住了。

就在这时，不知从何处挤进来两个人，一个是跛子，一个是瞎子。那位瞎子摸摸索索来到场地，问耶律余睹"这是什么地方？怎么这样热闹，我这个瞎子就爱凑个热闹"。弄得耶律余睹真是哭笑不得。

这时，站在一旁的大法师张角见两个人进来被吓得魂不附体，心想：我的姥姥，这二位怎么也来了？看来这仗是赢不了啦，赶忙拽一下耶律余睹说："王爷快退吧，这是两位高人，跑晚了咱们性命难保。"耶律余睹突然一愣。

正在这时，那个跛子也凑过来，用拐杖一指，有气无力地叨咕："可也是呀，有什么热闹，说一说，让我们也听一听。"

就在这时，只见一位领兵督统急匆匆进来报告说："两千兵马已经奉命调来，请王爷定夺。"

耶律余睹高兴地说："好！马上给我团团围上，不许跑掉一个人！"回头对大法师张角说："怕什么？好虎架不住一群狼，到时候咱们退出，一阵乱箭通通把他们射死，我看他们就是插翅也飞不出去。"

张角还是不住地摇头。站在一旁的跛子、瞎子听得明明白白。他们回头一看张角，张角被吓得两腿如筛糠，"扑通"一声跪倒在地，连连说："不知二位师叔驾到，徒侄有失远迎，望二位师叔见谅。"

张角的一切言行举动，耶律余睹看得清清楚楚，这才知道二位不是凡人。刚要退向后阵，命令放箭，二位老人把眼一瞪，腿也不跛了，眼也不瞎了，一伸手像捉小鸡似地把耶律余睹和张角的脖子活活捏住，捏得两个人光翻白眼说不出话来。二位老人狠狠地说："赶快放走众位英雄，否则我就要你俩命！"说完松开手，两个人半天才缓过气来。吓得他俩不敢跑也不敢动手，直挺挺地跪在那里。

两位老人不慌不忙从张角衣袋掏出一张地图，回过头对众英雄说："各位，方才耶律余睹不是要凭证吗？好，我给你们看看，这就是他们到大佛寺设下的机关埋伏图！"

众位英雄上前看过，这才完全相信，气得个个操起兵刃高喊："杀了他，杀了他。"

两位老人说："不！不能杀了他，外边有两千人马，真要放箭不知死伤多少人。"说完回过头又对张角说："混账东西，难道你师傅教你机关奥秘，就是让你杀害这些英雄壮士吗？我看你师父之面，给你一条生路，但是，你必须领着各位实地看一看你设的陷阱，让众位明白，以后不上你的当。"说完又对耶律余睹说："我也饶你不死，但你必须下令撤走所有人马，然后也陪我们在大佛寺走一趟，揭穿你们的阴谋诡计。你只要痛改前非，我们可以请众英雄饶过你这次。"（书中交待，耶律余睹这个人是软的欺硬的怕，反复无常、投机钻营的人物。后文中介绍，当辽国败局已定，他掉过屁股投降金国。当岳飞屡战屡胜时，他感到金国必败，又掉过枪头反金投宋。）

咱们接着说，耶律余睹一听，还有点儿出路，连忙满口答应，命令队伍统统撤出龙泉府。真是命令如山倒，顷刻间，两千多兵马退得一干二净，只剩几十名亲兵和卫士留在他身边。

这时，两位老人分别押着耶律余睹和张角直奔大佛寺。众位英雄壮士紧跟其后。

众人来到大佛寺的山门。张角说："这门叫阴阳门，开左门正好使全寺机关都能启动，但不能引起总机关启动。相反，如果左门不开总机关也不能起作用。平素间如果进寺，必须从后门走。"

兀术接着他的话说："外墙走浅色方砖，内墙走单数石桩。"张角顿时一愣，心想，这个奥秘他怎会知道？

兀术接着说："你们以为这些奥秘只有你们自己知道，别人一点儿都不知？你错了。若是群雄上你的圈套，我也能引他们脱险。"张角羞愧地低头不语。

过一会儿，张角打开右半扇门，进门后在前面引路。张角说："前院的平安路在中间一尺宽的小路上，而且只能走一次，并且是只能进不能出。"

到了大佛殿内一看，一尊一丈三尺多高的大石佛稳坐莲台。左右有十二尊迦摩弟子。张角走到佛像前说："总机关在大佛下面，因左门没开，总机关全无效，哪位力气大扳倒石佛，就能看个究竟。"说到这儿，有些力气大的人就要伸手搬石佛。

这一举动可把耶律余睹吓坏了，他拼命直喊直叫："搬不得，搬不得！一旦扳倒，全寺的人，都得死于非命。"说完，他回头狠狠踢了张角一脚，骂道："好个杂毛老道，你想用同归于尽，谁也别想活的绝命招陷害众人。你不怕死我还不干呢！既然两位真人给了出路，就该老老实实揭开这个迷，平平安安出去，比啥都好。"

张角长叹一声说："真没想到耶律王，原来是个贪生怕死的软骨头。"说完，两眼一瞪就要搬动大佛。金兀术手疾眼快，一脚把张角踢翻在地，上来几个人立即将他捆了起来。再问他怎么才能拆除这些机关，张角闭口不说。

在这紧急时刻，二位真人让金兀术押着耶律余睹领着众人从后院退出，他们暂时留下。

当大家安全离开大佛寺后，只听惊天动地的"轰隆"一声，大佛寺倒塌了一半，地弓地箭像雨点似地射向四方。就在这时，只见二位真人一跛一瞎地来到众人面前，一看大家都平安无事非常高兴。二位真人把刚才寺内详细情况跟大家说了一番。大家一听都瞠目结舌，半天说不出话来。

原来，二位真人让兀术领着大家从后院走出后，便耐心规劝张角拆除全寺机关总闸，保存住大佛寺，可是张角就是不出一声，蹲在那耍死狗。实出无奈，二位真人运用千斤掌推动大佛，才引起全寺各机关开动，顿时滚刀、地弓、暗箭、水牢一齐动了起来，一个好端端的大佛寺，霎时房倒屋塌，颓垣断壁，残破不堪。那位张角大师也随之驾鹤返瑶池。这正是自设陷阱陷自己，自掘坟墓葬自身。

兀术听罢赶忙给二位真人躬身施礼，口尊二位老前辈，"解救我等出了苦海，今生今世永不忘救命之恩。希望大师留下姓名以便随时供养"。众英雄也纷纷跪倒施礼，感谢二位真人救命之大恩大德。

二位老人看了看大家，亲切地说："都起来吧，区区小事，何足挂齿。你们都有重任，不要在这里久留。我俩已老朽，丑陋不堪，不便吐露名字。"又对兀术笑着说："你那位未婚的蒙面女人不是说，叫你有事到岭南求救吗？我俩就是岭南游人。你今后要干的事很多，切记皇帝宝座有德者居之，无德者失之，遇事要三思而后行，不可斩尽杀绝。要知道人急必反，得容人处且容人。你去北国搬兵会遇到很多麻烦，但只要心诚，定会成功。我俩还要到别处走走，不能奉陪了。"说完，一转身不见了。大伙都说，这两位一定是世外高人，来搭救我们了。于是大伙都跪下向两位老人走的方向磕头。

且说合鲁正看管着耶律余睹，想起他设的骗局要杀害天下的英雄豪杰，就恨之入骨，掏出铁棒对兀术说："干老，你发令，把他送到姥姥家去，就省事了。"

有些人也七嘴八舌地吵嚷着，"干掉他，替死去的老人报仇"，"给他乱刀分尸"，说着就要动手。

兀术赶忙上前制止住大家，诚恳地说："诸位，按理说耶律家族中诸王大臣们，个个都是吸女真人的血长大的，论其罪杀十个百个耶律余睹也不解胸中之恨。方才二位真人有言在先，'得容人处且容人'。再说，他虽然为了保存自己，在大佛寺里设了机关埋伏，但他又揭穿了这个机关，救了众人。今天咱们就把他放了，以观后效。"说到这儿，兀术回过头对耶律余睹说："今天饶你一命，你要看清天祚帝荒淫无道，没有几天活头了。方才二位真人告诫我们，'皇帝宝座有德者居之，无德者失之'。你应分清是非，不许再做丧尽天良的坏事。你要知道，做坏事的人，早晚要被算账的。"

众人一听兀术这番话，感到在理，都表示赞同，就连方才还喊"干掉他"的人也无话可说了。合鲁晃着脑袋说："还是干老说话有理，就按他说的办。耶律余睹要再干坏事，还是我那句话，'兵来将挡，水来土掩'，今后他要是干坏事犯在咱们手里，再处置他也不晚。"

就这样，大辽国的成亲王耶律余睹灰溜溜地抱头鼠窜，猖狂逃命去了。

耶律余睹走了之后，兀术请大家坐下，问诸位英雄今后有什么打算。有的说，女真人就是以狩猎为生，回本部之后要多加小心，时刻提防辽国来报仇。有的说，这下惹翻了辽国，他们不会善罢甘休，肯定来报仇，只好远走高飞一阵再说。众说纷纭，不一而足。

兀术听了大伙的想法，站起来深有感触地说："咱们女真人就像一盘沙子聚不到一起，任人宰割。咱们要是聚拢在一起，形成强大的力量，辽国会另眼看待我们。诸位英雄不如投奔我父王那里，兵合一处，将打一家，共举大事，推翻辽朝，我们称王称帝，女真人才有出头之日。目前，我父王有兵六千多人，如果再加上各位手下兵力，至少有一万多兵马。我此去北国再搬来兵马，那军事力量就大为可观。女真兵马过万，将无敌于天下。我们有诸位英雄豪杰的支持和这样强壮的兵马，何愁大业不成。"

兀术的话不在多少，仅仅几句发自肺腑的话就提醒了大伙儿，众人齐声说："四郎君的话在理，你领着我们去投奔你父王，跟着你父王誓死反辽，杀向辽朝夺下宝座。"

兀术摇摇头笑了，亲切地对大伙说："诸位英雄不要性急，推翻辽朝不是轻而易举的事。辽国有两百余年的基业，有五十多万兵马，力量很强大。我们才有多少兵马，力量太小了。各位回到本部落凑齐人马再投奔我父王那里，为时不晚。我还得去北国请三江五国部汗王出兵，共举大业。"

可是有的人怕三怕四，犹犹豫豫，有的三心二意扬长而去。兀术一再说，反不反辽全凭自愿，不勉强大家。不管怎么说，咱们在龙泉府相会，都是患难的朋友，到哪都不隔心。就让他们自己选择吧。

这时有的部落头领向兀术发下誓言，回去点齐兵马投奔阿骨打；有的表示先到阿骨打那儿报到，然后再回本部带兵，决心和完颜部大干一场。石土门说：我现在就回乌古伦部去，拉出五百强壮兵马，参加阿骨打的反辽斗争。大伙越说越激动，把反辽的怒火都点起来了。女真中有名的五虎巴图鲁更坐不住了，林中虎巴尔斯、笑面虎呼拉布和穿山虎阿里腾地站起来，大喝一声说："大辽欺压我们太甚了，逼得我们家破人亡，没法生活。辽国存在一天，我们就一天没有好日子。我们早就盼望这一天，和契丹人拼个你死我活。我们现在就去投靠阿骨打，和他一起反大辽。"

没等巴尔斯他们说完，五虎中的富埒珲和当堪着急了，抢话说："我们虽然在肖奉雷手下当差，这是死逼无奈，为了活命不得不这样干。现在我俩逃出来了，不给肖奉雷卖命了，要跟巴尔斯他们一起投靠阿骨打去，为咱们女真人报仇。"

兀术一听，赶忙说："富埒珲、当堪二位英雄，万万不可这样做。你们好不容易钻到大辽国舅身边去，并得到他的信任和重用。你们就利用这个身份了解辽国的情况，这比什么都重要。你们还是赶快回到肖奉雷身边去，免得夜长梦多，坏了我们的大事。"富埒珲、当堪和巴尔斯等人一听，感到有道理，还是兀术看得远，就按兀术的话去做，赶快回去吧。

接着，还有些英雄和部落头领表示回到部落里加紧操练兵马，到一定时候把兵马拉到完颜部去。就这样，兀术一统计，表示直接投奔完颜部的有五十多位，回本部带兵投奔的有七十多位，其余两百多人没什么表示，各自散去。

由于盗书的阴谋被揭穿，各路英雄离去，一下子变得冷冷清清。擂台散了，大佛寺倒塌了，各路英雄豪杰各奔东西，只有兀术和合鲁爷俩仍然站在那里，目送着众人走得很远很远。兀术面无表情地站在大佛寺的废墟上，想到此次龙泉府之行，没有白来，揭穿了耶律余睹设擂台盗书的阴谋诡计，救了各部落的英雄豪杰，结识了许多朋友，为日后反辽充实了力量。龙泉府之行给自己增长了才干，此次来得好啊。他正在美滋滋地回忆之时，突然想到，阿玛交给我去北国搬兵的重任还没有完成呢。于是，赶紧和合鲁去收拾东西，立即去北国，不可耽误。

这天一大早，兀术和合鲁沿着古老的呼尔汗河急匆匆向北国方向走去。

当爷俩路过乌林答部时，一看那破破烂烂的田园和残墙秃壁的村舍，兀术见景生情，不由想起古伦来，难道真像当堪说的那样她已经和肖国舅成了婚，难道她真的忘了我俩在地窖里山盟海誓的情义？兀术心情十分难过，长叹一声说："阿布凯恩都里真会捉弄人，本来是一对好夫妻偏偏被拆开，上哪说理去呀！"

合鲁在一旁搭话："干老，您说的那位古伦格格，也真够命苦的了，阿玛、额娘都被辽兵杀害了，只剩她孤苦伶仃一个人，可怎么过呀？我都替她犯愁。刚刚遇到了干老，过上一两天好日子，又被拆散，被辽兵抓去。唉，不管怎么说，人家有了新主，干老你想也没用。若不然，咱爷俩何不到鸳鸯滦看个究竟，省得干老天天挂念着。"

兀术摇摇头，半天才问一句："合鲁，你订婚没有？"

合鲁笑了，不好意思地说："干老，您想想看，我自小就放荡惯了，以偷为业，谁家姑娘愿意嫁给我？说实在的，到如今结婚是什么滋味我还没尝过呢。"

兀术一听合鲁那天真的话语也乐了，便发自肺腑地说："没尝到滋味也好，省得牵肠挂肚的。就拿我来说，十七岁就结婚了，十八岁生个男孩，十九岁生个女孩，不幸，你那位干妈得了产后风死了。这不，阿玛又给我订了乌林答部古伦姑娘，刚见面两三天又被辽兵劫去，弄得我俩分离，整天惦记着。你说，结婚有啥好处？"

合鲁对兀术的不幸遭遇很是同情，真想帮助干老把古伦抢回来，让她永远留在干老身边。可是，猛然间他想起一件事，便试探地问道："干老！你还忘了一位多情多义的女人，她不是表示非你不嫁吗？您对人家也应该有点儿表示才对呀！"

兀术一听就知道他指的是那位蒙面女人。

兀术说："人家是我们父子的救命恩人，哪能成为夫妻？"

合鲁笑了，便直截了当地说："干老，咱们女真人从来说话直来直去，不拐弯，您怎么也……"

兀术拦住话头说："这不是拐弯，是真话。再说……"兀术没好意思往下说。

合鲁说："我知道你老的心理。要说这位大姑娘在人品上和功夫上，都不错，那是要感情有感情，要武艺有武艺，就是长相不太好。依我看，包子有肉不在褶上。人家对您老那么真心，屡次三番救你，您就一点儿没被感动？要我说，您老真要是和那位女子订了婚，她可是您老的最大帮手，将来您老要干什么大事时，有了她就像老虎长上两个大翅膀一样，天下无敌了。"

兀术笑着说："什么长了两个大翅膀，那叫'如虎添翼'。算了，别再提她了，你看前面有个小屯子，咱们到那去借个宿，明天再赶路。"

合鲁说声"是"，便想跑到屯子里休息。不料，前边有一条河挡住去路。

挠鹿河是呼尔汗河的支流，虽然没有呼尔汗河那么宽，但也有五六十丈宽，河水很深。两个人只好坐在南岸等船过河。兀术有些乏了，坐在树下就打起瞌睡。

突然，就听合鲁叫他："干老，你快看河对岸有帮姑娘。"

兀术睁眼一看，只见有四五十个姑娘赤身裸体在河里洗澡，中间一位好像是个领头人，举着桦树皮做的人头形，其他有几位举着各种动物脑袋，在你追我赶地来回游着。兀术瞪合鲁一眼说："有什么好看的，那是妇女举办的中伏戏水节。"

爷俩正说时，那群姑娘嘻嘻哈哈地向这岸游来。吓得兀术赶忙拽了一下合鲁，喊了一声："快！快躲起来。"两个人慌忙躲到草丛里。

合鲁好奇，不住地伸出头向河里偷看。不一会儿，这群赤身裸体的姑娘竟大摇大摆地上了岸。合鲁这才看清，那个拿着人头形的姑娘头上一根头发都没有，光秃的头皮，被太阳一照直闪光。合鲁在草丛中忍不住扑哧一笑。这一笑不要紧，可惹出麻烦来了。

那群姑娘一听有人笑，慌忙蹲了下来，有的往水里躲，有的趴在草丛里。只见那位秃头姑娘不慌不忙地蹲在那里向四下一看，发现了合鲁。她立刻用手一捂嘴发出尖尖的口哨声，突然站起四个身体强壮的姑娘，不顾一切地跑到合鲁跟前，没容分说，把合鲁从草丛中拽出来，然后扔到河中，用力将合鲁浸入水中，呛得合鲁直翻白眼。

见此情景，那位秃头姑娘发令了，将此人带回部落听候发落。于是，这帮姑娘推着拽着合鲁游回北岸，大家穿好衣服，很快消逝在丛林中。

这时，兀术从草丛中走出来，对合鲁被这群姑娘抓走，真是又气又笑，又担心。合鲁被抓到什么地方去了？兀术一时弄不清楚，只好找只小船向对岸驶去。

兀术边走边想：过去听阿玛说过，挠鹿河岸夹谷山林深处，居住一群野人女真部，他们生性野蛮，不太通达人情事理，难道这群女人就是他们的人？兀术一边想着一边沿着河岸四下寻找，仍然没见到一点儿影子。

兀术白天到处寻找，晚间露宿在临时搭起的小撮罗子里。在漆黑的夜里，他独自一人，便胡思乱想起来。合鲁被这群野蛮的女人抓去，万一有个三长两短，我回去怎么向师嫂交待？师兄被辽兵杀害，只留下这一根独苗，师嫂将他托付给自己，自己却没照顾好，出了这么大的事，真是对不起师兄、师嫂，我还有什么脸面见人？兀术又想到与合鲁相处的日子里，合鲁年岁虽小，但很精明，鬼点子多，遇事不慌，总能想出办法应对。特别是他的一言一行，处处都表现出对自己的忠诚，是自己的好帮手。想到这儿，兀术真是着急了，恨不得马上就找到他。

兀术一连找了三天，还是音信皆无。第四天一大早，他烤了一大串狍子肉干，吃完了，肚子饱了，身上有力气了，准备去西北方向的群山丛林中再找一找。正往前走，眼前出现两山夹一沟的险地，就在这时，只见从沟里跑来四匹红马、一匹黑马，在红马上端坐四位身穿五色缎子镶边的鹿皮裤挂，两耳戴着两只钢环，脚蹬野猪皮靰鞡，直奔兀术而来。

四匹马跑到兀术面前，为首的甩鞍下马，用马鞭一指喝道："喂！你可是完颜部四郎君兀术，我奉噶珊达和额驸老爷之命……"说到这，回头小声问三个跟随："下面话额驸老爷怎么教的？我说不好。"只见一位年岁稍大的女人赶忙下马，接着说："我家额驸老爷说：'您是完颜部四郎君，特派我们来接您。'请上马。"

兀术点点头说："我是兀术，不知你说的额驸老爷是谁？我从来也不认识他。"

为首的那位女人不耐烦地说："不用废话，快上马。"说完，便生拉硬扯地将兀术拽到黑马跟前。兀术感到这些人并没有恶意，跨上黑马，随着他们向沟里走去。

走了不到一个时辰，只见前面有一个村落。说是村落，只不过是些地窨子、马架子之类的房舍。只有一座宅院比较完整，四面围着土墙，墙高有六七尺，中间用圆木架起的大门。不知是什么节日，大门上用五条狐狸尾巴、两个熊头拉着一条女真部落稀有的红布。门两旁站着八名女猎手吹着牛角号，像迎接贵宾似地站在那里。这一举一动，更使兀术感到莫明其妙，不知他们到底想做什么？

兀术刚到门口，只见八位女猎手单腿点地，一只手抚膝，低着头齐声喊"三音博尔浑"。一见这个礼节，兀术明白这是生女真迎接高贵客人的大礼，便急忙下马还礼。

不一会儿，院里出来四名身扎彩裙执手鼓的女人，边跳边唱，围着兀术绕了三圈后，才站在两边。紧接着出来一对男女，都身穿生女真高等服装上前迎接。

兀术一细看，真是又惊又喜，原来那男的正是合鲁，女的就是河里那位秃头姑娘。不过戴上帽子后容貌倒也说得过去。

究竟这是咋回事？这才引出合鲁招亲、兀术北国搬兵的后事。

第七章 | 捆绑合鲁求婚事 欲杀兀术祭神灵

各位阿哥，朱伯西我接着上回书说。合鲁偷看姑娘洗澡，他若是只看不出声，也惹不起来这场风波。他一看举着桦皮头形的是个秃头姑娘，不由扑哧一笑，顿时引起姑娘们一时骚动，到草丛中把他拽出来，扔入河中浸了三四次，弄得合鲁喘不过气来，晕头转向。他一个劲地向姑娘们告饶，苦苦哀求说："众位姑奶奶，饶了我吧，我没看你们身上，见到这位姑娘奶奶没头发才笑了出来。"这句话刚一说出口，姑娘们七手八脚上来又把他丢入水中浸了三四次。

这时，那位秃头姑娘才吆喝一声："把他带回部落，审问之后再发落。"说完上来一群姑娘三下五除二就给他蒙上眼睛，绑在树上，然后她们穿上衣服，嘻嘻哈哈地围着合鲁玩笑一阵，才像牵牲口似地把他牵到部落里。

合鲁绊绊磕磕地跟着姑娘们走，觉得自己好像是进了一个大屋子里。只听上边有一个女子声音问道："你叫什么名字？从哪里来？你都要说清楚，不许撒谎欺骗本噶珊达。"她的话刚说完，就听两旁一起吆喝道："赶快说实话，不然姑奶奶们宰了你。"

合鲁本来就理亏，这一问吓得他不知如何回答是好，心中暗想：这回可是凶多吉少。嘴里不停地叨咕："干老快来救我，不然，孩儿性命难保，就永远见不到你和额娘了。"这时，姑娘们又一吓唬，合鲁扑通一声跪倒在地。有的姑娘看他那个怪样暗暗发笑，有的把他当作胆小鬼，当玩物耍。

合鲁只好硬着头皮、壮着胆子说出自己家乡的住处，又把完颜部的四郎君、自己的干老金兀术供了出来。说完，合鲁立刻觉得那些人对自己的态度缓和了不少。

这时，就听上边那位说："听他这一说，原来也是英雄之后。来人，给他看座。"

合鲁这才放下心。一坐下来，他的胆子可就大了，滔滔不绝地、比比画画地讲述他如何大闹龙泉府的事，又添油加醋地将自己吹嘘一番。合鲁一边讲着，一边露出非常自豪的样子。

上边那位姑娘一听很高兴，便用温和的语气说："看来你也是英雄之辈了。"

合鲁晃着头得意地说："小的不敢称英雄。不过一般来说，十个八个人别想到我跟前，就是上山打围，那些大牲口除非没让我搭上眼，要是搭上眼，一个也跑不了。"

"你说的那些都是小事，我会慢慢了解的"，上边那个姑娘接着他的话茬说，"我要说的是一件大事。我自担任噶珊达以来，曾发下誓言，谁若先看见我的面孔，不管长相如何年龄多大，都必须娶我为妻，白头到老。如果他从牙缝中蹦出半个不字，我就把他千刀万剐，剁成肉丁查拉拉粥喝。你就是第一个看见我的。实不相瞒，我今年二十三岁，属猪的。你看如何？"

合鲁一听，心想：我的妈呀，长这么大还没听说有这样求婚的。她比起我那位丑干妈还厉害。想到这儿，只好说："请你打开我的蒙眼，我得看看才能定盘呀！"

那位姑娘厉声厉色地说："不行，不能打开，得先订亲后解蒙布。"

合鲁一听有点儿犯难了，心中不断地琢磨：看来不答应婚事，肯定性命难保，我怎么跟干老去北国搬兵。若答应她，这事我还没跟干老和额娘商量，哪有婚姻大事自己在外边做主的！唉，有了，我给她来个得过且过、天明垒窝的办法，对付一时算一时。想到这儿，便假装害羞的样子说："我身不过五尺，长的是下等身材，怎能配得上噶珊达，望你老三思。"

上面那位姑娘说得更痛快："你不用解释，五官、长相都明明白白摆在那里，难道我没看见吗？我说得明白，谁第一个看到我的真相，谁就是我丈夫。别说你年轻有武艺，就是跛子、瞎子我也嫁。因为我早已向阿布凯恩都里许下心愿，是不能更改的。你若真心同意，可以对天起誓，我立刻给你解开蒙布，准备拜堂成亲。"

合鲁无奈，只好乖乖跪下对天发了誓。

噶珊达格格这才高高兴兴地走过来，双手轻轻地给合鲁解开了蒙布，还在他脸蛋上亲了一口。

合鲁睁开眼睛一细看，原来正是那位秃头姑娘，心里暗暗叫苦。他本打算找个机会逃出去，远走高飞，可是这位姑娘却步步紧逼，必须先拜堂入洞房，然后再操办喜事。他只好顺从了。

不大一会儿，一群姑娘和萨满都已经被召集到院内，抬着三牲祭品，吹着牛角号，萨满打着神鼓，一起奔向部落里一棵大神树下，按照北方女真人初婚仪式，举行隆重的婚礼。

入洞房前，按照女真风俗，新郎和新娘要骑马绕屯子走三圈。合鲁心中暗暗高兴，这回可有逃跑的机会了。

一群姑娘骑马陪新郎、新娘刚绕一圈，合鲁把马往外一提，这马一直向正东跑去，其速度极快。可是万般没有料到，新娘的马比他骑的马要快两三倍，不出一里就被她追了上来，高喊"叉尔汉往哪跑"。

合鲁一看跑不了啦，假装惊慌的样子说："这马不听我使唤，越勒缰绳越跑。"

姑娘笑了，挺温柔地说："看来你不会骑马，松开缰绳马自然会停下。"就这样，合鲁乖乖地跟她回去了。

到院子里就开始洞房花烛夜了。女真洞房花烛夜的习俗，先是众人在院子里点上松明火把，升起火堆，边烤各种肉边喝米酒，边唱边跳，在这大喜的日子里，人们情绪十分热烈，一直闹到深夜才结束。

俗话说，怎么不和的夫妻也没有隔夜仇。在新婚第一夜，秃头姑娘高兴得了不得，又给合鲁摆席，又给合鲁脱衣，又给合鲁煮奶茶，又给合鲁铺床……对合鲁的关怀照顾真是没完没了，对合鲁的情义火辣辣的。合鲁哪享受过这样的福啊。过去他常年风风雨雨到处飘荡，饱尝人生酸甜苦辣，尤其是那种夜里来夜里去的小偷生涯，哪有人看得起他呀？如今，姑娘如此诚心地照顾，他的心开始软了。他那冰冷的身躯被姑娘火热的心肠融化了。特别是良宵一夜，使他感受到人生的无比快乐和温暖。

开始时，合鲁感到这是在做梦，是阿布凯恩都里送给他一个心地善良的姑娘，使他得到如此这般的幸福。他睁开眼睛一看，姑娘正倒在他身边，用温柔的手在抚摸他。这才认为是真事。合鲁翻过身对沙里甘①说："谢谢你给我的快乐。从今天开始，你改变了我的生活。"

沙里甘笑着对他说："看你这个傻样，当初你还不答应呢，那时，我真想一刀杀了你。"

合鲁说："你要杀了我还有今天吗？你跟我不也是很快乐吗？"

---

① 沙里甘：满语，即妻子。

两个人越说越亲热，彼此一点儿隔阂都没有了。从谈话中，合鲁知道沙里甘有一身好功夫，专使飞索托力。她耍起飞索托力风雨不透，对方很难到她跟前。同时她还会使飞弹，也是百发百中。合鲁还知道，这个部落叫洪五部，由女人担当噶珊达。老噶珊达死时，她才十九岁，别看她年龄小，但有主见，有领导才能，因此被众人选上这个职务。从合鲁的谈话中，沙里甘知道合鲁自幼没父，只有母亲在世，还知道他是随干老出来到北国搬兵的。

这个噶珊达不懂得什么叫干老，以为是他母亲又找一个男人呢。合鲁挺耐心地向她解释一番，她还是不太懂，便对合鲁说："既然是你干阿玛，按我们这边的规矩就叫阿玛。明天咱们准备一天，要像迎接阿玛归来的大礼一样，去接他老人家。"

合鲁一听非常高兴，从内心往外佩服这位噶珊达、自己的沙里甘，真是通情达理，处理事情很爽快大度，不愧是一个部落的首领。

这才派出四位女将骑马去接合鲁的干老金兀术。

接上边说，兀术被请到上房，合鲁和姑娘双双跪倒，给兀术行了大礼。姑娘突然站起叫一声"阿玛"，便扑过去抱住兀术腰又跪了下来。兀术明白，这是见长老行的抱腰礼，赶忙站起来，两手抚着姑娘头顶，连连说："三音三音，伊立伊立。"

见完礼后，又摆上丰盛的大宴，请来全部落年岁大的长者陪席。

席间合鲁才把事情的经过向干老细说一遍，最后诚恳地说："干老，不是孩儿自作主张，实在是她逼得太紧，请干老……"

没等他说完，兀术连连点头说："很好，很好，也完成你额娘一件心事，可喜可贺。我也没啥东西赠给你们，"说完，从怀里掏出母亲给他的护心神，虔诚地给姑娘戴在项上。

姑娘知道这护心神对他多么重要啊，感动地流下泪来，又向兀术跪拜一次。

第四天，兀术打算先去北国搬兵，合鲁再多住几天，可是姑娘说啥也不干，她恳求兀术再住几天，还有一件大事要办。兀术一听挺纳闷，婚姻大事已办完，还有什么大事呢？一问合鲁，合鲁也莫名其妙。

兀术无奈只好听命，这样一连住了七天。

就在第八天，约摸巳时左右，只见四匹快马拉着一辆勒勒蓬车，车上端坐四个人，直奔部落跑来。不一会儿，车停在噶珊达姑娘门口，四人下车后喊道："额娘到，接贵客。"

兀术和合鲁不知这位贵客是谁，只好跟着大家迎了上去。一位姑娘打开车帘，下来一位四五十岁的老妇人。合鲁一眼就认出，喊了声："额娘，你老怎么来了，难道这是做梦？"说完扑过去跪在额娘跟前痛哭不止。

兀术一看母子团圆，惊喜万分。他心里想：是谁把师嫂接来的，到底是咋回事？

这时，噶珊达姑娘慌忙过来行了大礼，搀扶着老妇人来到大厅。

大家都坐好后，姑娘才说出细情："请干老再住几天就是为了这件事。实不相瞒，我和合鲁结婚的当天，就知道了老人家孤独一人住在别人家，并知道家乡的具体地点。第二天，我派出快马去接老人家。既然我与合鲁已经完婚，哪能叫额娘还孤零零地住在别人家。我怕额娘不相信，令人拿着合鲁的铁棒去的，老人家一见铁棒肯定会跟来。"

合鲁真是万分感激沙里甘的诚心、孝心，不愧是自己的好妻子。对额娘说："你儿媳是这个部落的噶珊达，权力可大了，全部落的人都听她的。有她在你老身边，你啥也不用干了，就享清福吧。"

姑娘也说："额娘，现在咱们全家团圆了，多好啊。有我在身边照顾你，你老啥都不用管，把身板养好了就行了，这样合鲁跟着干老去北国搬兵更放心了。"额娘高兴得都合不上嘴，一个劲儿地点头。

兀术暗暗佩服姑娘想得周全，真是一位天底下难找难寻的好姑娘，也为合鲁有这样的贤妻感到高兴。

至于他们如何团聚，如何欢庆就不必细说了。

第九天，合鲁恋恋不舍地辞别了母亲和妻子，与干老一起登程向北国而去。

北方七月中旬，正是炎热的夏季。一般猎人都不愿意上山捕猎，因为此时不是晒肉干的季节，多余的猎物不仅大部分浪费掉，就连皮毛也不值钱，被扔到山沟里。所以，满山涧林海见不到猎人。

兀术爷俩走得满身是汗，嗓子渴得要冒烟了，到处都找不到河沟。偏巧在一棵大树下，放着两罐清清凉凉的泉水。合鲁不管三七二十一，抱起罐就咕噜咕噜喝个饱。喝完了往树底下一坐，用袖子搧着凉风，洋洋自得。兀术心想，这两罐水肯定是有人从很远的地方灌来的，在这缺水的地方，没经过人家允许，随便喝人家的水不太道德。可是坐了半天也不见有人来，兀术渴得实在太厉害了，只好端起罐喝了几口。

此时正当晌午头，毒辣辣的太阳把碱土地照射得像火炉一样，烤得人直淌汗。兀术心想，不如先歇息几个时辰，等太阳偏西再走，贪点儿黑走比现在要凉快得多。于是便找个阴凉的地方，铺点干草躺下就想睡上一觉。

这时，合鲁坐在树下，两眼盯盯瞅着对面一棵大树，树干上吊着一个黑乎乎的东西，心里很纳闷，这是什么东西呢？是不是劫道的贼人把抢来的赃物吊在这儿，晚上好分赃。真是有福不用忙，没福跑断肠。我是贼祖宗，先分他一份再说。他站起来看看干老正在酣睡，便悄悄地走到那棵树下，仔细一看，原来吊着的是用桦树皮包的四楞四角的包袱。

爬树对他来说不费吹灰之力。他蹭蹭几下就爬到上面去，然后用刀子割断绳子，就听"扑通"一声包袱掉在地上。合鲁从树上跳下来，小心翼翼地用刀子割开捆绳，露出一层黄布，黄布里面还有一层熊皮。打开熊皮一看，把他吓得目瞪口呆，原来是一具死尸。只见这位死者，头戴神帽，身穿萨满服，腰扎彩裙和腰铃。

合鲁刚想再包扎起来，这时兀术也赶到跟前，吃惊地对他说："你这小子放着地上祸不惹，惹天上祸。这是北方女真人一种葬礼，尤其是大萨满死后，才裹上熊皮。看来这位死者刚死不久，他们还要回来祭祀。看起来方才两罐清水也是供死者享用的，那叫'三音水'。咱俩得赶快逃走，晚了让他们遇上要惹出更大的麻烦。"合鲁这才感到事情不妙。

爷俩刚想要溜走，就见从四面八方围上来四五十人，都赤着身子，光着脚，扎着柳叶编成的裙子，披散着头发，头上闪闪发光，每人手执马叉，齐呼呐喊围了上来。只见为首的一个大汉，头戴鹿角大帽，身穿鹿皮马甲，看样子是个头行人，耀武扬威地走过来。兀术赶忙陪着笑脸迎了上去。那个头人气昂昂地喝道："不许靠前，快给大萨满跪下请罪！"

一见这个头人蛮横的样子，兀术有些不悦。单凭兀术的武功，抵挡这四五十个一般的族人，是绰绰有余的。但他不能这样做，心想：他们都是粗野之人，和自己没有深仇大恨，何必与他们对抗呢？再说了，咱们违反了人家的族规，就应该赔礼道歉才对。想到这儿，兀术拽着合鲁乖乖地跪了下来，向萨满请罪。

那个头人问道："你们是哪个部落的？竟敢偷偷地请去我家大萨满，真是胆大妄为。按我们族规规定，如果尸体没有摔坏，一人偿命，若摔坏尸体，凡属参加偷尸的都得处死。来人，检查一下大萨满全身有几处受伤。"

一声令下，只见上来两个人跪着爬到大萨满的尸体前，眼含泪水细心查看尸体，其余的人都跪在周围嚎啕痛哭。

两个人检查半天尸体，报告头人完整无损。那个头人说："留下一个人偿命。你俩谁是头行人？"

兀术说："我是。"

合鲁抢着说："他撒谎，我才是大首领，要命我去。"说完，站起来就要跟着走。

兀术大喝一声："合鲁不要胡来，我是你干老，怎能胡说。"大家一听明白了，原来这个人是头行人。于是不容分说上来就把兀术绑上，推着就走。

合鲁紧跟在后面，边走边喊："我们是过路人，不是偷尸人。割绳子是我，打开尸体的也是我，有罪我领着，放开我干老。"

那个头行人严肃地说："我们不管是谁动的手，惩办的是头行人。你不能跟我们走，叫别的部落看见，该说我们违犯族规了，要受处罚的。你赶快逃命去吧。"

合鲁还是死跟不舍，气得这帮人把合鲁活活捆在树上，还给他放一罐水和一束鹿肉干，然后带着兀术回部落去了。

这个部落的房子很特别，从远处看它不是个村庄，好像一座座大坟似的。到跟前一看，原来都是地窖式的屋子，门在房顶上开着。

到了部落，不容分说，就把兀术塞到一个地窖中，然后用大石板压在窖门上。兀术一看只有三级半台阶，心凉了半截，他知道这地方居室以深为贵，最深有九级，是总头领住的地方。三级半是死囚牢房。他本想都是女真人，只要和他们讲清道理，说明细情，一定会圆满解决的。可是这些生女真人对一些名望高的大萨满更是崇敬如神。所以，这次合鲁私自打开吊棺，便成了他们不可饶恕的罪人。既不听他们说明情况，也不允许进行解释，便把他打入死牢。

那个头人让手下人把大萨满的三个弟子接到他的住处，全族人都跪在三个弟子面前，每人抱着三根柞木条请求处分。

三个弟子泪流满面地先互相抽打一顿，然后走到人群之中，不多不少每人打了九下。这时部落人才安下心来，进到屋里，共同议定如何杀死兀术祭奠神灵。

三个弟子先在院子里摆好堂子，在房门外供上七星斗，由八名大汉到死牢提出兀术，绑在木桩上。大徒弟扎上腰铃，拿起手鼓，请神，而后神附体，口中不断叨念着："恭请抓鹿玛发降临。恭请额鲁赫恩都里降临。"当大徒弟正在闭目领神时，只见北房上一团神火，腰铃在房顶上哗哗直响。随着声音大家往房顶上一看，只见一位黑脸神仙绕动火光抖动腰铃，口中不知说些什么。大家一看都纷纷跪倒，口尊："大神，既然光临，请下凡来指点众生。"

三个弟子也吓得跪在那里直叩头，心想，每回请神都是神附人体，为什么今天真神降临？真是大萨满在天有灵，真神才能临坛降福。

说时迟那时快，那位真神竟跳下房来，只见他甩着腰铃还放出云气，弄得全族人蒙头转向，跪在那里一动也不敢动。

只听这位大神说："吾乃抓罗玛发是也。你家大萨满多亏落地，才早日升天，你们应该放生才是。再有你们抓来的人是出天大帅一转，他将来是救你们出火坑的救星，如果亏待了他，叫你们全屯人都死净。吾神去也。"只见一道火光蹿房而逝。

大家赶紧又叩一顿头。头人首先站起来高喊："快把大救星解开，快，快。"

众人七手八脚把捆在兀术身上的绳子解开，让到上座，族人都跪在他面前，口称出天大帅，"小民无知冒犯了大帅，请大帅宽恕"。说完又高举柞木条，请兀术抽打。

兀术心里明镜似的，知道这是合鲁搞的鬼把戏，但不好直说，暗暗可怜这些愚昧落后的族人，替他们担忧。只好对族人说："不知者不怪，请众位族人起来吧。"这些人才敢站起来。

宴席间才知道这位头人叫忽撒浑，他们部落原先是曷懒部，林中人，被异族驱赶后北上，来到这片林子里。兀术也向他们讲明这次北上的目的，是为了搬兵，准备举兵反辽，"女真人受辽国压迫太厉害了，没法活下去了，你们也和我们一起干吧"。头人忽撒浑连连点头说："那是，那是。"

第二天上午，全部落开了一个盛大宴会，欢送兀术北上。

兀术刚走出部落不远，合鲁突然从草丛中跳了出来，给干老请个安，说："孩儿惹的祸，让干老受罪，孩儿实在是不孝，干老打我吧，出出闷气。"

兀术叹口气说："你能惹祸也能平息祸，不过今后做什么事，都得想周到，尤其不能贪占眼前的便宜，容易吃大亏。"合鲁不住地点头。兀术又接着说："算了，不提了，咱们还是赶路要紧。"

爷俩一边走着，一边唠起这个部落萨满跳神的事。兀术问合鲁："当时你怎么想出装神弄鬼的把戏来？"合鲁有些不好意思，才把事情经过说了一遍。

当时，合鲁一看这帮生女真人把干老绑起来带走，知道凶多吉少。他着急便坐在大树下拍着腿哭了起来，又想，哭也救不了干老的命，得想想办法。正在没主意时，只见三个萨满装扮的人和八个大汉抬着大树筒向这边走来，合鲁马上又藏在草丛里看看动静。只见三个萨满打扮的人到死尸跟前把死者穿的神衣、神帽、腰铃、裙子解下来，恭恭敬敬地挂在树上，又给死者换一套平常穿的服装，然后把尸体放到大树筒里，两头用木板钉死。三个人跪在灵前叨咕："师父听真，今天晚间我一定请来大神，把惊动你老人家的罪人大卸八块给您祭灵。望你老人家有灵有圣，回来享受活人的祭肉。"说完，八个大汉抬起树筒子立着栽在山坡上才回屯子。

合鲁一听计上心来，到天黑他才扮成大神。仗着他会蹿房越脊的功夫，又利用偷来的额英额的迷药，才演出这场装神弄鬼的假戏。

兀术一听又是气又是笑，对合鲁说："好你个臭小子，把不务正道的事都用上了。"

兀术又想了想说："可也是。不这样做，怎能把我救出来？"

合鲁说："让干老受惊了。"爷俩边说边往前走。

且说，兀术和合鲁一连走了十几天，越往北走，天气越凉，早上、晚上不穿点儿带皮的衣服就挺不了。爷俩边走边打野物，割下肉烤着吃，把皮毛早晚披在身上取暖。

这天，爷俩来到一个沟口处，只见两山对峙自然形成两山夹一沟的险路。这地方是有名的双龙山。两边峭壁像刀切似的耸立着，中间只有一尺来宽的小路，所以土名又叫墙缝。真是一人当关，万军难行。兀术看一下山势，对合鲁说："这险峻的地方是行军大忌之处，你看——"边说边指点着两侧石壁，接着说："这要是在通道两头设下埋伏，安上滚木檑石，再把滚木烧着，对方所有兵马一个也逃不出去。"

合鲁伸伸舌头，不由问道："难道就过不去？"

兀术笑了，说："世上有一守就有一攻。我祖父曾说过，要攻破这种防线，要具备两个条件，一是先派细作验好东西南北地形，二是出奇兵从两侧占其主峰，然后居高临下出其不意攻其不备。这样就会消灭两侧敌兵，占领滚木檑石要地。"

合鲁越听越爱听，觉得打仗不是蛮干之事，这里真有窍门。心中暗暗佩服干老不但武艺超群，还有将帅指挥之才。

　　爷俩正想过山，就听前面有人拦住山口，像打雷一样高喊："你们这两个小子，别往前走，咱阿玛叫我抓住你们，当什么人……"说完挠挠头说："我记不住那些话，反正不许你们走。"

　　兀术一看，前面来的这条汉子，身高足有八尺，膀大腰圆，脸膛红里透黑，满头的黑发挓挲着，说话咋咋呼呼，手里拿着一根大铁棍。兀术听他说话没头没脑，就知是个浑小子，便问道："你叫什么名字，你阿玛是谁？"

　　那小子急得直蹦高，又喊道："别废话，快跟我走，要是耽误大会，我拧下你俩的脑袋。"

　　兀术又耐心地问："什么大会？"那个浑小子怎么讲也讲不清。

　　正在这时，从山道上跑来几位老人，为首的那位边跑边喊："秃里，你闪在一旁，不许乱说乱动。"那小子也真听话，乖乖地站在一旁一动也不动。

　　只见那位老人有六十来岁，赶忙向兀术赔礼道歉说："请军爷不要见怪，这是我的傻儿子，不会说话。我们四个部落和另外四个部落为争夺山后大川之事，总是年年争吵，实在没办法了，今年八个部落遵照祖上留下的规矩，明天开赛，地点在北沙岗上，八个部落进行血拼，最后谁赢大川归谁。我方裁判人不多，才派他请过往行人一律留下，做我们的裁判人。怕这浑小子说不清楚，才特意赶来，请二位屈尊几日，大会完了，我们必有厚报。"

　　兀术一听不由倒吸一口凉气，过去听阿玛说，北部女真为了争围场、争渔口，部落之间常年争吵不休，甚至举行血拼，互相厮杀，哪头人死得多，哪头算输。有的时候，一个部落的年轻小伙子就死了七八十，造成断子绝后、世世为仇的难解局面。这八个部落不正是这样吗？他们明天要举行血拼、厮杀，如何是好？兀术在低头沉思。

　　合鲁一听这事倒觉得很新鲜，再加上大会完了还有厚报，愿意留下来，看个究竟。

　　兀术经考虑再三，不打算参与这事，说明去北国搬兵事紧，不能耽误。

　　那位老人又进一步说："实不相瞒，请过路人做裁判是这地方的规矩。这片地方归我们部落所管，凡从这过路的人赶上血拼大会，都是我方裁判人。如果你们执意要走，再走出二十里，就到那个部落的领地。他们遇上你俩，一律当作我们部落的奸细，把你们绑在树上活活喂狼。等大会结束后，才准许任意通行。"

合鲁抓住这个机会插嘴说："干老，既然他们这几个部落都有这样危险的规矩，咱们何必冒那个险，不如过了大会咱们再走也不迟。"

兀术想了想，没有想出好办法，只好应允。老人挺高兴，立刻把他俩请到村子里。

这个村子很大，建了许多马架子房子。一进村，只见家家户户忙个不休。年轻小伙子头上扎着红布条，斜披鹿皮马甲，都聚在广场上。个个手拿钢叉，正在那里练武。两旁有二十面大鼓，八杆彩旗迎风飘扬。还有许多老人在那里教年轻人技术和打仗的技巧。

兀术仔细看了一下，这些人有勇无谋，都是凭力气赢人，更谈不上什么武功了。因为是双方争斗，兀术也没敢多说多问，便随着老人来到事先准备的住处。

部落招待得很周到。在屋子中央放着一口大锅，煮着狍子肉、鹿肉。小桌子上放着刀子、大土碗和大缸子米酒。老人对他们说："按规矩双方血拼期间谁也不许喝酒。二位只好自吃自饮吧。"说完就告退了。

兀术爷俩吃喝完了，才到申时，闲着没事，只好到村子里走走。他们一看感到很新奇，家家户户的女人都穿上彩色新装，门口摆着大香斗。每人脸上虽然挂有泪痕，但都装出一副高兴的样子，三五成群的，又唱又跳。再一看，每家门旁放着一具桦皮做的空棺材。兀术明白，这一定是给战死的人们预备的。

"这是多么残忍、悲壮的场面啊！"兀术感叹地说道。兀术见过辽兵杀死女真人的场面，但是没见过两个部落之间厮杀格斗的场景。兀术心里想，这些勇敢的年轻的小伙子，多么听话呀，真要把他们引上正路，不是一支英勇无敌的铁骑军吗！能不能想办法解开两个部落的仇恨，化干戈为玉帛，联合起来共同对付契丹人？想到这儿，兀术感到留下来很有必要，这就看自己有没有说服两个部落友好相处的能耐。为了彻底摸清情况，爷俩顺路到一位老人家闲聊去了。

老人家告诉他们，这个地方是个三不管的地方，自然组成两大部落群，一个是温都部落群，由大贝勒跋忒家族世代承袭；一个就是这个部落，叫唐括部落群，是大勃堇拔葛家族承继。方才请他们进村的就是大勃堇葛里里。这两个部落群自从拔葛被跋忒杀死后，结下了冤仇，几代人总是厮杀不休。一些老人们，不但不以此事为耻，反以为荣，他们说，老祖宗结的仇不能忘，我们活着就是为了报仇。死了也能灵魂升天，到老祖宗那里享受荣华富贵。

老人越说越兴奋，又领着他俩到一个大马架子去看看。

大马架子里面虽然不亮堂，但很宽敞。明眼一看墙上挂着三排鹿皮马甲。老人指着这些马甲说："这都是祖孙三代为血拼而死的巴图鲁。他们是为部落而死的，全部落人永远纪念他们。"

兀术对墙上挂的马甲大致数一数，每代都有几百人死于此举。兀术感到十分惊讶。

可是老人怀着骄傲的口气说："他们死后都上天享福去了，将永远保佑我们部落兴旺发达。"

兀术默默地听着，这些伤心事一件件都装在脑子里，他的头真像要爆炸似的难受。傍晚，他心情沉重，缓缓地走回到住处，一头倒在炕上不言不语。他想：两个部落都是女真人，为争一块土地血拼、格斗，互相残杀，何时能够休止啊。多难的女真人，愚昧的女真人，英雄的女真人，多久才有出头之日，摆脱这些愚昧、无知的困境啊……到后半夜，兀术才迷迷糊糊地睡着了。

第二天，刚吃完早饭，就听外面鼓声隆隆，人喊马叫，全部落人都动起来了。不一会儿，只见昨天迎接他的几位老人身穿最隆重的服装，头上扎着红布带进了屋，请六位裁判光临血拼现场。

六个人骑着事先已备好的大马，随着众人齐奔血拼场。这才引出血拼大战。预知后事如何，且听下回分解。

第八章 | 制止血拼壮队伍 北国搬兵结良缘

　　太阳刚出来一杆子多高，两个部落的人都打着鼓、举着彩旗浩浩荡荡地向血拼场奔来。后面有一群男女老幼的家人，哭哭咧咧地跟着。

　　血拼场设在双方土地相连的中间平地上。东侧是唐括部，西侧是温都部。两部的人数都是旗鼓相当，各方参加血拼的年轻小伙子一个个眼睛瞪得溜圆，手执马叉，虎视眈眈地坐在最前面。他们身后是家里人，有阿玛、额娘、沙里甘，还有小阿古、哈哈济、沙里甘居，一个个哭丧着脸，像给亲人送葬似的注视着前排坐着的人。

　　更令人惨不忍睹的是，在每个参加血拼的年轻小伙子面前都放着一具桦树皮棺材，随时准备装参加血拼死者的尸体。最惨绝人寰的是每个部落的排头放一个大木桶，准备装对方死者的血，专门供给参加血拼者喝，以壮胆、壮力、解恨。方才还是一个好好的人，霎时间被装进棺材，连身上的鲜血都被人喝了，这是多残酷、多悲痛的事情啊！但是人家并不悲痛，反以杀死别人、强占土地为荣。女真人这种互相残杀何时是个头啊！

　　兀术下决心要破除这种陋习，可是他从来没参加过也没见过这种场面，无法插手。他想，用说服办法看样子各方都不能接受，因为这是几代人留下的规矩，如果上前规劝，容易把矛盾引向自己，双方都不满意，最后自己不好收场。怎么办才好呢？他一边想着，一边假装不懂似的问旁边坐着的一位老人："请问老玛发，这血拼是怎么个拼法？"

　　那位老人长叹一声说："唉！看来你是第一次参加，这种血斗，又叫血拼。开始由裁判击鼓三通，挂起黑旗，双方开始厮杀。黑旗一落，厮杀、格斗停止，双方清点人数。又举起红旗，一对一的搏斗。最后一场是以双方混战结束。"兀术点点头。

　　这时，裁判敲响了三通鼓，黑旗高高地挂起来了。只见双方的年轻小伙子个个像疯牛似的奔跑冲杀过去。一时间喊杀声、马叉撞击声、惨叫声混成一片。鲜血飞溅，人头滚落，残肢横飞，死尸倒地，其惨状难以入目。两边死者、伤者的家人哭天喊地，有的跪下祈祷，希望他们灵魂升天和老祖宗团聚。整个悲壮、残酷的场面难以言表。

黑旗落下了，中间有一段空闲时间，双方上来清点人数，唐括部死五名，伤十名，温都部死七名，伤十三名。唐括部得胜，战鼓敲得像打雷似的，震天动地，群情激奋，欢呼声一片。

裁判席上红旗刚一挂起，兀术灵机一动，觉得一对一的搏斗是说服双方的好机会。他毅然跳出裁判座席，跑到场子中央，大声喊道："两个部落的玛发、阿玛和阿古们，我是完颜部人，去北国路经此宝地，被唐括部请来做裁判。这场是一对一血斗，我生来就爱斗，今天赶上这个机会，我先登场。咱们可以一对二，就是你们两个部落各出一位和我血斗。若战胜了我，或者杀死我，你们再拼杀也不迟。"说完把外衣一脱，像一尊铁罗汉似地站在那里。

合鲁不知咋回事，直向场子喊："干老，咱们是裁判，他们没有裁判下场血斗的规矩，快退回来！"

两个部落的人也大声喊："退回去！赶快退回去！"

兀术好像没听见似的，仍站在那里一动不动。

两个部落的年轻小伙子都对这个生疏面孔的人上场很生气，有的嗷嗷喊叫："让他下去，别误了我们血拼大事。"有的喊："这小子太骄横、猖獗了，我们是一对一，他要一对二，快杀了他。"

有一位膀大腰圆、面如锅底的壮汉子，气得七窍生烟，毛发倒竖，裂目呲牙地说："哪来的野小子，胆敢破坏我们血拼的规矩。你既然敢上场叫号，那我们就不客气了，先结果你的性命，然后我们再血拼。"说罢，两个部落各上来一名大汉，手执马叉冲了过来。

这两位上来很客气地对兀术说："既然要参加比赛，我们不能杀死徒手空拳的人，那会叫世人笑话的，请你拿兵器吧。"

兀术摇摇头微微一笑说："我没有兵器，等一会儿咱们比试起来，我夺你二位手中武器玩玩。"

这两个壮汉都被眼前这个目空一切的小伙子的一举一动、一言一行气得哇哇乱叫。他们忘了原本是敌对双方，现在都异口同声地说："杀死他，杀死他！"

霎时间，这两个壮汉手执马叉同时向兀术刺来。俗话说："人生气力气大。"一点儿不假。这两个壮汉运足力气，一使眼神，从两个方向一同刺来，心想，你躲这把叉，躲不了那把叉。哪把叉刺中都要你的命。不料，兀术手疾眼快，轻轻一闪身躲了过去。没等他俩把马叉收回去，兀术一摆双臂，一反手，不费吹灰之力就抓住两把叉柄，往圈外一用劲儿，只听"扑通""扑通"两声，两个人不知不觉撒手，马叉落地，人栽倒在地上。两个壮汉爬起来，灰溜溜跑回本部落。

兀术上前捡起双叉在场子上耍起来。双叉在他手上舞动自如，刺、砍、杀都有一定套数，真是上下翻飞犹如双龙击水，前审后跳恰似怪蟒出山。两个部落的人看得目瞪口呆，赞不绝口。有的说："这么耍叉还真没见过，看来这小子功夫不浅，不能小看。"还有的说："我说嘛，没有两下子，他敢叫号吗？这人一定是武林高人。"

兀术耍了一阵子，稳稳站在场子中央，连大气都没喘，仍然是一动不动。他看看两个部落，向他们招手说："请再上来二位，你们千万要选好，要能力高、力气大的上来，否则斗得没意思。"

两个部落都有年轻气盛、力气大不信邪的小伙子，都自告奋勇上来和兀术比试，结果没打两招都败下阵来。就这样兀术一连胜了三阵。把两个部落年轻小伙子气得个个摩拳擦掌，不约而同地聚到一块，研究对付这个陌生人的计策。

合鲁一看这个情况在裁判席上坐不住了，大声喊道："干老，你见好就收吧，他们两个部落要合伙对付你，好虎架不住一群狼，你快回来吧！"

兀术也大声对合鲁说："没事，他们不能把我咋的，你放心吧！"

这时，秃里慢腾腾地从后面走出来，对大伙说："都别着急，我去把他捆上，省得耽误咱们血拼。"两个部落的人都笑了，意思说，就凭你这两下子还能把人家捆住？

秃里一听大伙都笑了，便瞪起他的牛眼睛说："笑什么？我就不信，他能有多大劲儿，凭我的力气还捆不住他？"他这一说不要紧，两个部落的人都起哄了，有人喊道："秃里，你就去试试吧！"

只见秃里大步流星地走到兀术跟前，笑嘻嘻地说："我来绑你，你把手伸过来，我们绑上你不杀，等我们打完架再放你，行不？"

兀术笑了，说："我听说你力气大，在两个部落中属第一，咱俩较较力气怎么样？"

"行！那太好了。"秃里高兴得直蹦高，心想，要比力气正中我意，就凭我能把老狗熊的两条腿劈开，能把一棵十年生的桦树拔出来，还比不过你。这回你算输定了。所以，他蹦蹦跳跳地过来要和兀术比力气。

兀术把胳膊一伸说："秃里，你能把我这条胳膊掰弯了就算你赢。"

秃里哪里知道，要平常比力气，兀术远远抵不住自己，但是论臂力，兀术在师父那里苦练了三年铁臂功，能拉开一百八十石硬弓，两臂一伸足有千斤力气。这臂力的功夫是练出来的。秃里不知道这些，便傻乎乎地挺自信地说："好吧！"

只见秃里使足力量，满脸通红，身上的筋都要崩裂，喊一声："唉！"双手用劲全力一掰。兀术的胳膊不但纹丝不动，反而捏住他的双手像金钩钓鱼似地把秃里送回本部。

秃里是两个部落中有名的大力神，能把他制服，得有多大的力气呀！这惊人的臂力，意想不到的神力，惊得全场人鼓也忘敲了，旗也忘摇了，舌头伸出来竟忘缩回去，两个部落的人都目瞪口呆，忘了一切。静了一会儿，全场突然响起雷鸣般的掌声和叫好声。这时鼓敲得惊天动地，彩旗摇摆得哗哗直响，简直成了欢腾的海洋。人们都不敢相信自己，难道这是真的吗？过去他们只听过神话中的大力神，哪见过活生生的大力神英雄啊！可是英雄就在眼前，他们能不振臂欢呼吗？

这时，只见兀术仍然站在那里，叫着号，要两个部落各出人进行比试。

这功夫，唐括部和温都部的头领竟坐在一起，商量如何对付这位大力神的办法。

唐括部首领首先说："我看比武功、比力气都不是这人的对手，咱们和他比箭法也可能行。我部落的唐葛里是神箭手，和他较量准能赢。"

温都部首领一听心中大喜，也选出一位好箭手，并且说："咱们必须先除掉这个不吃生米的家伙，才能顺利进行血拼。"

唐括部首领说："对，就这么办。"

于是两个部落的首领一同走到兀术跟前说道："这位英雄真有神力，接连胜了我们两个部落的小伙子。不过你是我们请来的裁判人，理应公平裁断两方胜负才对，请你退出场地吧，以免伤和气。"

兀术向二位首领深深请个安说："请二位贝勒见谅，小的一连击败了两个部落选出的年轻大汉，实在是不敬。不过你们两个部落论拼杀、力气都比不过我，还有什么绝招拿出来咱们再比一比。"

唐括部部落长一听，心想，不给这小子点儿厉害看看他是不会退下场的。于是便说："好吧，不拿出我们两个部落真正本事，你是不服气的，我们两个部落都是游猎部落，以打猎为主，所以射箭是我们看家本领，那咱们就比比射箭吧！"

兀术说："好啊，怎么个比法？"

唐括部部落长说："我们两个部各出一人跟你比。先射地上跑的，每人射三箭。我们两个部落射六箭和你三箭相比，谁射的猎物多谁赢。然后再射天上飞的，比法和上边相同。你看怎样？"

兀术一听心里感到有点儿不公平，他们的六支箭自然要比我的三支箭射得多了，再说他们都是打猎的能手，肯定箭法很准，不然不会这样夸下海口。又一想，既然自己已经跟人叫号了，只好硬着头皮参加比赛了，走一步看一步吧。便对两个部落头领说："行，就按头领说的办吧！你们派哪两位参加比赛？等我让我的随同回住处取回弓箭再比。"

兀术叫合鲁去取弓箭。合鲁知道这两个部落的人箭法都很好，为干老担心，怕比不过人家。一再埋怨干老不见好就收，结果惹出麻烦事，看你怎么收场。兀术说："你没见过我射箭怎知我不行？叫你去取弓箭就去取，还啰嗦什么。"合鲁只好颠颠地去取。

这时，两个部落的人已把弓箭手选好。唐括部的唐葛里挎着弓箭耀武扬威地走到场中央，温都部的温都嘎也手执弓箭大摇大摆地走过来，两个人都很自信地看看兀术。兀术向他们施礼问安。

这功夫，合鲁拿着弓箭呼哧带喘地跑过来，将弓箭交给兀术，并嘱咐说："干老，别慌，看准了再射，孩儿给你助阵。"兀术点点头。

唐括部的部长说："三位射手都有弓箭了，而且都有自己专门的箭，好认。比赛现在开始。先射前面树林中的鹿群，每人射三箭，看谁射死的多。比赛的顺序是：唐葛里先箭，温都嘎其次，这位壮士最后射。"

这时，两个部落的人谁也不谈论血拼的事情了，都把目光集中到三位射手身上了，看谁最能耐。

只见唐葛里用力拉弓，双眼瞪得像牛眼珠子一样，瞄准鹿群"嗖、嗖、嗖"就射出三箭。温都嘎毫不示弱，跨步向前，不慌不忙地也连射了三箭。

这时该轮到兀术了。只见他左手提着弓，沉着稳健地向前走去，边走边用右手向两个部落的人招手示意。走到场中央后，兀术定睛仔细看看前面树林中的鹿。由于在他之前已连射了六箭，鹿群被惊散，只剩下三只鹿在树的夹空中悠闲地吃草。兀术看准之后，心中盘算着怎么射。于是他左手握弓，右手从后背的箭囊中取出一只箭，然后搭箭拉弓，只听"嗖"的一声,箭如一道白光向鹿射去。就这样,兀术也接连射了三箭。

三人都射完之后,两个部落的首领和裁判从裁判席上下来,向树林走去,察看三人射鹿的结果。

最后,由唐括部的部长宣布射鹿的结果:"唐葛里射中两只鹿,温都嘎射中一只,那位远方的客人射中三只。"话音刚落,马上就响起一片叫好声。

唐括部部长大声喊道:"大家先不要吵吵、喊叫,听我说,第一轮射地上跑的,两个部落的人和远方的客人都射中三只鹿,没分胜负。接着第二轮比赛,射天上飞的大雁,同样是每人射三箭,看谁射下来的多,谁就赢。"

唐括部的唐葛里一听非常高兴,心想,部落长知道射大雁是我最拿手的才这样安排,这回准赢不可。于是便洋洋得意地说:"那还是我先射吧!"

两个部落的首领说:"行,还按第一轮的顺序进行。"

说话之间,天空中正好飞来一群大雁,排"人"字形,由北向南飞来。头雁在前面飞,"嘎嘎"地叫着。当大雁正好飞到唐葛里的头顶时,唐葛里瞄准大雁,"嗖、嗖、嗖"连射三箭,只见一只大雁扑棱翅膀从空中掉下来。两个部落的人欢呼、喊叫,都为唐葛里竖起大姆指,说他不愧为神箭手。

这回该温都嘎的了。温都嘎一听射天上飞的大雁就没有信心,过去射过多少次,都没射中,刚才一看神箭手唐葛里三箭只射中一只,就更没有信心了。可是部落长让他参加比赛,只好抱着应付、试试看的态度参加。这时,天空中又飞来一群大雁,是排"一"字形。温都嘎操起弓,瞄准大雁射了三箭。由于温都嘎拉弓的力度不够,箭飞到半空就掉下来了,都没有惊动大雁,照常悠哉悠哉地飞。

正在大雁将要飞远时,兀术说:"看我的!"他急忙操起弓,右手抽出箭,将弓拉成满月形,瞄准高空中正飞的大雁,"嗖、嗖、嗖"射了上去。不一会儿,只见空中有三只大雁在翻转,很快落到地上。人们看得清清楚楚,立刻两个部落的人同时擂起战鼓,彩旗在场内舞动,人们的叫好声、欢呼声、鼓掌声混成一片,真是惊天动地。

这时,两个部落首领命人将射落的四只大雁捡回来,他们仔细一看,发现唐葛里是射在大雁的胸脯地方,远方客人的三只箭都射在大雁的脖子上，这么小的部位射得这么准，简直是神人了，他们惊叹不止。两个首领不约而同地向兀术走去，恭恭敬敬地向他施礼，说道："远方客人，你的武功和箭法使我们震惊，全部落人都说你是阿布凯恩都里派来的神人，不然不会有如此的神功。你到我们两个部落来，不仅带来了神功，也带来了阿布凯恩都里的旨意和吉祥。请你留下来，你叫我们两个部落怎么做，我们就怎么做，绝不违背天神旨意。"

兀术一听心中大喜，觉得这是劝解两个部落合好、壮大女真力量的好机会。于是便高兴地说道："两位首领、老玛发，我不是什么神人，我是完颜部勃极烈阿骨打的四子，叫兀术，此次奉父命去北国搬兵。我们都是女真人，大家都知道，辽国欺压我们女真人太甚了，他们派银牌使臣今天要东珠，明天要海东青，见年轻的姑娘、媳妇就抢去，逼迫她们陪宿，若不顺从，轻者打伤，重者打死。辽国逼得我们女真人没法活了，不反他，我们就得死。可是，你们两个部落为了争占一点儿土地，互相残杀。几辈子传下来的旧习要不得，就为这点儿事，死了多少女真兄弟。我看你们墙上挂的马甲，每一代都死了几百人，多叫人痛心啊，你们怎么不为他阿玛、额娘、沙里甘想一想呢？死了儿子、丈夫，她们的日子怎么过？我看到你们血拼时死的那些无辜的巴图鲁，心里像被刀子捅了一样难受，他们死得太惨了，太不值得了。如果他们对辽兵作战，我相信一个个都是顶天立地的好汉，我们女真人为保护自己，多么需要他们呀！"

兀术说到这儿，看看两个部落头领和族众，大家都静静地听他说，好像每句话都打动了他们的心。他感到有门儿了，便缓口气，接着说："我之所以站到场中央跟你们两个部落叫号比武，就是想制止你们血拼下去，破除老一代人留下的陋习。你们两位头领不是口口声声说听我的，我叫你们怎么做就怎么做吗？好，从今天开始，你们两个部落要和睦相处，把过去的事都忘得一干二净。咱们女真人之间没有解不开的疙瘩。那片土地一家一半，谁多谁少都担待点儿，就不再争吵了。咱们有劲有怒火都对辽国使去。你们说行不行啊！"

两个部落的人齐声高呼："好！""这位神人说的对，就照他说的办。"

两个部落头领感到兀术说得句句在理，不愧是阿布凯恩都里派来的神人。一想起为争一点儿土地、猎场，领着族人打仗、血拼，真是羞惭难忍，无地自容。两个头领手拉手向兀术施蹲礼，说道："感谢你给我们脑子开了窍，把我们被魔鬼耶路哩缠着的心扯回来。你说得对，天下的女真人都是一家，何况我们两个相邻的部落更是一家亲了。从今以后，我们两个部落都是一家人，大家和和睦睦，再也不血拼了。你们说好不好？"

两个部落的人一片欢呼，跳跃！与此同时都向对方跑去，大家拥抱在一起，个个热泪盈眶。那个场面既热烈又感人，真是多年没有过的事情。

这时唐括部的部长高声喊道："大伙别喊叫了，听我说……"可是，无论他怎样喊，大伙兴奋的心情还是静不下来，仍然是三五一群地谈论着、喊叫着。

兀术突然想出一个主意，跑到场中央耍起刀来。只见刀光闪闪，发出一道道白光，很快形成一个很大的光圈，不停地旋转，把他的身子缠到里面。随着刀光的闪耀发出一种呜呜的声音。人们随着声音视线立刻转向旋转的光圈，越看越感到神奇。不一会儿，场内的喊叫声、吵嚷声就像灯火一下子就熄灭了。兀术听到场子已经静下来，渐渐收了功，然后手握刀直挺挺地站在那里。

唐括部部长抓住这个机会，向两个部落的人大声说道："这位远方客人，不，是阿布凯恩都里降下的神人，他给我们带来了福音，让我们两个部落的女真人和睦相处，结成同心，共同对付欺压我们的大辽国。我们一定把这位客人留下，让他做我们两个部落的总贝勒，行不行？"

全场又是一片欢呼："行，行！"

兀术恭敬地向两个部落的人施礼，说道："感谢两个部落的女真人对我的信任。小的无才无德实在不敢当。小的辜负了你们的希望，不能留下，还有重任在身。此次奉我阿玛完颜部勃极烈阿骨打之命，去北国搬兵，壮大我女真力量，这样辽国就不敢欺负咱们了。如果他们再胆敢烧杀我女真人，我们就起兵反抗，给他们点儿颜色看看。所以，我去北国搬兵，是关乎我女真生死存亡的大事。请你们体谅我，放我走吧！"

温都部首领说："你的话都说到家了，我们理解你，就不强留了。你们完颜部要领头反辽国，我们愿意和你们一起干。只要你说一声，我们两个部落可以拉出两千兵马听从你指挥。"

兀术高兴地说："有你这句话就行了。我从北国搬兵回来，就带走你们的兵马一起反大辽。"

唐括部部长坚定地说："就这么说定了，你走后我们两个部落分头训练这些兵马，一定拿出血拼的劲头跟辽兵打仗，肯定打败他们。"

合鲁在一旁这个高兴啊，没想到干老还是个智勇双全的将帅。看到他的武功、箭法一下子就把两个部落的人全震住了，方才还血拼打得你死我活，不一会儿就和好了，而且两个部落还表示要拉出两千兵马跟他一起反辽。想到这儿，合鲁激动万分，边向兀术跑去边喊："干老！你真行，没想到你还有这两下子，我真服你了。"

兀术说："合鲁，不要放肆。"

两个部落和好亲如一家，这可是几十年没有的大事。为庆祝这一喜事和欢送兀术，在当天晚上举行了盛大的联欢宴会。在曾经血拼的场地上燃起了九十九堆篝火，杀了九十九只鹿，抬来九十九大罐米酒。两个部落的人边吃着烤鹿肉，边喝米酒，边唱、边跳，气氛十分热烈，直到三星偏西了，人们才恋恋不舍地离去。

次日早晨，两个部落的头领和一些族民送兀术，怕他们路途遥远累着，还特意给他们备了两匹快马。兀术和合鲁向头领和族众告别。兀术说："感谢你们对我们的盛情款待，咱们后会有期。"说着两个人翻身上马，不停地向两个部落的人摆手告别。

唐括部部长大声喊道："兀术，你从北国回来，可一定来拉我们的兵马呀！"

兀术在马上回头喊道："那是的，到时候我一定来。"

说话间，两匹快马一溜烟跑了，眨眼间已消失在密林中。

兀术爷俩骑着马在密林中来回穿梭。这密林老大了，走了一天还没走到边。这真是林木茂盛，古树参天，遮天盖日的大林子。林中多半长的是松树，一棵棵都很粗，最粗的四五个人都抱不过来。松树长得特别高，人仰脸往上看，都看不到顶。松树叶子碧绿青馨，枝叶互相搭连，你搭我，我搭你，一层又一层，真是密密麻麻，不见天日，甚至天上下的雪都掉不下来，全被树叶遮住了。树林里非常静，风刮不进来，一点儿声音都没有。只是偶尔听到鸟鸣和蛙叫。因树枝太密，没有马道，兀术爷俩只能牵着马在林中穿行，有时一不注意，就被树枝刮倒。他们在林子里蹚着草艰难地赶路。

兀术牵着马在前边蹚路，合鲁在后边懒洋洋地跟着。突然合鲁被一条树枝绊了一下，他唉哟一声摔倒了。兀术回头说："合鲁，你顺着我和马走的道走，就不会被绊倒了。"

合鲁爬起来仍牵着马沿着兀术蹚的道走。他一边小心地走一边嘟囔着："这该死的林子，密得都看不到日头，不知这工夫是什么时辰了，也不知道东西南北，走了半天也没转出去，迷失方向了，咱们什么时候才走到头啊。干老，我肚子都咕噜咕噜叫了，实在走不动了，咱们找个地方歇歇气，吃点儿肉干再走吧！"

兀术说："行！前边有个平坦的地方，咱们就到那儿歇息，让马也吃点儿草。"

到了平坦地方，兀术和合鲁把马拴在一棵小树上，让马在树底下吃草，他们坐在草地上吃鹿肉干，又从马背上取来葫芦喝水。合鲁说："干老，这葫芦里要是装的酒该多好啊。坐在大树林子里，喝着米酒，吃着肉干，再美美地睡上一觉……"说话间，他已躺下睡着了，打起呼噜来。这呼噜声老大了，把整个树林都震得嗡嗡响。

兀术坐在合鲁身边，心想：合鲁睡着了，我不能睡。这密林看似很安全，其实并不安全，如在树上，隐藏几个歹人，趁你睡觉或不注意之时，突然袭来，就能要你的命。或者是遇到狼、熊、虎、豹、野猪群，猛然间群起扑向你，一旦抵挡不住，也要了命。千万要警惕啊。兀术正在想着，突然听到"嗷——"的一声，这是虎啸之声，惊天动地，兀术立刻站起来，手握弓箭，环视四方。这时合鲁也被这声音惊醒，扑棱坐起来："问干老这是什么声音？"兀术告诉他："是你的呼噜声把猛虎引来了。"合鲁操起铁棒虎视眈眈地注视前方。

这时，就见一只斑斓猛虎张着血盆大口向他俩扑来。兀术不慌不忙，拉弓搭箭，瞄准老虎的嘴，"嗖"的一声射去，只听猛虎"嗷"的一声，掉头往回跑。兀术心想，要不打死这只猛虎，附近的人们就要受灾。于是骑上快马向猛虎追去。合鲁也骑马紧跟在后头。

他俩紧追猛虎跑出了密林，可是猛虎却不见影了。眼前是层峦叠嶂、沟壑纵横的地带，地势比较开阔，立刻见到了天日，此时，眼看就要落日黑天了。兀术爷俩心情刚刚敞亮起来，可是又犯难了，往哪儿走，到哪儿住宿呀。在林子里露宿野兽群来了怎么办？合鲁说："干老，有我在，没事的，咱们爬到树上去睡觉。"

兀术看看天，对合鲁说："天快黑了，也只好如此了。"

就在这时，那只猛虎又蹿过来，兀术刚要搭箭，猛虎马上往前边的山上跑去。合鲁顺着猛虎跑的方向往山上看，突然发现山顶上有个庙，他大声喊道："干老，你看山顶上有个庙！"

兀术仔细一看，高兴地说道："是个庙，这说明附近一定有女真人居住。"

合鲁晃晃脑袋说："干老，我想起来了，咱们在呼汗海时，我那个丑干娘不是说，这附近有个古庙，咱们有什么为难事，就找这个庙，见到道长就说蒙面人求他帮忙。哎呀，这个庙正是呀。咱们在林子里迷失了方向，是阿布凯恩都里派来虎神为咱们指路呀。"

兀术也恍然大悟，赞同地说："合鲁你说得对，是阿布凯恩都里让虎神给咱们指路。"

于是，兀术和合鲁整理行装向天跪下磕了三个头，感谢天神搭救之恩。然后爷俩骑着快马向山上的古庙奔去。

兀术爷俩越过一条沟，来到山脚下，见到一条人走马踏的羊肠小道，他们顺着小道快马扬鞭往山上跑。到了山顶上太阳刚刚落山，他们下马来到庙的山门前，见一位道童正要出门担水。他们说明来意后，道童乐颠颠地回寺庙禀报道长。

不一会儿，见一位鹤发童颜的道长满面春风地出来迎接。兀术和合鲁见到道长首先施礼。道长举单手式，说："无量仙尊，请二位施主到庙里饮茶、歇息。"

兀术爷俩随道长来到禅房，刚要自报家门说明来意，道长却抢先说："二位施主不必说了，你们的姓名、身世我都知道了。有什么事等你们歇息好了，咱们再慢慢说。"

合鲁性子急，一听道长说有什么事歇息完了再说，那得什么时候？于是便说："老道长，我们爷俩要去三江六国部搬兵，非常着急，生怕耽误反辽起兵的大事。可是我们在林中迷了路，怎么走也找不到。前些日子，我的丑干娘，对了，也是蒙面人叫我们找您帮忙。"

兀术赶忙说："合鲁，休要无礼。"

道长看看兀术，长得天庭饱满，地阁方圆，威风凛凛，是个帅才，心中称赞徒儿找对了。于是笑着说："你说的蒙面人，正是我的徒儿。她没说谎，你们找到了我，也就找到三江六国部了。一切事情都好办了。"

兀术一听心里有底了，便高兴地说："哎呀，老师父，多谢您帮忙了。"

就这样，兀术爷俩在古庙禅房休息一夜。第二天早晨，吃完斋饭，兀术爷俩要上路了，道长送出山门，告诉他们说："你们下山后，遇到一个小道，沿着小道一直往东走。你们骑快马用不了傍黑就能到三江六国部。那是个附近闻名的大部落，兵强马壮，人口众多，是个土地肥沃、丰衣足食的地方。这个部落长葛门罕很厉害，和他邻近的一些部落都听他的调动指挥。你们只要能够答应他的条件，我想他会出兵帮助你们的。

祝你们一路顺风。"

兀术说："谢谢老道长，咱们后会有期，事成后我们一定来拜谢您。"说完，打马飞奔而去。

兀术爷俩按照道长指引的路，骑马跑得飞快。兀术心想，马上就要到三江六国部了，阿玛交给搬兵的差使很快就实现了，心里那个高兴劲儿就不用提了。人心情愉快，也不觉时间长、路途远。在不知不觉中太阳快落山了，眼前出现一个大的部落，一打听正是三江六国部。

兀术和合鲁下马，来到超哈（小兵）面前，拱手说："请你禀报大罕，就说完颜氏部落派人求见。"

不一会儿，超哈跑回来说："我们大罕说了请进。"

兀术和合鲁跟着超哈来到一座很大的房子。超哈领进屋小声说："上面坐着的就是我们大罕，你得跪下求见。"

兀术抬头看看正座上坐着威风凛凛的部落头领，低头向前迈了几步，跪下说："完颜部勃极烈阿骨打派四子兀术前来求见。"

只听正座上坐着的头领说："你们来见我不会空手来吧，都带什么礼物啦。"

兀术一听感到不对，心想，阿玛说葛门大罕是个男的，这说话声怎么是个女人呢？于是便说："我们要见的葛门罕是个顶天立地的男子汉，怎么会是……"

那头领一听怒火万丈，愤怒地说道："这个完颜氏兀术瞧不起本罕，再说了，哪有空手见本罕之礼，来人呀，推出去斩了。"一边说一边用手一指。

那头领用手一指不要紧，被合鲁看个真真切切。他心想，她一说话我就听出来了，这不是我的丑干娘吗？怎么成了大罕呢？又发现她手指上戴着我干老的扳指儿，更证实了，对，就是那个蒙面人。于是大胆向前迈一步说："先别斩，干娘，你要把干老斩了，你可就没有爱根（丈夫）了。"

兀术很生气地说："合鲁不要胡说，任她斩吧。"

那头领说："他无视本罕，空手来见，我不斩他还等待何时？"

合鲁笑嘻嘻地说："干娘，这就是你的不是了。你没仔细看怎知干老没带礼物？你看干老身上挎的是什么？"

那头领仔细一看，兀术身上挎的正是自己绣的鸳鸯卧莲的镖袋，这是给兀术作为订婚礼物的。于是兴高采烈地说："好，他戴着这个礼物我就心满意足了，说明他心里还有我。放了他吧！"超哈赶忙过来放了兀术。

合鲁又说："干娘，你手上不是也戴着我干老送的订情礼物扳指吗？那可是我妈妈（奶奶）送给我干老的，非常珍贵啊。这说明你心里一直想着我干老。"

那头领说："我一个大姑娘还没结婚，你一口一个干娘叫着，叫人多害臊。"

兀术这才明白，原来都是合鲁搞的鬼，从中撮合，这小子心眼太多了，给我惹了麻烦。可又一想，道长说了，只要答应她的条件，她会发兵的。这可是件大事。人虽然长得丑点儿，但多次暗中救我父子，是个有情有意之人。她武艺高强，是个人才，将来会助我一臂之力的。想到这儿，也就心安理得了。

合鲁笑嘻嘻地大声说道："你看干娘和干老都戴着订婚信物，这真是天作之合，很有缘分啊。不如择吉日尽快给干老、干娘举行结婚大礼，你看如何？"

这正中那女头领之意，她心花怒放地说："好啊，那就定在明天吧。"

兀术赶忙说："不行，不行，还有一事没定下来呢，先不能举行婚礼。我这次来是受阿玛完颜部勃极烈阿骨打之命，到三江六国部搬兵，准备起兵反辽。阿玛说，当年我玛发在朝贡时曾与三江六国部大罕立下盟誓，誓约埋在三棵树下，谁要有事可以取出，定能帮助。阿玛叫我把誓约取出来，请三江六国部派兵帮助反辽。可是至今我还没见到三江六国部的葛门大罕，没听到他的准信。大事没办成，怎好先完婚，岂不叫世人笑话！"

那女头领一听哈哈大笑，然后不慌不忙地说："原来是为这点儿事啊，那好说。你玛发跟我玛发订的盟誓我们一直承认、遵守。因为咱们女真人都是一家人，不能有二心。我玛发去世后，阿玛继承大罕职位，去年阿玛去世，又传给我。你要找的葛门大罕，就是我。三江六国部有一万多兵马，再加上附近几个部落的兵马共有两万多，都归我指使，听我指挥。怎么样，你小看我了吧。啥也别说了爱根，明天咱俩完婚，入洞房。后天我带两万兵马跟你一同回完颜部，随阿玛一同反辽。你看行不行？"

合鲁拍着手说："好，还是干娘说话、办事爽快。就这么办。"

兀术心中的一块石头这才落了地，不住地点头说："这我就放心了，就这么办吧。"

　　第二天，三江六国部为葛门罕和兀术举行了盛大的结婚典礼。全部落的男女老幼和附近部落的人都前来参加这喜庆空前的结婚大宴。人们吃着烤肉和各种鱼宴，喝着米酒，尽情地唱乌春，跳玛克辛（舞），一直闹到深夜才结束。

　　因军情紧急，清晨起来便整理队伍，葛门罕率领两万兵马跟兀术、合鲁一起浩浩荡荡奔涞流水而去。

附录一　倒昆扎布和苏拉（一）

早先年，满族流行一种倒拉舞。这个舞既有西域色彩，又有蒙古风味，还有满族蟒式舞的姿态，跳起来辗转悬浮，回风归雪，美不胜收。那伴唱的歌声清脆悦耳，格外动听。这个舞是怎么传下来的呢？这里有一个很动人的传说。

元朝统一天下之后，在阿拉楚克住着一个蒙古王爷，他有一个小王子叫倒昆扎布，刚满二十二岁那年就领兵征西域去了。

在一个牛肥草旺的季节，小王子得胜归来，老王爷心里怎能不高兴呢？正赶上那达慕大会，王爷为了庆祝小王子凯旋归来，准备把庆祝会和那达慕大会一起开，一是庆贺胜利，二是想借机炫耀一下儿子的才干，三是想趁机为王子物色一个好公主，给王子定亲。

那达慕大会开得好热闹！蒙古的九王、十八贝子全来了不说，其他部族的首领，也参加了这个盛会。光蒙古包就排出二十多里地。那达慕大会的那一天，真是人山人海，热闹异常。各部族以及各路英雄、歌手全都到了会。有赛马的、赛歌的、比箭的、摔跤的，还有跳马兽舞、扬猎舞、五魁舞、金盅舞等，简直是八仙过海各显神通。尤其郭尔特老王爷，他带的那个歌舞队更是出彩，九九八十一个舞女，跳起舞来，就像九九八十一只蝴蝶起舞，真是使人眼花缭乱。只要郭尔特老王爷的歌舞队一出场，大家都看傻了。那些美丽多姿的舞女在场上就像草原上的蝴蝶似的，翩翩起舞。

歌舞一结束，整个草原全都欢腾了，"三音""三音"的呼声久久不停。

阿拉楚克老王爷看完捋了捋胡子，脸上微微一笑，呷了一口酒，便对下边人说："来呀！传我的舞女——苏拉给各位王爷、贝勒助助酒兴。"

在座的王爷贵族们全部听愣了，心想，全草原上哪有比得上郭尔特王爷的歌舞队的？一个阿哈之辈能跳出个啥名堂呢？有的王爷偷偷说："一个小舞女怎么高也高不过郭尔特的舞队呀！"大概老王爷今儿个喝糊涂了，叫一个阿哈出来跳舞，出洋相，岂不大煞风景，有失王爷的威名吗？

正在这些王爷交头接耳议论的时候，就听乐曲奏起，不一会儿，从帐里飘然出来一位女真族姑娘来。大家的目光不约而同地集中到她身上。这姑娘身材不高也不矮，看上去就像刚从水里冒出来的荷花，水灵灵的大眼睛，从眼神里流露出一股忧伤的神色，身上配上那身箭袖舞裙、箍上细腰，让人觉得特别舒服、匀称，特别美，好像在梦里见到的仙女似的。

苏拉恭恭敬敬地给王爷们请过安，就开始由慢到快地舞起来。这一舞，满堂王爷、贝勒和贝子全都看傻了，舌头伸出来也忘了缩回去。她舞得既像白鹤飞翔，又像燕子穿柳，前边的八十一个舞女简直没法和她比！

苏拉的舞一结束，也不知咋回事，所有的观客鸦雀无声，静了很长时间，忽然冷丁像炸雷似地哄了起来。在整个草原上，马鞭甩的"嘎嘎"山响，也不知道这是什么习俗。小伙子把身背的弓箭全都撅折了。这些王爷惊得一句话都说不出来，眼睁睁地看着苏拉又飘进帐里。

过了好一会儿，郭尔特老王爷问阿拉楚克王爷肯不肯把苏拉卖给他，哪管用半个家产换也成！可是，老王爷说啥也不卖。

就在大家疯狂入迷的时候，有一位老人却偷偷地躲开人群，暗暗哭泣。

原来，这位老人叫色布清阿，就是苏拉的阿玛，是金代很有名的谋克章京，有一身好武艺。元朝占领了这块地盘后，老章京全家被俘，沦为阿哈，被派到赛因比尔山给老王爷牧场里放牧。他的老伴儿是金代有名的歌舞能手，可惜头几年扔下一个漂亮的女儿，离开了人世。苏拉从小就跟阿玛操练武艺，跟额娘学歌舞，因为她聪明伶俐，心灵手巧，是老阿玛的眼珠子。长到十五岁的时候，就弓马纯熟，歌舞绝顶；箭法更是高超，射鸟专射脖，射兽专射眼，黑天射香火，火灭香不折；她若是唱起歌来，鸟忘飞，鱼忘游；跳起舞来，蝴蝶飞来伴舞。老王爷听说后，把她叫到大会上，为自己壮壮脸。

王子倒昆扎布从来没有见过这样文武全才、才貌出众的姑娘，心里暗暗地爱上了她。

当苏拉第二次出场时，王子情不自禁地出场陪跳。苏拉的舞姿、王子的英才，配合那样合拍，那样协调。苏拉暗暗佩服王子舞姿高明，王子暗暗赞叹苏拉舞姿出众。

第二天，那达慕继续开，倒昆扎布怕王爷打发苏拉回草原。王子特来到老王爷面前，请求王爷把苏拉留在王府，以便随时召来跳舞助兴。老王爷说："我早有这个打算，自家的阿哈，那好办。"

从此，鸟儿离开了树林，苏拉离开了赛因比尔山，留在王府听差了。王子总想找机会看看她，可是苏拉总是远远地躲开。

有一天，姑娘正在花园里浇花，小王子突然闯了进来。姑娘一看实在没法儿躲开了，就只好低下头来，深深地给他请了个安，然后默默地站在那里。王子走上前对苏拉说："我很想跟你学跳舞唱歌，可是到王府后，一次也没听见你唱。今天，我唱一个你给我指正好不好？"说完，他就轻轻地唱了起来：

> 你看天上呃那朵云，
> 又想落雨呃又想晴（情）；
> 美丽的姑娘你为啥哟，
> 满天阴云不开晴（情）。

苏拉听明白了，这哪里是让她教歌？这是跟她唱情歌呢。苏拉发待了一会儿，低声地说："王子您唱得很好。你要是想听我唱，那么，我就唱一段吧。"说完，就唱道：

> 天上红云配白云，
> 地上狮子配麒麟；
> 哪有羔羊配骏马，
> 只因我是阿哈人。

王子听罢，"啊"了一声，站在那里一动也没动，姑娘趁机悄悄地溜走了。

王子回到自己的屋里，总琢磨姑娘的那句话，心想：为啥，这样一个才貌出众的姑娘，要忍受这样的屈辱？她不是阿哈，她是一个才女！我一定要把心里的爱全部交给她！

打那以后，姑娘洗衣服，王子摇辘辘打水；姑娘浇花，王子拎水，姑娘给老王爷烧洗脚水，王子替她端到上屋。日子一长，姑娘的冰心开始解冻，爱情的嫩叶在姑娘的心上，已经长出两片了。

七月十五那天晚上，姑娘一个人正在后花园里静静地坐着，看天上圆圆的月亮出神，王子突然又来到她的身边。姑娘没有躲避他，给王子请了安，就又站在那里。这时王子说："咱们唱唱歌吧！"说完，王子满怀深情地唱：

隔湖看羊羊似云，
有心牵羊怕水深；
投个石头试深浅，
唱支歌儿试妹心。

姑娘看了王子一眼，鼻子一酸，眼含着泪花，又沉思起来，待了足有半个时辰，忽然郑重其事地唱道：

刀下羔羊死三分，
淡情不过风送云；
哪样针穿哪样线，
自古穷人找穷人，
牡丹芍药任你采，
何必总恋黄连根。

王子唱：

黄连虽苦能医病，
专治阿哥思妹情；
牡丹芍药虽艳丽，
霜打变成枯草藤，
莫道门户不相对，
草原骏马爱百灵。

苏拉见王子的那对痴情的双眼闪着泪花，不由自主地倒在王子身上。就这样，王子和苏拉偷偷地相爱了。洁白的圆月钻出云层，露出了笑脸，又被云彩遮住了光明。

筛子做不得门，做门不挡风。他俩相爱的事，被老王爷知道了。老王爷气得暴跳如雷，赶紧打发郭什哈把王子叫到大庭。先压下心中的怒火，温和地对王子说："听说你和阿哈苏拉相爱啦？"

"是的，我就像一天三顿离不开奶茶，一时也离不开她！"

"你可知古老的阿拉楚克家族的族规吗？王爷是雄鹰，阿哈是麻雀，自古哪有雄鹰和麻雀同巢的？"

王子说："不！父王，您说错了，苏拉他不是卑贱的麻雀，她是高傲的天鹅，她的父亲色布清阿想当初也是一位了不起的谋克章京！"

老王爷一听，王子要为苏拉辩解，便说："混账！色布清阿是俘虏，身份再高贵，也是咱们的阿哈，你怎么连这个都不懂？"

王子说："如今大元统一天下，色布清阿身为战俘沦为阿哈，情有可原，可是苏拉何罪之有？她毕竟是个人！是颗埋在泥土里的珍珠！"

老王爷按捺不住心中的怒火，大声喝道："混账！看你这糊里糊涂的样子是被恶魔迷住了心窍！来人！快把王子押到后库房，速请喇嘛给他念经冲邪、驱魔！"就这样把王子活活囚在空屋子里。

老王爷说是请喇嘛给他冲邪，实际上是想把他关起来，饿一饿他。可是第二天，天刚麻麻亮，王子突然觉得浑身暖和，一看，不知是谁给他盖上一个小被儿，桌子上摆着奶茶和烤好的牛肉。说也怪，打这以后，每天太阳出来之前都是如此，管保有人送来奶茶和一些好吃的东西。

从此，天天到时就有饭菜摆在他的房里。王子不但没有挨饿，反而吃得更可口更舒适，心里暗暗想，这一定是苏拉送来的。可是到第五天，不知什么原故，再也没人准时送饭送茶了。

原来，说实在的，老王爷对苏拉打心眼儿里也喜欢，见她对王子的一片诚心，也深为感动，可是，一想到苏拉是阿哈，他打算只有把苏拉打发走，王子才能甘心。老王爷主意拿定，便叫人把苏拉传来，老王爷看苏拉来了，便不冷不热地说："我叫你来，你可知为啥事吗？"

苏拉知道大祸就要临头了，低着头，神态自若，什么也没说。

老王爷说："说实话，凭你的容貌、你的才能，配我家的王子是绰绰有余的。可是，你是个阿哈呀！阿哈怎能做王后？自古说，阿哈做王后，日无光，月无光，星无光，草原牛羊全死光。为了整个阿拉楚克草原的兴旺，我劝你还是死了这份心吧！我本想把你换给别的王爷，但又怕王子知道后，再换回来，所以我特意找你商量，只要你起誓，再也不见我家王子的面，我可以给你许多金子，你可以到任何一个草原去。但你必须秘密地走,要远走高飞。如果你不听旨意,仍一意孤行,也知我家法如山,杀你如指碾蚁!"

姑娘很清楚王爷的用心,慢慢地抬起头来,看了看王爷,说:"不是一家人,不进一家门。请王爷不必多虑,我走就是了。"说完,给王爷深深地请个安,瞅都没瞅赏银一眼,就回到自己屋里,把旧衣服收拾了一下,又把一个小包儿放在炕上,看了又看关禁王子的库房,含着眼泪,离开了王府。

姑娘一走,老王爷就把王子放出来,对他说:"旧茶不倒新茶难沏,我已经把那个阿哈撵走了!这些日子,我给你挑选草原上最美丽的公主。劝你莫恋七月露,深秋十月定有霜(双)。"

倒昆扎布和苏拉（二）

高高的山，密密的林，茫茫的草原，哪里去把苏拉寻？王子的快马昼夜不停，来到赛因比尔草原。这里的牧人已经换了新人，一打听，人家说，前一个月，老牧民已经随南飞的大雁迁走了。

王子骑上白马，又往南奔，不知蹚过多少河流，穿过多少树林，不知行了多少里，走了多少天。这天来到一条河边，王子一看急流奔腾的河，过不去，正在犹豫时，忽然看见一个打鱼的老人驶着一条船过来，王子一着急，老远打招呼："喂——！老头儿！你看见一个老人带着姑娘从这边走了吗？"

打鱼的老人瞅了一眼王子，瞪着他的眼，气愤地唱着渔歌，边划边走了。王子仔细一听，渔歌唱道：

> 牛犊吃奶跪前蹄，
> 羔羊吃奶唤咩咩，
> 飞来野鸭呷呷叫，
> 哪来野种没规矩。

王子听后，心里非常后悔，他又大叫呼唤，可是那老人连理都不理地走远了。王子碰了一鼻子灰，心里非常难过，暗想：倒昆扎布啊，倒昆扎布，你还没脱掉你王子的这张皮啊！

王子无奈，只好骑马绕道从水浅的地方过了河。王子走着走着，看见道旁躺着一位气喘嘘嘘的老人，看样子快不行了。王子急忙下马，鞠躬施礼，问："老阿玛您家住哪儿啊？您为啥躺在这里啊？"

老人看了看王子说："我是阿拉楚克王爷的阿哈，只因年迈力衰，不能干活了，被王爷踢出门外，如今只等喂野狼了。"

王子一听，心想：父王啊，父王，这都是你干的事儿啊！他赶紧把老人送进一个草棚里，把腰里的所有的银子送给老人。老人非常感激地说："你准是个阿哈，要不然不会有这样金子一样的心啊！"

王子离开了老人，又骑马向前走寻找他心爱的苏拉。有一天，他把马放到草甸子上，刚要坐下来歇脚，就看见从远处跑过来两个骑着快马的人，大声地冲他喊："快滚开！不许你在阿拉楚克王爷的草场放马！"就这样，硬把王子撵出草场。王子心中暗暗抱怨父亲：父王啊，父王，这都是你干的"好"事。也发狠地说：当王要当领头雁，飞在前头领雁群。

当太阳快下山的时候，他来到一个有二十几户人家的村子。这时天色已晚，他想要投宿，可是奇怪的是，家家门户紧闭，没有一个敢开户纳宿的。王子心里很纳闷儿，他知道女真人有个规矩，只要有远客路过投宿，家家都热情款待，吃住方便，不要报酬。可是今天，这是怎么回事呢？不但没有人出来接待，都关紧大门，怎么叫也不答应。王子从人们那种慌张的神色里看出这里会有什么事，可是究竟是什么事呢？王子想打听明白，无奈没有一家肯接待。

当王子走出村口不远的地方，看见一旁有间小草房。

王子走到门前"咚咚咚"敲敲门。不一会儿，就见小土窗开了个缝，从缝里露出两只眼睛，一看王子正往这边瞅，一下子就把窗户关上了。王子心里更纳闷，莫非这个村里的人都认识我，由于恨我父王，特意不接待我？他在门口又站了一袋烟的工夫。

就听小门"呀"的一声开了。走出一位老额娘，她见四外没有人，赶忙把白马牵到不远的树上拴好，然后，又慌忙地把王子让进屋里，随手把门闩上了。

老额娘拿出一张大羊皮铺上把王子让到炕上。王子坐在上头热乎乎的，一直暖到心头。往四下里一看，一间土炕非常简朴，屋里只有老额娘一人，墙上挂着锃亮的刀和弓箭，显然老额娘天天擦拭，要不也不会这么亮。

不一会儿，老额娘端上来热腾腾的奶茶和饭食，热情地请王子吃。说实在的，小王子从王府里走出来这么些日子，还真没吃过一顿这样热乎的饱饭。小王子本想客气一番，可是肚子里的那五脏六腑可不客气，逼得王子狼吞虎咽地吃。老额娘看到王子吃得那么香，心里特别高兴，问："小阿哥，吃好了吗？"

王子不好意思地说："谢谢老额娘，我吃饱了。"又问道："老额娘，我来到村里，为什么户户关门家家闭户呢？"

老额娘听了这话，打个唉声说："小阿哥，你可别见怪呀，我们从前的习俗是见到远方的客人，都热情接待。可是现在，被老王爷折腾得连门都不敢开呀！"

王子问："老额娘，这是为啥呀？"

老额娘说："听说，明天阿拉楚克王爷的王子倒昆扎布要打这儿路过，让各家各户杀猪宰羊，预备酒席迎接。这还不算，还要挑选出十名漂亮的姑娘陪着王子过夜，叫什么垫枕，陪达子章京过夜。要有一样准备不周，就满门问斩。"说完掉了几点眼泪，然后又小声说："真是，毒蛇的信，黄蜂的针，最毒不过王爷心。"

王子一听，不由得火冒三丈，是谁敢冒充我的名字，干这伤天害理的事！王子百思不得其解。最后拿定主意说："老额娘，你们不必担心，这事由我来对付他们。"

老额娘一听，吃惊地说："你浑身是云，能下多少雨，你就是英雄巴图鲁，怎能抵过人家千军万马？好汉不逞能，逞能要吃亏，明早天不亮，你就赶路吧，免得遭难！"

王子说："好额娘，您不必害怕，我自有办法！"

老额娘连连摆手说："放着地上的福你不享，非要惹天上的祸？要知道他们的鞭子专吃荤，他们的刀枪不吃素啊！"

"老额娘，您不用怕，山高自有好猎手，水深自有捕鱼人。明天早上，您把我的腰刀挂在大树上，把我的白马拴在大道旁，准保能避灾息事。有人要见我，你让他先给你老磕三个响头再领过来。"

老额娘看了看王子，半信半疑地说："你真有那个能耐？"

第二天，一大清早，老额娘早早起床，把饭菜做好之后，就按王子的吩咐，把王子的腰刀挂在门前一棵柳树上，把白马牵过来也拴在那棵柳树下。

过了有一个多时辰，只见大路上尘土飞扬，来了二三百兵马，人喊马叫，直奔村里。打头的是一位武官，骑着高头大马。一进村子，扯起公鸭嗓子嚷起来："屯里人听真，快拿酒肉和姑娘，迎接队伍。供应晚了，我的鞭子可不认人。"

当来到小屋门前，这个章京一看，门前柳树上拴的这匹白马和挂的宝刀，他不看还罢了，一看，不由得吓了一大跳！这不是王子的宝刀吗？吓得他赶紧滚下马来，跪在地上，磕了三个头，站了起来不住地东张西望。

章京的狼狈相，老额娘看得一清二楚，心里纳闷，这是怎么回事？为什么看见白马和腰刀吓得那个样。章京见老额娘再也不敢造次，规规矩矩地向老额娘请个安，问："请问老额娘，王子可在屋里？"老额娘没好气地说："我不知道什么王子不王子，只有一个过路的小阿哥。"

章京刚要进屋，老太太赶忙上前拦住说："屋里的年轻人有话说：不许随便进去，先给我磕三个响头，我才领你进去。"那位章京果然乖乖地跪下规规矩矩磕三个头。到屋一看，果然是王子。赶忙跪下请安，那些随从也都纷纷跪下。王子一看，来的是吉尔汗阿章京，不由得怒火万丈，大声喝道："吉尔汗阿！你竟敢冒充我的名义干出如此坏事。"

吉尔汗阿吓得跪在地上，面如土色，头磕得像鸡斗米似地说："奴才知罪！奴才知罪！"

王子愤怒地说："你随本帅出征所立的军法，你可知道吗？"

"小的知道。行军不得骚扰百姓，违令者斩。"章京哆哆嗦嗦地说。

"那么你为啥明知故犯。"王子追问一句。

那个章京翻了翻眼睛说："我以为他们都是女真人，是咱们的奴隶，所以才……"

王子没等他说完，气得举起腰刀就要砍。这时，老额娘赶快过来拦阻说："王子息怒，念他征战有功，就别追究了。虽然他发下要人要物的号令，还没有行动，看在老妇面上饶了他吧！"

王子一看老额娘求情，想到他在征战时也曾立下汗马功劳。长叹一声说："本应斩首示众，看在老额娘面子上饶你一死。从今以后再不许为非作歹。"就这样解了全村之灾。

当村人抬着酒肉来小屋感谢王子时，王子早已骑着白马上路了。群众感叹地说："老王爷要是这样，该多好哇！"

再说王子边走边想："父王啊！为什么对女真人和南人这般待遇，他们也是元朝的子民啊！"

王子骑马一连又走了几天。这天，来到一处前有大江、后有小山的地方。在两棵松树下面，有一新搭的小撮罗子。这时天已晚了，他叫开了门。只见一位鬓发皆白的老猎人迎了出来，躬身施礼地说："您是阿拉楚克老王的阿哥倒昆王子吧？是不是找苏拉姑娘？"

王子惊奇地问道："老人家您怎么知道我是王子，您又怎么知道我要找苏拉姑娘？"

老猎人打个唉声，长出一口气说："苏拉是我女儿，不幸在三天前落水身亡。我知道你一定找她，特在这里恭候。请王子治国要紧，忘掉这个苦命格格吧。"说完拿出一条绿花手帕说："姑娘只有这点儿遗物，送给王子留个念想吧！"

王子不听还罢了，一听，就像五雷轰顶似的，顿时昏倒在地。吓得老猎手不住捶胸呼叫。半天，王子才缓过气来，嚎啕痛哭地说："为了你，我的苏拉呀，宁肯王位不当，背叛了父子之情，千里迢迢找你。可是，竹篮打水一场空。"说完，他看看天看看河，看看白发苍苍的老猎手，"扑通"一下跪了下来，对老猎手说："我生没见其人，她死了，我也要看看她的坟头。"老猎手指了指北山小树林里一个崭新的小坟说："那就是苦命格格的坟头。"

王子一步一哭地来到坟头，双膝跪倒，手拍坟头哭得天昏地暗，日月无光。老猎手感动地掉下泪说："王子啊，人死不能复活，保重身体要紧。"

王子看了看河，痛哭地说："苏拉姑娘，我生不能与你结成夫妻，死也要成为并蒂莲。"说完奋不顾身地向河里跑。老猎手一看不好，大声喊道："王子回来，有话慢慢商量。"可是王子死心已定，一头扎到河里。

王子醒来一看，自己安然地躺在老猎手小屋里，老猎手解劝着说："王子啊！还是回阿拉楚克继承王位吧！不必为我家姑娘自找苦吃。"

王子看看老猎手说："既然我没死，这是我的罪过还没有完结。从今以后，我就是你亲生子，给您养老送终。"老猎手百般劝说，但小王子已下定决心，一定终身侍奉老人家。打那以后，他背上弓箭，天天上山打猎奉养老人。

在爷俩生活中出了一件怪事，小王子衣服一脱下来，第二天准洗得干干净净，坏的地方补得平平整整。日子一长，王子觉得奇怪，是谁这样好心，为什么不留姓名呢？日子一长，他故意假装睡觉，一到半宿，就听窗户"呀"的一声开了，只见一个人影进到屋里拿起衣服就走，王子一个箭步撵了出去。两个人前后距离不到百步，王子越看越像苏拉的背影。王子拼命追，那个人加速跑，眼看要追上，只见那人跑到山头一下子投到大江里。王子奋不顾身，也跳到河里追了上去。这时两个人都已经气喘吁吁，一同沉到水底。

事过不久，两个人同时睁开眼睛一看，都躺在老猎人小屋里。王子一看身旁躺着的正是他朝思暮想、千里苦寻的苏拉。王子不禁失声哭道：

"苏拉！我找你找得好苦，为什么这样狠心啊！"

苏拉也哭得像泪人一样，半天说不出话来。

原来姑娘自从离开王府，立即和老阿玛收拾东西，连夜向南走去。爷俩来到呼尔汗河的地方住了下来。人心难离，姑娘每天都在想念王子。老猎手一看姑娘不死心，语重心长地劝说姑娘，你不要痴心妄想，咱们是奴隶，王子能和咱们一条心吗？千万不要上他们的当啊。

姑娘只是低头不语。日子一长，也觉得阿玛说得有道理。从此，安心地和阿玛一起过着无忧无虑的生活。

后来，老猎手听说王子逃出王府南下找苏拉。爷俩一听，开始不知如何是好。因为姑娘在老王爷面前说过，不再和王子见面。爷俩便想出一条假死的计策，以便割断王子思情。哪知，弄巧成拙，小王子不但没死心，反而认老猎手为父，朝夕奉养着。这怎能不感动苏拉啊！她只好夜间出来看着王子，给他洗补衣服，略表爱恋之心。偏偏被王子识破，才想出用跳河真死的行动，割断王子的情思。

一对多情的男女终于结成百年伴侣。这一带女真人纷纷传颂着王子的佳话。从此有的送羊，有的送猪，还为他俩盖了一所像样的房子。他俩没事时研究出一套新式舞蹈，教给村里男女青年，起名叫倒拉舞。

可是好景不长，这件事被老王爷知道后，立刻发来兵马捉拿这对夫妇，就在一天夜晚把小屋团团围住。

村里人一听，立刻集合起来，拿着石头、木棍、渔叉、鹿骨扎枪，终于杀出一条血路救出王子和苏拉。老猎手不幸中箭身亡。

好虎架不住一群狼，木棍难挡亮银枪。老王爷兵马又围攻上来，一直逼到呼尔汗河岸。这时天稍稍放亮，夫妻二人一看无路可走。手拉手向江心走去。一轮红日从东方出来，江里静悄悄一个人形都不见。老王爷一看没法追赶，一甩马鞭，气呼呼回到阿拉楚克。

故事就讲到这里。以后有人说：倒昆扎布和苏拉亲率女真兵攻打过阿拉楚克。也有人说两个人都淹死在江里。不管怎么说，倒昆扎布和苏拉一直活在女真人心里。为了纪念这对爱侣，女真人将他俩留下的舞蹈，取名叫倒拉舞。

附录二 伊尔根巴图鲁

从前，大西北有个酋长叫江格尔，他带领自己部下反朝廷，大战小战，一连战胜了九次，连夺九座大城。

消息传到京城，皇上一听情况非常紧急，赶忙调来三省的八旗军，前去征服。

圣旨传到宁古塔，宁古塔将军赶紧集合队伍，查名点卯，准备出征。可是，由于多年没有战争，缺甲少额各旗都有。将军赶紧下令到各户再招甲兵，这样又补充进不少年轻人。在这批新招的青年甲兵中，有个十八九岁的小阿哥，叫伊尔根。他力大过人，还从武圣那里学会了一套打石弹的功夫，百步开外，百发百中，手上的刀功、枪功，样样精通。这个阿哥还特别灵，学什么会什么，看什么懂什么，装什么像什么。可就是生性犟，说话粗鲁。

一天，宁古塔将军把这些出征的兵集合起来，打算在出征前再训练一下。伊尔根在队伍里开始很认真，时间一长，觉得只练队形走步，对打仗没啥意思，可是又不敢不练，只好随大流混起来。这一混不打紧，他个儿大，显眼，没想到让佐领乌拉图看见了，把他叫出来，狠狠地训了一通。还好，这次没挨鞭子。

晚上，伊尔根心里很不痛快，自己偷偷地溜出大营，来到河边。就在这时，忽然听到"嗖儿，嗖儿"的射箭声。伊尔根心想，这黑灯瞎火的，谁在练箭呢？他顺声走过去，一看，原来是一个老玛发，正手提一张小破弓，嘴里还嘟念着什么。伊尔根寻思，这个人可能有魔怔病，不睡觉，跑出来胡乱射什么呢？他正暗暗发笑，忽听那个老玛发说："伊尔根，我正等你，你来得正好！"

伊尔根一愣，心想：他怎会认识我呢？伊尔根赶紧上前，打千施礼请安。

老萨玛说："我是武圣打发来的，听说你要出征了，他算计这次出征凶多吉少，以前传给你的武艺很不够用，特意让我传给你轻弓神箭法。"

伊尔根一听，是武圣派来的师傅，连忙跪下，向东南磕了三个响头。老玛发告诉他，天天半夜子时要到这学艺。

这个轻弓神箭法特别绝。一张小弓又小又轻，乍一看很不起眼儿，不知道的还以为是孩子玩的玩具。箭一离弦，只要你想射箭准能射中，不再射第二箭。老萨玛当场拿起小轻弓，嘴里念叨："宝弓，宝弓，射大鹰！"

只听"嗖儿"一声，箭就没影了。漆黑的天，哪有鹰在天上飞呀？

可是，不大一会儿，只见箭飞回来，还带着一只挺大的鹰，这确实是一只神箭！伊尔根跟老萨玛，一连秘密地学了五个晚上，就在临出发前的头天晚上，老萨玛嘱咐再三："不到万不得已时千万不能用这支箭！"说完就分手了。

宁古塔来的八旗兵被编到吉林将军的旗下，跟盛京将军派出来的兵马合编在一起，开向了大西北。

讲故事说快就快。大队人马晓行夜宿，不知走了多少天来到西北边疆。

这支队伍没经过几次战斗就把江格尔的兵马给截住了，死死地围在一个大山谷里，双方的兵马都相持不动了。江格尔的兵马死死守住山谷，根本不轻易往外打。外面的清兵，不知山谷里是咋回事，也不敢往里攻。这时皇上偏偏下旨，一定要活捉江格尔，不活捉江格尔，不许收兵。

皇上圣旨一下，领兵元帅和一些大将急了，其中有一位副督统乌拉图是个好大喜功的人，心想：无论如何我也要把江格尔捉住，回朝领头功。可是怎么能活捉江格尔？他心想，得派人进山谷，摸摸细情，抓个知道江格尔底细的人，问明白，才能想对策。要不然，老这么相持着也不行！寻思一会儿，他觉得这个主意很正。可是，又派谁去呢？他想来想去，就想到了伊尔根。

出征前，他注意到这个大个儿练兵时吊儿郎当，总像没睡醒似的。一想到他，心中就有气。可是万万没想到，每次打仗，他都打得非常好，常常自己独当一面，有时，连牛录还未来得及下令，他就把事办完了。乌拉图想，就派他去，准能马到成功。

第二天，他把伊尔根叫到帐下，说："伊尔根，你立大功机会到啦。"

伊尔根丈二和尚摸不着头脑。忙问道："大人有什么差事，只管吩咐。"

"那好!"乌拉图就把探听敌人情况的任务交代了一番。领了差事，当天夜里，伊尔根就悄悄地进了敌人的营盘。

伊尔根有一身好功夫，他会轻功法，从小碴子上往下跳，跳到山根儿底下，不但摔不着，连点儿声音都不出。他还会夜行术，三五步就能蹿出几丈远。

伊尔根没费什么劲儿，就来到了敌人的营盘门口，只见一盏盏酥油灯把整个营盘照得通亮通亮。他四下一看，中间那个帐篷最大、最气魄。寻思，可能这就是江格尔住的帐子，来一趟也是来，干吗非要抓一个手下的一般人？何不把江格尔抓回去，不就大功告成回宁古塔啦。

他想到这儿，"蹭蹭"两下子爬上一棵大树，借着灯光，又把里面的道儿仔细地查看一下。看明白之后来一个"狸猫捕鼠"，就蹿到大帐门前。他小心地四下一瞅，发现哨兵正在打盹，巡逻的刚过，心里非常高兴。他一个箭步跨进帐去，到后帐，发现有一张床，到跟前，来了个"老雕捕鸡"，可是一掀被，发现被里有十几个大元宝，不见江格尔。伊尔根一看，"糟了"，刚要转身往外蹿，就听得"嗡隆"一声，翻板一动露出一个大陷阱。幸亏他会飞腾术，一个"旱地拔葱"，"蹭"地跳出来。这时，十几个箭手一个挨一个，已经把他围在圈里。一个个手里的弓，都拉得像十五的月亮那么圆，只要右手一松，伊尔根就像卖糖葫芦的架子，箭杆满身。这时，他想往上蹿，大帐篷上头的盖是牛皮做的，蹿不出去。他想动手打，这些家伙也不会客气，怎么办呢？忽然他灵机一动，偷偷地抓起一把石弹子，往上一扬，大喝一声，他又跳进了陷阱。那些箭兵被这突如其来的举动吓了一大跳，以为他往上一蹿要逃走，赶忙用箭射篷顶。好家伙，这一射不要紧，把篷顶射出一个大窟窿。伊尔根又在陷阱里，来了一个"白鹤冲霄"，"蹭"地一下，从帐篷顶的窟窿里蹿了出去！这些围兵们还未来得及再搭箭，一看人跑了，等他们追出帐外，伊尔根早没影了！

伊尔根跳出敌人营盘，在一个大石碴子上坐着，越寻思越来气，他真想掏起神箭，把这些人全都射死。可是又一想，老萨玛在临行前再三嘱咐，不到万不得已，不能用这个箭。再说，皇上有旨，非要捉活的江格尔不可，要是神箭把江格尔弄死了，咋向皇上交差呀？想来想去，一看天色不早，天快亮了，还是先抓一个回去，交完差再说吧。

寻思到这儿，他又二番进了敌营，正好有两个小头目大摇大摆地从大门走出来。伊尔根一个箭步蹿过去，轻松地抓住两个小头目。那些小兵们一看不好想射他，又怕射着自己人，想要动武上前抢。伊尔根说了："你们要上，我就把他俩捏死！"这么一来，那些小兵眼瞅着自己的头儿，像抓小鸡似的被抓走了。

回到营地，乌拉图一看，伊尔根活儿干得干净利索，很高兴，给他斟满了酒，还赏给他三两银子。

乌拉图严刑拷打这两个小头目，结果弄明白了，江格尔根本没在这大山谷里，他已经回去搬兵去了。山谷里的兵马都是为了缠住清兵的，再过三天，江格尔的援兵就能赶到。

乌拉图一听，大吃一惊，连忙把这两个小头目押送到将军那儿。将军一听，这件事非常要紧，赶紧招集各路领队章京开了个紧急会议，布置了一下行动计划，事后，将军觉得应该重赏那个抓敌人的巴图鲁。

乌拉图一看，这个功立得可不小，要是给伊尔根，不就白瞎了吗？他赶忙说是自己的儿子冒死去抓的，还编筐窝篓地胡吹一通。说自己的儿子怎么厉害，有什么能耐。将军一听，心里很高兴，就问："他现在是什么职位？"

"回将军的话，他现在是个甲兵。"

"我封他为领催，记三次大功，你就把功牌带回去吧！"

"是"就这么，乌拉图乐滋滋地回来了。

回来后，乌拉图就把伊尔根叫来说："孩子啊，差点儿没坏事啊！"

伊尔根觉得很奇怪，便问："出什么事啦？"

乌拉图说："我看你立的功不小，就到将军那里去报功，哪成想，将军一听你叫伊尔根，跟将军的阿玛同名，将军一怒之下不但功没了，还要抓你砍头，你说这可咋整呢？"

伊尔根听了，信以为真，心里也没了主意，就说："还是请大人多加保护，要是实在不行，你就让我回宁古塔吧！"

乌拉图一看伊尔根上当了，就说："现在正打仗，你哪能回去啊？我看，你先躲起来，不要露面，你长得跟我儿子差不多，不如改成我儿子塔塔骨的名字吧，有些场面你就别出头，让我儿子替你。再立下功劳，让我儿子出面领回，你们俩一人分一半，你看怎么样？"

伊尔根一看，没别的办法，只好这么办，心里头还非常感激乌拉图的救命之恩。

第二天，将军忽然传乌拉图，命令他速派人马打退抢劫粮草的敌兵。

乌拉图领旨回来，赶紧把伊尔根叫出来，叫他火速带兵解劫粮之围。

伊尔根一听，便只带十几名甲兵，来到粮草库一看，粮草已被敌人劫走了。

伊尔根气得眼睛都红了。他急忙使用夜行术，不一会儿追上劫粮敌人。二话没说抡起大刀就砍，来回杀了四五趟，停下刀一看，死的死，逃的逃，敌兵全没啦。他再一看军粮一车不少，一点儿都没受损失，心里挺高兴。就在这时将军亲自率领一支人马赶来。其实将军在山岗上，早把刚才的事看得清清楚楚，到跟前，就问："你叫什么名字？"

伊尔根回道："我……我……"结结巴巴地没敢说出话来。

将军一看，这个人真怪！打仗像只猛虎，说话怎么这么熊包呢？将军说："你到底叫什么名字？"

这时，将军手下有个嘎什哈，他从前认识伊尔根，就说："他叫伊尔根。"

伊尔根一听，有人认出他来，吓得不知如何是好。又一想，如今事已至此，该砍该杀随你便吧，看来，我是跑不了啦。就跳下马，跪在那里说："小的罪该万死！"

将军一看，这是怎么回事呢？一寻思可能有事，就问："你仗打得很漂亮，应该给你立功，你有什么罪呀？"

伊尔根不敢开口，只是低头跪着。

将军走下马，到跟前扶起伊尔根，说："到底是怎么回事？"

伊尔根说："小的名字是从小父母给起的！"

将军一听，笑了，说："谁的名字不是从小父母给起的？父母给起的名字就是让人叫的。怎么，你父母给你起的名，你就羞口不敢叫？快起来！快起来！"

伊尔根一听，将军是个通情达理的人，就站起来，把乌拉图跟他讲的话从头到尾讲了一遍。将军一听，气得连连说："岂有此理！"回到大帐前，传来乌拉图，当时就把乌拉图的官给撸了，让伊尔根顶这个缺。

伊尔根从来也没当过官啊，可是又没有办法，就只好走马上任了。

第二天，探子来报，说江格尔的部队上来了！

伊尔根初当官，既不会带兵，也不会布阵，一到打仗，他总是单枪匹马冲锋陷阵。有一天伊尔根跑到将军那里，对将军说："将军大人，我不会当官，你还是叫我当甲兵吧，叫我当甲兵怎么出阵都行，叫我当官，我不会干呢！"

将军说："不会就慢慢学。"

伊尔根说："可是，当不好官，死伤一些士兵，回家怎么跟他们父母交代？"

将军一听，可就乐啦。心想，这小伙子倒也诚实。

将军又说："你不会当官也不要怕，我可以派一个人做你帮手。"

伊尔根乐了。

就这样，将军派一个忠诚老实、文武双全的章京做他的帮手。

伊尔根一看有了帮手了，干脆把军队大事往帮手身上一推，还说："从今以后，我管打仗，你管家里乱七八糟的事，打仗的事包在我的身上。"打那以后，他一个人在敌人大营四周天天转悠，一心要抓住江格尔。

副将一看，这哪行啊，一个人怎能抓住敌人主帅？虽然多次劝说，伊尔根就是不听，非要一个人抓江格尔不可。

伊尔根别看说话粗鲁，行动可细，他白天又到山顶砬子上，看山谷里敌人兵营的动静，发现那里的兵都穿什么东西，连马也都套上了套，只留下两只眼睛。伊尔根觉得好奇怪，就偷偷窜到敌人兵营里，在一个旯旮抓住一个小卒，问是怎么回事，那小卒被刀逼得说了实话。

这次，江格尔出阵，使用的是"毒蜂阵"和"毒蛇阵"。江格尔的军队和清兵打仗时，先用箭头粘上蜜，然后在蜂箱里一晃，引出毒蜂跟上箭飞，把这些箭往清兵身上一射，毒蜂就能全追过去，几十万只毒蜂黑压压地飞来，清兵不打自退，越跑毒蜂越撵，只要追上螫一口，就得丧命。"毒蛇阵"是专门挡住去路的，在清兵撤退的路上，布上半里地长的毒蛇，叫人寸步难行，只要叫毒蛇咬一口，马上就会抽筋丧命。江格尔的军队，这几天正在穿衣服，换靴子，为防毒蛇和毒蜂咬和螫。

伊尔根一听，大吃一惊。幸亏今天来看了一趟，要不，我的神箭也抵不过这上万只的毒蛇和毒蜂！怎么办？快回营报告将军。

伊尔根直接来到将军大帐，把刚才自己听到的事儿，跟将军一说。将军一听，头上的汗珠一下子就出来啦，这可怎么办呢？现在是打又打不得，退又退不了，怎么办呢？正在进退两难的时候，伊尔根说："把毒蛇和毒蜂全部整死不就完了吗？"

将军说："可是谁能冒这个险去呢？弄不好就得丧命啊！"

伊尔根说："将军，请放心，我去试试，要是万一回不来，就请将军快快撤军，回宁古塔替我照看一下我的两位老人！"说完含着眼泪就走了。

伊尔根知道，毒蛇和毒蜂很厉害，它不像人那么好对付，你要稍不注意，让它叮上一口就玩完。可是怕挨叮不敢接近，皇上的旨意怎么完成呢？他一边寻思，一边就出了大营，也不知怎么走的，稀里糊涂地来到一个地方，忽然看见一队人马正往这边过来，他仔细一看是江格尔的兵。只见他们推着一个个小竹笼子正往西走。伊尔根一想，可能他们就是去摆毒蛇阵的，现在正是绕远儿走，绕到清兵后头进行阻截。伊尔根心想，你布你的，到时候我不走那条路，你不是白搭功了吗？说不定最后让谁踩上呢？我先把毒蜂收拾完再说。

伊尔根约摸走出十来里地，老远就看见江格尔的第二个军营。这个军营的气魄比山谷里的兵营更大，一眼望不到头儿。伊尔根寻思，江格尔的大帐离前沿不会太远，可是所有的帐篷全都是一个样，到哪抓江格尔呢？他又四下寻找，毒蜂箱在什么地方？到营后一看，原来蜂箱全都在第三趟帐篷里锁着。

伊尔根探看明白之后，心里有了数，就回来了。吃饱了饭，睡了一觉，天一黑就起了床，拎个空桶，又往江格尔的兵营走去。

伊尔根偷偷地窜进兵营，使用轻功法，在帐篷顶上蹿来蹿去。他挨个帐篷都钻了个窟窿，往里一看，到底找到了蜂蜜大桶，能有好几大桶。伊尔根从帐篷顶上用刀割开一个天窗，跳下去，拎上一桶蜂蜜，蹿到另一个帐篷，轻轻地一倒，再蹿到另一个帐篷顶上，又轻轻一倒。就这样，干了大半夜，天快亮的时候，伊尔根发现才偷出一半儿的蜂蜜，他看，这么干太慢了，干脆把蜂桶扛起来，扔进大营后的河沟子里，这样一帐篷蜂蜜全部盗个溜溜光，回来时还拎回一小桶。

第二天，两军就要交战了，可是伊尔根却在家里呼呼地睡大觉，没出阵。将军一看急了，赶快打发人去叫他，伊尔根这才睡眼惺忪地来到阵前，拎上那个小桶蜂蜜，让所有弓箭都把箭头粘上点儿。

可是等了半天，也不见江格尔出阵，将军着急了。伊尔根心里有底儿，就说："大伙儿等着吧，他们不敢出来了，我们准备冲过去，他们若退，我们就撵，他们要反扑回来，我们就闪出一条道，让他们自己走毒蛇阵。"大家不知道到底是怎么回事。

伊尔根就很详细地把昨晚上的经过讲给将军听。将军一听，心中大喜，马上命令，照伊尔根计策作准备。

伊尔根看了看日头，就对将军说："我看到时辰了，你们在这儿等着，我先到前边去一下，您只要一看从天上落下来石弹子，再数十个数你们就用粘蜜的箭射向敌营，一边冲一边射，射得越远越好，因为敌人营盘很大。要是射晚了，毒蜂都粘到前几个帐篷上，我的计策就不灵了。"

将军很担心伊尔根。伊尔根说："没关系，我都算计好了！"说完，换上了江格尔兵的防蜂服，戴上面罩，一转眼就不见了。

将军这时命令所有的兵将，全都注意天上，看准伊尔根投来的石弹子。

伊尔根窜进敌营，来到第三排帐篷一看，蜂箱早都摆好了，敌军见没了蜂蜜，全都乱成一团，这时就听传下来江格尔的命令，把衣服全都换回去，准备改变战术。伊尔根一看，敌军都忙乎换衣服，他趁敌人不注意，向清兵投出一颗石弹。

将军一看石弹子落地，就高声数："恶年——抓——依兰——赌音——米扎——尼屋——纳丹——扎昆——吾烟——专①！"话音刚落，喊杀声冲天，一边冲，一边"嗖儿""嗖儿"射粘蜜的箭。

这时，伊尔根掏出一把石弹子，一个个把蜂箱全砸开了，毒蜂冲出来的时候，正好带蜜的箭"嗖"地带风掠过，毒蜂就爱追风，再说也闻到蜂蜜味儿，全都顺着箭往兵营里飞，不一会儿，几十万只毒蜂全都飞出来，敌军不打自退。

江格尔一看自己的队伍乱了营，急忙下令整顿兵马，可是清兵又冲过来了，没法只好下令往后撤。

江格尔的队伍一边撵着毒蜂，一边儿往后跑，等跑出后营，只见有一个大汉挡住去路。他站在石砬子上大喝一声："江格尔听着，你要想让你的部下都活命，你就趁早儿投降，你要说半个不字，明年的今个儿就是你的周年！"

江格尔听了，心想：坏了，这个山后可能有埋伏，要不怎么一个人就敢站在这儿抖威风呢？千万不能再上当了。江格尔一个"撤"字刚出口，敌军就调转马头往回逃。

这时，伊尔根掏出神箭，念叨一声："宝弓，宝弓，专射敌兵，别射清兵。"只见神箭"嗖儿"的一声，专门在后头射那些敌兵，敌军这时以为埋伏的清兵追上来了，拼命往回跑。

这时，将军一看，敌军扑回来了，赶紧下令让大队人马撤到左边去！

---

① 恶年——抓——依兰——赌音——米扎——尼屋——纳丹——扎昆——吾烟——专：满语，从一到十的读音。

江格尔的人马一看，前头没人挡着，就以为清兵全都撤到后头搞阻截，原来在前叫阵是虚张声势，就下令赶紧跑。没跑出几步，就听左边炮声一响，将军一马当先冲杀出来。江格尔一看有埋伏，无心恋战，赶紧从右路突围，结果跑出不到五里地，眼前就出现自己布置的毒蛇阵。

　　江格尔正在进退两难的时候，在他眼前出现一个骑士。江格尔一看，并不认识，就问："你是谁？"

　　来人说："我叫伊尔根，你不认识我，我可认识你，我是奉天朝的命令来活捉你的！"伊尔根的话声还没落，就"蹭"地跳到江格尔的马上，死死地抱住了江格尔。这时江格尔在马上一动也不能动，那些敌军刚想往前上，伊尔根说："谁要动一下，我就把江格尔挟死！你们还不快快投降！"

　　敌军一看，清兵从后边追上来，眼前又是毒蛇阵，死逼无奈，全都投降了！

　　伊尔根把活生生的江格尔送到将军跟前。将军心中大喜，赶快连夜写上奏呈，呈报皇上。从此，伊尔根的威名传遍全国，伊尔根的后人世世代代流传着他的功绩。在他们的祭祀里，专门设一个神位，祭祀着他。

附录三　伊尔根与苏穆哈

　　伊尔根哈拉和苏穆哈哈拉从前都住在长白山下的喜风口，两个部落几代人都和睦相处，日子都过得很红火。

　　一年，伊尔根部落德高望重的老穆昆达死了，部落里咋选也没找到个合适的继承人。于是就委派一家哥仨出去请高明人来当穆昆达。

　　这哥仨查访了好多天，也没找到高明人，只好垂头丧气地回来了。部落的人都为一时找不出好头领发愁。

　　这时，东边苏穆哈部落也换了个掌权的人，见伊尔根部落没穆昆达了，便起了坏心，密谋要吞并西边的氏族。在一个狂风阴雨的晚上，他们突然出动兵马，袭击了伊尔根部落。伊尔根部落毫无防备，还未来得及抵抗，全部落人都当了俘虏，成了苏木哈部落的奴隶。

　　从此，伊尔根的男人做苦工，女人给人做妾当婢女，日子过得苦极了。

　　人无头不走，鸟无头不飞。那次出去请人的哥仨是有血性人，他们看到自己部落没有带头人而惨遭欺辱，哥仨挺身而出，暗中串联父老兄妹，发誓定要报仇雪恨。可是怎么能逃出去呢？商量到最后，有个人出了个主意——让哥仨装病，想法把他们送到喜风口的喜风泉，以便从那儿再逃命。提起喜风泉，这可是罕见的神泉，谁得病，喝几口泉水，病立即就好。

　　苏穆哈的头领听说兄弟三人得了窝子病，宁肯让他们死了，也不准他们走出被看管的地方。幸好，有人跟苏穆哈的头领说，这哥仨都是挺能干的小伙子，给他们治好病绝不赔本。于是，哥仨好歹被抬到喜风泉，就假装咽气了。苏穆哈的人以为哥仨真的死了，便把他们用桦树皮包起来挂到一棵大枯树上。

　　三个人被挂在树上，琢磨如何能逃出去。这时刚好苏穆哈的头人又派人来查看哥仨真死还是假死。弟兄三个一想，这回可完了。正在这紧急关头，想不到遮天盖地飞来一大群黑老鸹和花喜鹊，黑压压地糊到哥仨身上，来巡查的人以为乌鸦来叼死尸，掉头就回信去了。

哥仨对这群黑乌鸦哀求道："黑老鸹、花喜鹊啊，快救救我们吧！"

那些黑乌鸦像是通人性似的，叼当几口就把包哥仨的桦皮啄碎了。哥仨从树上掉下来冲这群神鸟拜了三拜，慌张地向西边逃去。

哥仨一口气跑了两天，可是又下了一场大雪。他们只好来到一座老林子里避雪，刚坐下来歇歇脚，就听远处传来马蹄声。原来苏穆哈部落发现哥仨尸体没了，知道他们没死，赶忙派人追捕。

老大见敌人直奔他们三人，眼看要有被抓回去的危险，便不容分说用树枝把两兄弟藏好，漫平了雪地上留下的脚印。为了引走追兵，他边喊边往东跑。敌人蜂拥而上，把老大围在中间，他身中数箭，倒在雪地上死了。

哥俩一看大哥为了保护他们牺牲了自己，流着泪哭了一阵之后，往大森林的深处逃去。

冬天的夜又黑又长，哥俩衣单腹饥，冻得抱成一团，北风像刀刮一样吹来。老二说："兄弟啊，你聪明健壮，报仇全靠你了；如果这样下去，不出一个时辰，咱俩都得冻死。不如把我的衣服脱下来给你穿上逃命去吧。"老三一听哭着说："不行，你是哥哥，比我有主意，我该保全你！"说着他要脱下衣服。兄弟俩争执不休，都想自己死了成全对方。最后老二说："兄弟呀，天黑了，睡觉吧！这事等天亮再说吧！"

老三又困又乏，上下眼皮一碰就睡过去了。第二天，他一睁眼，身旁的二哥没了，自己身上却盖着二哥的衣服。四下一找，只见二哥爬出十几丈远，赤裸裸地冻死在雪地里。老三大哭一场，把舌头都咬出血了。他用雪埋了二哥，给二哥磕了三个头，又朝西走去。

老三吃尽了千辛万苦，不知走了多少路，也不知访了多少个地方。这天，他来到一处很大很大的部落，见人们喜气洋洋地煮肉做米糕。一打听，快过年了。他想起自己有家难奔的处境，想起两个哥哥的惨死，不禁又是一阵伤心。

这个部落的穆昆达是个八十多岁的老人，很同情老三的不幸遭遇。说道："你先留在我这过个年吧！等养好身子我帮你找能人！"

盛情难却，老三就留下来了。

刚过完年，老三来向老穆昆达辞行："我感谢你的盛情款待，可我一天不报仇，一天寝食不安。老玛发，我还得找能人去啊！"说着泪如雨下，磕头不止。

老穆昆达叹口气道："我指点你个地方，准能找到能人。只是那里不太好去啊！"

老三说："只要能报仇，我就是死了，也心甘情愿！"

老人说："你从这往南走，有个对头碴子。在山口有九只虎守住对头碴子。只有战胜它，你才能过对头碴子。过了对头碴子有三间小草房，住着一位白胡老头，你求他准能帮你报仇啊！"

老三带些米糕和肉干，告别老穆昆达又上路了。他按老人指点的路又走了许多天。果然看见一座莽莽苍苍的大山。对着大山是两座立陡立崖的黑石碴子，碴子下有个阴森森的山洞。老三壮壮胆，要穿过山洞，忽然迎面接连刮来九股黑风，吹得天昏地暗。风刚住，洞里闪出十八盏绿灯，窜出九只猛虎。老三见身旁有棵高大的白杨树，急忙爬上去。九只虎不会爬树，绕着大树不停地呼啸吼叫。老三就这样在树上待了一夜。天亮了，老虎累了回到山洞里。老三趁这空溜下树来，心想：和九只老虎硬拼，我连九死一生的希望也没有。怎么办呢？他望着直插青天的对头碴子出神，心一横，决定从悬崖陡壁上翻过去。

他拽着枯藤，蹬着犬齿交错的山石向上爬去。爬呀、爬呀，脚掌起了泡，手掌磨出了血，爬到黄昏了，还没爬到。爬到山腰实在没力气了，头一晕，一脚蹬空，跌了下来，幸好山崖上一棵歪脖树挂住他，才没粉身碎骨。"阿布凯恩都里呀，为啥不可怜可怜我呢！"他向天呼喊着，正愁得没法上去时，忽然看见碴子顶上有个打柴的老头。于是赶忙呼救："好心的打柴老玛发，救救我吧！"那位老人也没出声，放下来一根绳子，老三高兴地拽着一头。可是老人拽到半腰，对老三说："我还没吃午饭呢，等我吃完了饭再来拽你吧！"说完把绳子头往树上一拴，扬长而去。老三被上不够天下不着地撂在半山腰，左盼右等，眼看太阳落山了，还没见老头来。这时他猛听见"喀啦、喀啦"声，往上一看，可把他吓坏了——只见几只小松鼠在嗑绳子！眼看就要把绳子咬断了，吓得老三立刻昏了过去。

当老三苏醒过来，睁眼一看，自己却安安稳稳地躺在热炕头上。旁边坐着那位打柴老玛发，还撂着三个黑饽饽和五条曲蛇一样的东西。老玛发一看老三睁开眼睛，笑嘻嘻地说："勇敢的阿哥，把这些干粮吃了吧。"老三真饿急眼了，狼吞虎咽地把干粮吃得一干二净，刚撂下筷子倒头便睡了，一觉睡到大天亮。睁眼一看，哪有什么老头和房子啊！他疑心自己是不是在做梦，使劲拧一下大腿，"哎哟"，还真疼，活动一下身子，骨节咯咯直响，觉得浑身有使不完的劲儿。他想，不能待在这儿，还得走！于是他又翻过一架大山走到一处仙境一般的地方。果然有三间小草房，门前有三棵古木参天的大松树。老三轻轻地上前叩门，没人开。他便小心翼翼地守候在门外，从晌午等到傍晚，好容易门开了，走出个眉清目秀的小男孩，拍着小手乐呵呵地说："这位大哥来这有啥事呀？"老三便把千里访能人的事说了一遍。小孩又乐着说："这地方就我和爹爹爷俩，只会打猎下套子，哪有啥能人啊！"说完嘻嘻哈哈跑进去了。老三可没灰心，照样诚心诚意地在门外等着。

第二天大清早，小男孩拎个大木桶出屋打水，老三忙上前要帮拎水。小男孩把桶放在地上，说："好，你帮我把这空木桶拎到小河边吧！"老三不以为然地来提水桶，哪成想连个缝都没撬动，吓得他目瞪口呆，知道小男孩也不是凡人。

小男孩笑着说："你连个空桶都拎不动，还报什么仇哇！进屋吧，我爹爹等你哩！"

老三规规矩矩地随小男孩走进屋。只见屋里全是古色古香的摆设，炕上坐个一派仙气的白胡老头，正闭目养神呢！他觉得这老头挺眼熟，像在哪见过。

老人睁开眼皮说话了："你果然是个诚心诚意的好孩子啊！你不必再找什么能人了，你自己已经是个有本事、万人难敌的汉子了。"

老三不明白老人的意思，半天没言语。

老人接着说："孩子，你打算怎么报仇呢？"

"我要用苏穆哈人的血洗清我们依尔根的耻辱，让他们的人也给我们当奴隶！"老三斩钉截铁地回答。

老人摇摇头，和善地说："这样下去，你杀我我杀你，什么时候才能了结？你们两个部落应该重归于好啊！以德报怨才是解仇恨的好法子。"

老三听了这话，跪下来，泪流满面地哀求道："老玛发，我们部落受这么些苦难，苏穆哈人欠我们数不清的债，难道就这样算了吗？"

老人说："仇是要报！可是你记住我的话——人心都是肉长的，再硬的石头也挡不住水磨，只靠武力是很难征服人的；只有把人心征服了，那才是真正的胜利者。我劝你还是要以德报怨去感化苏穆哈的人啊！"

老玛发的苦心劝解，使老三的心豁亮了。老人给他一包药，嘱咐道："让我孩子和你一同去，他能保护你，可他不能杀人。回去后，你把这药扔到喜风泉里，他们必定把你们的人都客客气气地送回去。不动一枪一刀，两部落就能和好。"

老玛发又留老三住了三天。第一天教他学刀，第二天教学箭，第三天传授他管理部落的方法。

第四天，老三和小男孩拜别老玛发，往回走了。

又走了很远很远的路，终于望见家乡的山和水了。两人来到喜风泉，见四周一片凄凉，泉水也浑浆浆的了。问个过路老太太，才知道，这两年喜风泉变得又苦又涩，再也不能医治百病了。又听说两个部落正流行一场大瘟疫，人们一群一群地病倒了。

老三遵照老玛发的话，把那包药撒进泉水里。说来也怪，泉水翻了一阵花儿，没半个时辰，又变得清湛湛的，喝一口，透心甜。老三让小男孩保护喜风泉，自己来见苏穆哈的噶珊达。

这时，苏穆哈的噶珊达也染病卧床不起，见老三突然归来，以为他领人报仇来了，忙让武士把老三围住。老三面对明刀利剑连眼都不眨，从容地说："听说这里闹场大瘟疫，我是特意来解救你们的呀！"

噶珊达不信，刚要让人把老三绑上，却闯进个拎水罐的小男孩，那孩子大喝一声：

"住手，你们以怨报德，也太不仗义了！"

大家见冷不丁出来个挡横的小男孩，都觉得挺有意思。苏穆哈的人说："你是哪个部落的小孩？快出去玩吧！"

小男孩轻蔑地看了一下众人，指着地上的水罐说："你们谁要能拎动我这水罐，不用撵，我自己就出去！"

几个好胜的力士上前拎那水罐，个个憋得满脸通红，谁都挪不动，众人惊奇地直吐舌头。

小男孩指着老三说："是他治好喜风泉的，你们怎能这样对待自己的恩人呢？"

大家将信将疑，忙找个得病的人喝碗泉水，转眼之间，那有病的就和好人一样了。

小男孩又舀碗泉水递给噶珊达喝了，噶珊达也立刻神清气爽，浑身是劲儿了。这时大家才相信老三和小男孩说的是实话。

噶珊达流下两行热泪，望着老三半天说不出话。他拉住老三的手，声音颤抖地说："我们把伊尔根兄弟害苦了，可你却这样宽厚。我们实在对不起，犯了不可饶恕的大罪。"

金兀术传奇

接着苏穆哈部落得瘟疫的人喝了泉水，病都好了。当他们知道是伊尔根的老三救了他们命时，都号啕痛哭。在噶珊达的带领下纷纷来给伊尔根部落赔礼，并自愿要求给伊尔根部落当三年奴隶。这时老三站起来讲话了："算了吧！苏穆哈兄弟，让我们两个部落一起记住这次血的教训吧！正因为两个部落不合，才坏了神泉水。往后，还让我们和从前一样相处吧！"

伊尔根部落的人异口同声地推选老三当了部落的穆昆达。

苏穆哈的人把伊尔根人恭恭敬敬地送回喜风口西，帮他们重建家园。

从此，两部落又合好了，世世代代亲密地生活在一起。据说到天聪八年，两部落才一同归顺了大清。

附录四　莫尔根复仇记

　　在海林北部有安巴窝集和色木窝集两个大部落，当时，这些窝集部还不归官府管，他们经常为争夺围场打仗，有时还把别的部落吞并了。

　　安巴窝集的老噶珊达年纪大了，总想找个合适人袭他的缺儿，虽然有个儿子，可是年纪还小，别人又不能当噶珊达。就在青黄不接的时候，色木窝集觉得，现在正是攻打安巴窝集的好时机，便发出兵马，没用三天的工夫，把安巴窝集部吞并到手了。安巴窝集的围场也被色木窝集占领了，老噶珊达被打死了，安巴窝集的人都成了色木窝集的奴隶，每天挨打受骂，吃不饱肚子还不说，还要干重活，白天干活用长绳绑着，晚上睡觉用木架锁着，像用牲口一样使唤着他们。老噶珊达的儿子小莫尔根，人小力单，只好把仇和恨一边往肚里咽着，一边准备报这血海深仇。

　　有一天，主人用绳子连着小莫尔根等人上山打猎。小莫尔根一想，这正好是逃跑的好机会。到了下午，小莫尔根发现只有主人一个人在这里，他就拣起一块石头，照准主人脑袋砸去。这一石头把主人打昏在地，他夺过刀，割断绳子，放了安巴窝集的人。他回手把主人杀了，骑上主人的快马，一直向南逃跑了。

　　小莫尔根拼命地跑啊，跑啊，不知穿过多少森林，也不知翻过了多少座山。有一天，他来到一个地方。天已经黑了下来，他走得又饥又渴，抬头一看，前面有一座小木房。满族人有一个习惯，只要是过路的人见到一个房子，不管里面有没有人，都可以进去，磕个头，就吃饭。

　　小莫尔根开门进去一看，见炕上躺着一个老玛发。他上前恭恭敬敬地磕个头说："老玛发，我是过路的，已经好几天没吃东西了，你能不能给我点儿吃的？"

　　老玛发用手指了指锅，意思是自己拿吧。

　　小莫尔根明白老阿玛的意思了，到锅台开锅盖一看，里面有十一个饽饽，有九个是牛形、两支是虎形的。他也没管三七二十一，狼吞虎咽吃了一阵子，把这些东西都吃进肚里。不一会儿，就觉得浑身的骨头节"咔咔"直响，自己的个头也"蹭蹭"地长起来了。这时候，老阿玛乐了，说："小阿哥啊，你吃了九牛二虎，现在你有九牛二虎之力了。你从哪里来，有什么要紧事？"

小莫尔根就把自己的部落怎么叫色木窝集给吞并，自己怎么逃出来，打算求名师学武艺，等武艺学成之后，再搬些救兵，夺回部落，夺回围场这些事描述了一遍。

老玛发一看，小莫尔根人小志气大，就说："好哇！只要你有决心，我可以告诉你，到哪去学艺！"

莫尔根一听老阿玛要给他指路，他又二番跪下磕头致谢。这时，老玛发告诉他："你从这儿出去，一直朝南走，有一个布鲁昆山，山上有位长者，只要你诚心诚意求他，就能帮你报仇。"

小莫尔根一听，高兴地说："你老放心，我绝不半道回头。"就这样他告辞老玛发，骑上马走了。

走了能有二里地，没想到，活活地把马给压死了。你想，小莫尔根有九牛二虎之力，身强力壮，一匹一般的马怎么能经得住他骑？索性把马做成肉干，背上之后，小莫尔根健步如飞地向布鲁昆山走去。

走着走着，前面有一条大河，小莫尔根一看，河上没有船，又没有桥，自己又不会泅水，这一下可发愁了。就在这时，从上游飘下来一根大木头。他对木头说："木头大哥，木头大哥，你能帮我过河吗？"

你说怪不怪？木头真的靠上岸了。小莫尔根扶着大木头，过了河，上了岸他给木头磕个头，刚想走，木头说话了："莫尔根你先别走，我帮你过河了，我有件事求你，不知能不能办？"

"你有什么事，就说吧！"

"我本来是这个山上的树王，有个山妖把我和我的子孙全砍光了，你能不能替我报仇？把山妖杀了。"

小莫尔根一听，寻思，树王的情况跟我不是一样吗？

赶忙问道："树王，那个山妖在什么地方？"

"你顺着这个河沿往上走，走过三座大山，中间的大山里，有一个洞，山妖就住在里头。"

小莫尔根按照树王指引的方向，顺河岸往上走，果然前面有三座大山。中间大山有个大山洞，他抽出腰刀就闯进山洞里。

刚一进山洞，他就发现洞壁上有一层白霜，用舌头一舔，你说怪不怪？刚才还觉得有些饿，一舔这白霜，肚子就不饿了。小莫尔根一看，这东西不错，我多弄一点儿带着，饿了就舔一点儿，吃饱了也好跟山妖打呀！心里寻思着，把白霜往衣袋里划拉得满满的。然后，又往里走。

走着走着，走到最里头了，也不见有山妖，小莫尔根正纳闷，这时飞进来一只蝙蝠，对莫尔根说："阿哥，你走错山洞了，山妖在对过儿的山洞里。这有九粒神石子，你拿着吧。"

小莫尔根接过石子，走向对面山洞。

刚一进洞，山妖闻到了生人味儿，就冲了出来。小莫尔根一看，这山妖有一丈多高，五大三粗，不是人样。山妖一看小莫尔根，哈哈大笑说："我正想找点儿人肉吃，今儿个你送上门来了！"

小莫尔根说："你少废话！还不快快送死。"话音刚落，一人一妖就交起手来了，打得难解难分，小莫尔根一看不好取胜，掏出蝙蝠给的石子就照山妖打去。山妖躲闪不及，一粒石子儿把它身上打个窟窿。连打九子，这山妖浑身上下九个窟窿，身上的毒气一散出，山妖像放了气的猪尿泡，全瘪了。

小莫尔根打死了山妖，又顺路回到河边儿，见木头树王还在等他。小莫尔根告诉他山妖被打死的经过，木头树王很感谢他，也告诉小莫尔根："要去布鲁昆山，一定要心诚，不管是什么人劝说你，都不能回头，只要见到布鲁昆山主，才能报仇。"

莫尔根告别了树王，接着往南走，又走了两天，见一帮人正在大树底下围坐着吃饭。小莫尔根上前请安，打听怎么去布鲁昆山。其中有个人看样像个头行人，看了看莫尔根，眨巴眼睛问道："你去布鲁昆山干什么呀？"

莫尔根把事情的经过说了一遍。那个头行人看着莫尔根，郑重其事地想了半天，然后说："你能为族人报仇长途跋涉求救，真是一个好人。实不相瞒，我们就是布鲁昆山的山主，收拾那些凡夫俗子，简直如同探囊取物。"莫尔根一听，心中真像打开几扇窗户似的，赶忙跪倒感谢。

那个头行人把莫尔根让到家。他们收拾一下武器和行装，第三天出发了。

说起来，这些人武艺也真高，没用半天工夫，把色木窝集人打得大败而逃。莫尔根高兴地了不得，赶紧率领众人，杀猪宰羊，操办酒席招待布鲁昆山的好汉。

哪成想在酒席间，那个头行人把眼睛一瞪说："我们既然救了你们，应该报答我们才是。从今天开始，这两个部落统归我们统辖。为了照顾你们，把你们划为一等阿哈，给我们干些轻活细活，也可以管教色木窝集人。至于色木窝集人，打在牛马群里，算做二等阿哈。我们就是这两个部落大王。"莫尔根这才知道被这帮强盗骗了，心里十分难受。心想：这不是去个孙悟空来个猴吗？想到这，他硬着头皮找那个头行人。

那个头行人咧着嘴哈哈大笑说："我们本来是占山大王，后来被布鲁昆山主收去做护山超哈。在那里，吃不着肉，不许喝酒，更不能到处游荡，实在受不了，才偷偷逃了出来。正在走投无路时，偏偏遇见你，把我们领到这里。真是天无绝人之路。既然你对我们有功，暂时不拿你当阿哈看待，只要能和我们一心，会有你好处的。"

莫尔根一看，深仇未报，又来了更凶的敌人，当天夜里他设法逃了出来，又往南直奔布鲁昆山走去了。

走的途中，莫尔根心里非常后悔，暗暗下定决心，再也不轻信别人的话了。

莫尔根走着走着，快到布鲁昆山的时候，天快黑了，又饥又渴，见山底下有一个小房，进屋一看，有母女两人。老太太问："阿哥呀，你打哪来？要上哪去？"

莫尔根把事情对她详细说了一遍。老太太听了以后说："你真是个诚实的孩子啊，可是你知道吗？别人叫你去布鲁昆山，那是骗你。你想，第一次，你请去布鲁昆山的人，怎么样？不是把两个部落占领了吗？你去请布鲁昆山主，你怎么就知道，他是好人？说不定还会把你整死。我看，你先在这里住几天，再想想别的办法吧！"

莫尔根觉得老太太说的话有道理，寻思，住几天看一看也行，可别再上当了。老太太一看莫尔根心里犹豫，就说："我这么大岁数的人了，还能活几天了，我能图你什么好处？还不是为了你好？你要不嫌弃，就住我的后屋吧。"

莫尔根跟老太太来到后院，进去一看，原来这里有九间大草房，第一间里装满粮食，第二间里装满兵器，每间房里都装满许多东西，第九间房子里住着一群人，但见这群人在炕上，一会儿坐着，一会儿站着，一会儿躺着。老太太说："这些人是我手下的人，我叫他们干什么，他们就干什么。"

莫尔根一看，心里"咯噔"一下，心想：这老太太到底是什么人？正在寻思的时候，老太太哈哈一笑说："我实话告诉你，我就是被你杀死的山妖的姐姐，今天我要来报仇了。只要你走进这个房子，住上九天，你也和他们一样，成了我的驯服奴隶，等凑足一百人就可以杀出去抢城夺寨。天下就是我的啦。"

莫尔根后悔得不得了，心想，这回落在妖婆手里算完了。

他想找机会逃走，可是非常奇怪，想迈出大门口，连一步都迈不出去。

这时莫尔根饿了，正想找点儿什么吃，一寻思，这里是魔鬼的窝，能有什么好吃的？又一想，自己口袋里还有白霜，就掏出一把来吃了，你说怪不怪，这回他吃了，不但肚子不饿，还觉得浑身发轻。莫尔根心里寻思：我从大门出不去，何不从院墙跳出去？这个大院墙能有四五丈高，莫尔根一跺脚，就觉得"嗖"的一下飞起来了，他也没费劲儿就跳出墙。

这时，老太太知道莫尔根跑了，追上来说："好小子，今天算你有能耐，你能逃出我的迷魂阵，可是你逃不出我的勾魂刀。"说着，操起两把大刀砍过来，莫尔根心想，她使勾魂刀，要是被她碰一下，魂就被勾去了，干脆掏出石子打吧。既然她弟弟都怕石子，姐姐能不怕吗？他一边寻思，一边掏出石子，"嗖儿"地打去。可是石子真的不管用，九个石子全都叫老太太躲过去了。莫尔根又赶紧跑了，又掏出一把白霜，往嘴里一塞，就见脚底下生风，飞起来了，直向布鲁昆山飞去。

老妖婆哪里肯放，她也腾空追来，眼看老妖婆子快撵上来了，莫尔根一着急，大喊起来："布鲁昆山主救我呀！布鲁昆山主救我呀！"

正在这时，就听到空中有人高喊："莫尔根不要怕，回头跟她斗！"莫尔根一听，有人让他回头跟老妖婆打，精神也来了，捡起块大石头，朝老妖婆砸去。说也怪，老妖婆能躲过石子，却躲不过一般的山石头，这一石头砸上，老妖婆一下子就被砸成了一堆臭脏水。

这时，传过来一个老玛发的笑声，对莫尔根说："我知道你三番两次找我，你的心还挺诚，我这就下山帮助你，收复部落。"

莫尔根抬头一看，原来正是布鲁昆山主，他赶紧跪下磕头。就这样，布鲁昆山主出山，制服了那些强盗，收复了安巴窝集。

莫尔根把色木窝集的头人和部落人全都释放了，让他们重建家园。色木窝集的头人非常感激他，打那以后，莫尔根做了安巴窝集的噶珊达，和色木窝集相处得很好。从此，两个部落再也没有发生什么矛盾和战争。后来这两个部落的后人把莫尔根供为部落神。

后　记

　　二〇〇四年五月，傅老从医院打完针回家，我俩盘腿面对面坐在炕上。我俩双眼对视了半天，我看着他苍老消瘦的身体，心里很难受。傅老已看透了我的心情，激动地说："这几天我就盼着你来，因为我的身体一天不如一天了，有两件事还得请你来办。一是你们满族说部编委会能不能把过去已发表的和没有整理出版的满族神话集中在一起，出个较为完整的神话集。二是我还有一部《金兀术传奇》希望你们也能整理出版。"说着从炕上的书架拿出两大口袋材料交给我。我迫不及待地打开金兀术材料袋。因为早就听说傅老有一部《金兀术传奇》，可一直没给我们。这回见到了材料，如获珍宝。我细心翻阅，这里有傅老写的电视剧《金兀术》脚本，共四集三十五页，有傅老整理的说部《金兀术传奇》，共八回，二百一十页，其中缺第一页，第八回没有写完。我再一看材料袋上标明"金兀术，前八回稿"。我心中疑惑不解，便问傅老，《金兀术传奇》就这八回吗？"

　　傅老很惋惜地说："按我掌握的材料，主要是三爷讲给我的，再加上从完颜氏家族和傅万金那听到的，原打算写三十回，从头鱼宴风波讲起，一直讲到兀术参加伐宋的事迹。"我一听很高兴，急忙问道："傅老，那些材料都在哪？"傅老用手拍拍肚子说："都在我肚子里。可惜我身体每况愈下，力不从心啊。你把这些材料拿回去仔细看看，能出就出，不能出就算了。"我看傅老说话很吃力，便让他躺下休息，好好睡上一觉，打算之后再谈。

　　我利用傅老休息的机会，看完了这两百多页的材料，总体感觉从第一回到第七回讲述稿写得还比较完整，文字也很通畅，单从兀术领命去北国搬兵这一主题来说，此稿基本完成了，只是前面缺一个引子，最后第八回没有写完，每回没有回目，这是一个缺憾。

　　傅老醒了之后，我把自己的想法跟他说了。傅老很高兴地说："你们办事很上心啊，你的看法我很赞同。书前的引子和每回的回目你整理时加上吧，怎么写我都没意见。至于第八回，我也忘了写到哪了，你告诉我，想起来再讲给你。"于是我把第八回的几页稿子内容告诉了他，他想了想，说了几句很简短的想法，我一一记了下来。

我在整理傅老讲述的《金兀术传奇》时，根据他的意见，书的开头我加了引子，每一回加了回目，第八回按他简短的想法把故事作了结尾。对全书文字上按傅老的讲述风格进行理顺，细致分段落，使之更合理。力图整理后的文字保持傅老讲述的原汁原味，使这一非物质文化遗产更有价值。

对富育光先生讲述的《金兀术出世》，只是在个别文字上作了修改，基本保持了原貌。

值得提出的是，一九八五年富育光、傅英仁、马亚川三位满族说部传承人曾约定合写《金兀术传奇》，每人承担一部分。据说马亚川先生已写完，并用复写纸抄写了几份，但至今我没见到马亚川讲述《金兀术传奇》中晚年那部分书稿。时间不等人，第三批满族说部马上要出版了，只好把富育光、傅英仁的讲述先给整理出版，马亚川那部分书稿找到后再说。这样读者看不到金兀术的全貌，是个很大的缺憾。敬请读者谅解。

由于本人水平有限，在整理此书中还有很多不足之处，请批评指正。

荆文礼
二〇〇四年四月五日